鳳心不悅

2

文創風
514

桐心 著

目錄

第三十章　懷疑

虎毒不食子啊！這都是為了什麼？輔國公府還是過去的那個輔國公府嗎？他的親人，還是兒時的那些親人嗎？

「繼續說。」沈懷孝得扶住桌子，才能讓自己不倒下去。

「本來，也就只是在府裡傳一傳，不料，世子夫人去了東宮一趟，就把這件事擺在了明面上……」沈二頭上的冷汗不停地往下流。越往下查，事情的發展越是讓人心驚膽戰。

「東宮的事，你都能打探到了？」沈懷孝問了一聲。

「不能。」沈二搖搖頭。「但國公爺安插在東宮的探子回稟時，咱們的人就在門外，聽了個一清二楚。」

也就是說消息是可信的了。沈懷孝點點頭，示意他繼續。

「太子聽了世子夫人的說詞，以為沈家已經拿出了解決辦法，就是再送姑娘進東宮。因此便讓人把話傳到府裡，表示同意這個辦法，如今這件事情也算是定下了。」沈二抬頭看了沈懷孝一眼。「主子，您看，還要往下查嗎？」

「查。」沈懷孝定了定神，道：「查到底。」

他很想知道，這輔國公府裡，到底還藏著多少陰謀詭計？

世子夫人還算是母親嗎？就算太子妃再不好，那也是她的親閨女。

往東宮送人，是她早就準備做的事，於是，她先在府裡放出風聲，攪亂一池水。輔國公府可不止有世子這一房，還有國公爺庶出的兒子，以及繼室所生的嫡子。那幾房的人，對於祖父來說，也是親兒子、親孫子，若真鬧了起來，祖父也無法拒絕。為太子生下長子，這個孩子就有望成為天下之主！如此巨大的誘惑，怎能不讓人動心？

她這就相當於借助眾人的力量，向國公爺施壓，讓他想辦法促成往東宮送人的事。皇上的不滿，只不過是給了她一個引子，讓她順利把這件事給爆出來。他現在敢肯定，即便沒有皇上的不滿，沈家往東宮送人也是遲早的事。太子妃依仗的，不就是國公府嗎？那麼，國公府的決定，太子妃又怎麼違背得了呢？

可是，母親的動機是什麼？這麼做，對她自己有什麼好處？她的目的又是什麼呢？

南苑，鳳鳴院正房

蘇清河迎進了一身寒氣的沈懷孝。

「還沒吃飯吧？」她迎上去，解了他的大氅。「先去洗漱，在熱水裡多泡一會兒，祛祛寒，也解乏。」

沈懷孝一肚子心事，可看見她的笑臉，不由得就輕鬆起來。「琪兒和麟兒呢？」

「也不看看時辰，都亥時了，孩子們早歇下了。」蘇清河把他往浴室推。「趕緊的，你騎馬回來，風早就灌透了衣裳，身上只怕都冰了。」

「不至於。」沈懷孝順著她的話進了浴室，但雙手確實冰涼，也不敢碰她。

石榴和紅桃送了飯菜來，蘇清河打發她們。「不早了，妳們也去歇了吧，碗筷明兒一早再來收拾。」

等蘇清河把飯菜都擺在炕桌上，沈懷孝就穿著中衣、披著棉襖出了浴室。

魚湯餛飩、黏豆包，還有幾樣簡單的小菜，吃到嘴裡又熱乎又舒服。沈懷孝笑道：「前些年在遼東，冬日裡也吃黏豆包，之後來了涼州，就很少吃到了。這是妳吩咐廚房做的吧？」

「最近事多，一件接一件的，我哪裡顧得上這個。」蘇清河擺擺手。「這是你那寶貝閨女吩咐廚房的。你說說，她一個姑娘家，就長了吃的心眼。」

「能吃是福，妳可別說她。」沈懷孝頓時覺得嘴裡的豆包更香甜起來。「又不是龍肝鳳膽，咱們不會吃不起；都是些粗糧，她想吃，由著她便是。」

「說得我跟後娘似的。」蘇清河又幫他舀了一碗湯，問道：「孩子他爹，麟兒是不是盯你的梢了？」

一說起這個，沈懷孝就笑得不能自已，多大的煩心事都沒了。「這個小兔崽子，花樣倒不少。」也不見他惱怒，還一臉得意。

蘇清河覺得，想管教好這兩個孩子，可謂任重而道遠啊！

吃飽後，夫妻倆躺在床上聽著外頭北風呼嘯，如同鬼哭狼嚎，聲音淒厲得緊。

「又降溫了。」沈懷孝聽了聽外面的動靜。「軍營裡，晚上的日子只怕不好熬。」

蘇清河把身子往被子裡縮了縮，並不是冷，只是那風聲聽起來讓她有些不安。

沈懷孝將她往懷裡攬了攬。「怎麼？冷了？」

蘇清河搖搖頭，打了個哈欠。「就是聽那風聲有些邪乎。」

「睡吧。」沈懷孝拍著她的後背，輕聲道。

蘇清河有些犯睏，但沈懷孝拍打的動作實在太糟糕，有一下沒一下的，她剛閉上眼睛就被拍醒了。見他如此漫不經心，顯然心中有事。

「怎麼了？有心事？」蘇清河乾脆坐起身來，輕聲問。

沈懷孝被她打斷思路，見她坐起來，就趕緊用被子將她圍上。「小心著涼。」

蘇清河見他神色還有些恍惚，又問道：「不能跟我說說？」

沈懷孝也跟著起身，披了棉襖，靠在軟枕上。「不是不能說，是我到現在還糊塗著呢。」

「一人計短，兩人計長。」蘇清河笑道：「說來我聽聽，總好過你一個人悶在心裡。」

沈懷孝低聲將沈二說的事，全講給蘇清河聽，然後嘆道：「我就不明白了，母親這樣做到底是為了什麼？」

蘇清河仔細想了一想，皺眉道：「將心比心，若是換了咱們家閨女，就是把天給捅破了，我這當娘的也會想辦法為她補上；別說下狠手了，就是動閨女一根手指頭，我只怕也捨不得。」

「瞎說。」沈懷孝不樂意地道：「沈懷玉怎麼能跟咱們家琪兒比。」

蘇清河白了他一眼。人家是太子妃，世上有幾個女人能尊貴得過她？從血緣上來說，琪兒還是沈懷玉的親姪女呢，怎麼就不能比？

沈懷孝顯然也想到這一點，有些訕訕的，他轉移話題。「所以我才怎麼也想不通。畢竟這件事就算對大哥來說，也是沒有任何好處。」

「大有『捨己為人』的意味在啊。」蘇清河笑道。

「是啊，捨棄了長房的利益，其他幾房倒是樂意了。」沈懷孝皺眉。

「其他幾房是樂意，可如今只怕打起來了。」蘇清河拉了拉被子，笑道。

沈懷孝一愣，有些明白了。名額只有一個，但各房的女兒可不少，那還不搶破了頭？

「要是沒猜錯，只怕鬧到最後，得由世子夫人從中選擇一個；而這個選出來的人，必然是在國公府中勢力最弱、最離不開世子夫人支持的。」蘇清河道。

「她想要拿捏這個姑娘？」沈懷孝愕然地看著蘇清河。「進而掌控東宮後院？」

「有可能。畢竟沈懷玉可不是個好性子的人，世子夫人覺得掌控不了，就打算再送一個肯聽話的女子進去。」蘇清河從沈懷孝的描述中，覺得這個世子夫人其實是個掌控慾非常強的人。從在府裡放出流言就能知道，這個女人相當有謀略，迂迴蜿蜒，總要達到她的目的。她甚至懷疑，沈懷玉的不孕，是否跟她有關？

「她想掌控太子後院幹什麼？」沈懷孝掀開被子，從床上跳下去。「這跟天龍寺會不會有什麼關係呢？」

蘇清河搖搖頭。「這個就不清楚了。不過，都只是咱們的猜測，究竟如何，還得看最後世子夫人選擇的人，是不是跟咱們猜想的一致？」

「不，妳的猜想很可能是對的。」沈懷孝沈默半晌，臉上有些釋然。「我這麼想也許大逆不道，但腦子裡就是不停有個念頭在轉，母親她……未必就是我的親生母親。」

蘇清河愕然地看著他。「你沒有證據，卻一直有這樣的感覺？」

「以前還不敢這樣想，但如今好些事連在一起，沒有別的解釋了。」沈懷孝的表情說不上來是哭還是笑，這讓蘇清河心裡感到有些難受。

她伸出手去拉他。「坐過來，床下多冷，咱們坐下來慢慢說。」

「天龍寺！」沈懷孝坐在床沿上。「這一切都得從天龍寺說起。」

蘇清河給他蓋上被子，聽他慢慢說。

「沈家和天龍寺的緣分，要從母親說起。父親遇到母親，就是在天龍寺。母親貌美，有仙人之姿，父親當初對她一見傾心，後來著人打聽，才知道母親是江南江家的女兒，只是父母早逝，靠著族裡生活。而她之所以會出現在天龍寺，正是在替去世的父母作法事。」

蘇清河皺眉道：「江南繁華，何以偏偏到京城來作法事？還選了這麼一處二十多年前仍名不見經傳的寺廟。」

「是啊，頗為奇怪。」沈懷孝皺眉道：「不懷疑的時候，不覺得有什麼，可如今一旦懷疑上了，即便母親給的理由再怎麼充分，也像是藉口。母親就像是專門在那裡等著父親一樣。」

蘇清河點點頭，就是這個道理。相信的時候，不論說什麼都不會懷疑，任何事似乎也都是合理的；可一旦心中有了懷疑，似乎處處都是疑點和破綻。

他接著道：「父親對母親一見傾心，回府後求了祖父給他上門求親，就這麼著，母親成了輔國公府的世子夫人。如今想想，母親雖然是江家女，但也只是族女，而且，這麼多年下來，跟江家幾乎是不怎麼聯繫的。祖父和父親似乎也很有默契，從未過問。這又是一件怪事。

「後來，大哥不足八個月便出生了，據說出生後身子極弱，看著就像是養不活。母親說自己被仙人託夢，說天龍寺是她的福地，於是就帶著大哥住進天龍寺，住了足足有一年，才帶著大哥回府。自此，大哥身子就格外康健，而天龍寺的名聲，也就是這麼傳出去的。

「而我大姊，她跟我一樣，都是在天龍寺出生的。甚至為了我們能康健，我們出生後都曾在寺裡寄養到三歲，才被接回府裡，這也是為什麼母親待我們不親近，我們卻從來沒有懷疑過的原因。不是自己親自從奶娃兒撫養大的，感情上疏遠一些，也無可厚非。」

蘇清河皺眉，打斷他的話。「世子夫人先後生了你們三個孩子，一個是一出生就帶去了天龍寺，接著的兩個孩子則都剛好生在天龍寺。這般巧的事，實在讓人難以相信。」

「並非巧合，母親本來就是在天龍寺待產的。」沈懷孝道。「聽說，母親因為七個多月就生下大哥，心裡很不安，怕產子時再出什麼意外；又覺得天龍寺果真是她的福地，因此懷大姊和我的時候，都是在七個月左右就進入天龍寺待產，直到孩子過了百日她才回府，然後把孩子留下來寄養。

「不僅如此，母親兩次去天龍寺待產，都帶了父親有孕的妾室一起去……」說到這裡，沈懷孝的臉色有些蒼白。「巧的是，懷大姊的時候，李姨娘也懷孕了，跟母親懷孕的月分差不多。李姨娘是家裡的家生子，她生的那個兒子跟大姊只差三天，可惜的是，那個孩子沒在天龍寺寄養，半歲便夭折了。母親懷我的時候，又恰好有一位妙姨娘懷孕，傳說妙姨娘是戲子出身，她生的女兒比我大五天，在一歲時也夭折了。」

蘇清河越聽越蹊蹺，越聽心越冷。「你懷疑，你跟沈懷玉都不是世子夫人的孩子，而是那兩個妾生的庶子？」

沈懷孝沒有回答，只是繼續道：「京城的人都說我『貌若好女』，那是因為八歲那年，我在梨園裡遇見過一個戲子，那容貌至少跟我有六、七分相似；他是唱青衣的，扮作女子，確實美豔。知道他的人，再看到我，不免這麼打趣。當時我還年少，被比作戲子，幾乎要氣瘋了，本來打算找那戲子出一出氣，可奇怪的是，那戲子莫名其妙地死了。當時不覺得有什麼奇怪，後來也就忘了這件事。」

蘇清河看著沈懷孝，他整個人陷入回憶裡。「十二、三歲的時候，我晚上翻牆去外面玩，有個守門的婆子夜裡喝醉了酒，曾經嘟囔著，說我怎麼那麼像妙姨娘？第二天，就在家裡的湖裡發現她的屍體，據說是醉酒失足落水。

「我當時心裡有些疑惑，畢竟母親對我很冷漠；十二、三歲也不小了，很多事情，都已經懂了。我曾經查過，妙姨娘在她的女兒死後，緊跟著也沒了；而李姨娘也重病死了，甚至在府裡當差的李姨娘的家人，全都被派到南邊的莊子上。後來，聽說在去莊子的路上遇到流民，被流民殺了。」

蘇清河知道，他以前不敢朝那個方向想，有誰好端端地會去疑心自己的母親？所以當時他就算查到什麼，也沒再深想下去。可如今懷疑起來，以前的點點滴滴，也就連成了一串。

「你懷疑，世子夫人當時沒有懷孕，她用不知從哪兒找來的孩子，調換了沈懷玉和你？」

沈懷孝點點頭。「只有這樣，才解釋得通。」

「難道世子沒有察覺？」蘇清河不由得問道。

「只要是他的孩子，嫡女比庶女有用，嫡子比庶子身分光鮮，這很符合他的利益標準，又為什麼要拆穿呢？」沈懷孝問道。

蘇清河默然。

他語氣苦澀，又道：「所以，父親總是對母親嚷嚷，總是強調『他們也是妳親生的』。現在想來，才覺得這話裡的意思不對。他是在提醒母親，別太過分，否則讓別人看出什麼端倪，就該惹人懷疑了。那是在警告母親。」

兩人身上圍著被褥，對坐著，外面的風再冷，也比不過從心底湧出來的寒意。

蘇清河抬起頭，看著沈懷孝。「我有幾個疑問……」

沈懷孝點點頭。「妳問。」

「第一，你說世子被世子夫人的美貌折服，才結下這段姻緣。可你不覺得這裡面有問題嗎？世子被美色所惑，姑且可以說是因為年輕，少年慕艾，能解釋得通，但是國公爺的反應就奇怪了。只因為兒子喜歡便答應這樁婚事？世家大族娶媳婦可都是有講究的，更何況是堂堂輔國公府的當家主母。世子夫人父母雙亡，都說喪婦長女不娶，且又少了娘家扶持，這樣的姑娘別說是國公府了，就是一般人家，也得掂量掂量。那麼，國公爺為什麼如此乾脆地應下親事，這就很蹊蹺了。世子夫人身上有哪一點，是值得國公爺看重的呢？

「第二，江家的反應也很奇怪。按理說，江家即便曾經再怎麼顯赫，如今也已退出朝堂，能和輔國公府結親，這是再好不過的事，且對於族裡子弟出仕是有助益的，合該兩家會經常走動、聯絡感情，可你卻說江家與輔國公府沒什麼來往。別人攀不上的高枝，江家攀上了，又為何不巴結？不奇怪嗎？

「第三，就是世子的態度。要說這世上，至親莫過夫妻。世子從一開始出現在天龍寺，偶遇世子夫人，就讓人覺得奇怪。堂堂的國公府世子，若是按照繼承人培養的話，會這麼輕易地被美色所惑，一點也不顧及家族利益嗎？再說如果世子真重色，那麼想必能被帶回府的妙姨娘也是個絕色，而世子夫人把孩子換了，為了妙姨娘，他又怎麼會一聲不吭呢？由此可見，他根本就不是個重色輕利的人；那麼，再往回想，問題就來了。既然不重色，當初娶世子夫人的動機就不成立，咱們是不是可以猜測，世子出現在當時名不見經傳的天龍寺，也不是巧合？要麼是被有心人設計，要麼就是自己主動配合。

「第四，你小時候碰見與你長相神似的戲子，緊接著戲子就被殺了；又碰見說漏嘴的婆子，婆子也死得莫名其妙；就連李姨娘在國公府中的家人，也全被清理乾淨。現在，咱們姑且不去管誰滅了這些人的口，但該警醒的是，當時你身邊有別人的眼線。如此機密之事，你肯定是偷偷地查證，用的也都是親信之人，怎麼會走漏風聲？而當初的那些親信，如今你是不是還帶在身邊，這你可要好好想想，仔細地查一查了。」

沈懷孝早被蘇清河的問題砸了個冷汗淋漓。看來沈家如同一個看不見底的深淵，掉進去就會萬劫不復。

他點點頭，表示知道了，然後示意她繼續往下說。都說當局者迷，他自己身在沈家的局中，必須要有個清醒的旁觀者，來幫他撥開眼前的迷霧。

蘇清河繼續說出她心中的疑問。「第五，你說你的大哥沈懷忠是早產生下的，在天龍寺休養一年才回來，自此身子健壯非常，這讓我覺得十分可笑。我養父是『金針梅郎』，這個你是知道的，而這世上，醫術能勝過他的人，寥寥無幾。一個早產的孩子，即便讓養父幫忙調理身子，沒有個三、五年時間，那也絕對是好不了的。難道天龍寺裡真藏了什麼神醫聖手，還是當真是神佛的力量，讓沈懷忠恢復康健？這兩個猜測，你信哪一個？」

沈懷孝哪一個都不信！天龍寺要真有高人，就不會一直默默無名，至於神佛的力量，就更是無稽之談。

「又或者，還有另一種可能……」蘇清河看著沈懷孝，見他面色已經大變，就知道他也想到了這個可能。「沒錯，正是你想的那樣。或許，進去的孩子，和出來的孩子，根本就不是同一個。」

「不可能！」沈懷孝搖搖頭。「如果大哥被換了，祖父和父親不會如此器重他。」

「那如果，國公爺和世子都不知道呢？」蘇清河問了一句。

「都不知道？」沈懷孝扶著額頭。「這怎麼可能呢？妳讓我想想。大哥出生的那一年，倭寇在沿海作亂，沈家的水師就是在那年建起來的。那時候，祖父跟父親在……在瓊州！」

「既然這樣，這種可能就是存在的。」蘇清河看著沈懷孝，低聲道。

「如果在府裡的不是我大哥，那麼他是誰？我真正的大哥去哪兒了？或者又是母親假孕？真有這樣的一個大哥存在嗎？」沈懷孝揉了揉太陽穴。

「這一點，我就無從猜測了。」蘇清河搖搖頭。「彷彿有一隻手，想要控制沈家，世子夫人應該就是別人手裡的棋子。若要找答案，天龍寺是個切入點。」

她又接著道：「還有第六，就是為什麼要接二連三地把沈懷玉和你換到她的名下？庶子、庶女出生後，抱到嫡母跟前教養，甚至是記在嫡母名下，都是很正常的事，為什麼要如此大費周章？讓人頗為不解。」

沈懷孝搖搖頭，這一點他也想知道，眼下卻是怎麼也想不透。

第三十一章　折騰

沈懷孝掀了被子，煩躁地下了床，來回踱步，最後下了結論。「按照妳的推斷，幕後有人想要操縱輔國公府，甚至想透過國公府操縱東宮，是這樣嗎？」

蘇清河遲疑了一瞬，還是點點頭。

「妳懷疑，在一開始，祖父和父親就是知道些什麼的，所以才有了父親娶母親的事。不過，後來他們顯然失去了掌控權，是嗎？」

蘇清河再度點頭。「幕後之人控制沈家，是想掌控兵權；控制太子後院，則是想操弄江山傳承。這背後的事情不簡單，所以既然要合作，表示國公爺和世子爺對這股勢力，應該是有些瞭解的，而娶世子夫人，很有可能是出於政治考量。不過，沈家明顯低估了對方的野心，對方不是想跟沈家合作，而是想偷龍轉鳳，徹底掌控沈家，甚至更多。」

沈懷孝的神情慢慢平靜下來，沒有了當初的慌亂，平靜得有些可怕。

蘇清河沒再說話，只是靜靜地看著他。她知道，此刻他在權衡利弊得失。

「這件事，得由妳來告訴王爺。」不知過了多久，沈懷孝才輕輕說了一句。

蘇清河卻知道他這句話的分量，重於千斤。「你可想好了？」

「如今，我只是個三品將軍，但這好歹是我在戰場上自己拚殺來的，是拿命換來的。手裡的資產，也是這些年自己置辦的，沒有用到沈家的一絲一毫。」沈懷孝閉上眼睛，輕聲道：「要是沈家摻和得太深，我只求保住沈家人的性命；況且如今再不從沈家這渾水中抽身，連琪兒和麟兒都會被連累了，他們畢竟姓沈。如今哪怕千夫所指，指責我是不肖子孫，我也認了。」沈懷孝睜開眼睛，那雙眼睛幽暗深沈，卻又無比堅決。

蘇清河心裡鬆了一口氣。「孩子他爹，難為你了。」

沈懷孝苦笑。「是委屈妳了。我很可能只是沈家的庶子，而且姨娘的出身是戲子。」

蘇清河微微一笑。「英雄莫論出身。」

「我算哪門子英雄？」沈懷孝氣餒，渾身失了氣力，他往床上一躺，有些自嘲地道。

「在我和孩子心裡，你就是英雄。」蘇清河說得很認真。

背叛家族這樣的罪責，不是誰都能背得起的，可哪怕會背上罵名，他依然堅持選擇對她和孩子更有利的做法，這份愛，不可謂不厚重。

她靠過去，倚在他的懷裡。「事情還不到最糟糕的時候。畢竟沈家有鐵帽子在，要是真能讓皇上收回鐵帽子的爵位，對沈家的後代子孫而言，是福不是禍。」

沈懷孝一愣，腦子瞬間就炸開了。蘇清河的話他懂了，是在說鐵帽子已經讓皇家忌諱。

只要鐵帽子在，軍權就在。鐵帽子如同一面旗幟，一面不倒的旗幟，即便沈家不去籠絡人心，依然有很多人向這面旗幟靠攏，尋求庇護。這也是人之常情，官場歷來如此。可沒有了鐵帽子，也就失了軍權，自然就「樹倒猢猻散」了。

沈家數代積攢，底蘊深厚，財富更是可觀。有了這些，家族也是可以保住幾代富貴的。若是子孫爭氣，讀書習武，未嘗沒有再輝煌的時候。

蘇清河微笑道：「俗話說舊的不去、新的不來，只有打破舊的，才能重建新的。」

沈懷孝聽著蘇清河的話，心裡慢慢安寧下來。如果真能如此，對於沈家，該是幸事。

他認真地看向蘇清河，只見她閉著眼睛，長長的睫毛投下一片陰影，鼻子微微皺了皺，嘴角牽起一個小小的弧度；她的身子修長，因此更顯得纖細。可就是這樣一個看似柔弱的女子，卻有著別人難以企及的智慧和眼光。

「還好有妳。」沈懷孝輕聲道。

京城，輔國公府，榮華堂

世子夫人江氏歪在榻上，低聲問道：「如何了？可有回話？」

紅兒上前道：「主子吩咐，讓夫人別急躁。此次行事太過急切，怕是已然露了行蹤，如今寧願按兵不動，也別做出惹人懷疑的事情。」

江氏眼裡閃過幾絲不耐。「知道了。」

外面傳來腳步聲，江氏合上眼，紅兒也退回自己的位置。

綠兒低頭進來，腳步輕盈。「夫人，世子爺打發人來回話，說是今晚歇在書房了。」

江氏揮揮手，表示知道了。歇在書房？呵呵，好似他經常過來歇息似的。

「大爺呢？」江氏抬起頭，問道。

「大爺帶著大少奶奶踏雪尋梅去了。」綠兒聲音裡透著幾分小心翼翼。「園子裡的梅花開得正好。」

「大冷的天，真是胡鬧。」江氏搖搖頭。「這幾天我胃口不好，想吃點可口的，荷葉雞肉羹不錯，明早吃這個。」

綠兒心裡一嘆。大冷天的吃什麼荷葉啊，這不是明擺著折騰人嗎？看來大少奶奶要倒楣了，誰不知道大少奶奶做的荷葉雞肉羹乃是一絕。可這道吃食要做得好吃，不光要技術，更得費時間。明早要吃，可不得半夜就做嘛？

她不敢露出其他神色來，只是恭敬地退下去。「是的，夫人。奴婢這就去告知大少奶奶。」

沈懷忠牽著妻子方氏，漫步在梅林中。腳下的雪被踩得「咯吱咯吱」響，伴著方氏愉悅的笑聲，讓人的心不由得跟著飛揚起來。

「該帶芳姊兒和明姊兒來瞧瞧的。」方氏吸了一口帶著梅香的清寒空氣，不由得嘆道。

「晚上太冷，孩子受不住。等天暖和了，妳再帶著孩子們過來吧。」沈懷忠上前，替方氏緊了緊身上的披風。

「這兩個ㄚ頭被嬌慣壞了。那日母親賞了慧姊兒點心，她們也非得要，那個折騰勁兒啊……」方氏漫不經心地道。

芳姊兒和明姊兒是他們夫妻的掌上明珠，沈怡芳和沈怡明；而慧姊兒則是高玲瓏的女兒沈怡慧。

沈懷忠心裡有些不快。慧姊兒不過是不知道哪裡來的野種，值得讓母親一再地偷偷關照嗎？甚至把他的兩個寶貝排在後頭。要真是小弟的孩子也就罷了，好歹是親姪女，計較這些就是他們的不是；可這孩子，不過是那個女人從外面帶進來的野種，即便孩子無辜，他瞧著也彆扭。只要一提起她們母女，他就覺得污穢，深覺玷污了沈家。

他心裡不痛快，臉上難免露出幾分怒意。

方氏見了，微微一笑道：「一點吃食，也不值得計較。孩子麼，鬧一鬧也就過去了，咱們家難道缺那一點兒吃的？」

是不缺吃的，但那不只是送點心這麼簡單的事。這是母親在表達態度，她是護著那對母女的！

「以前都是暗地裡關照一二，如今這是怎麼了？」沈懷忠嘟囔一聲。

方氏只當自己沒聽見，疑惑地看了沈懷忠一眼，就笑著換了話題。

綠兒的到來，讓方氏微微變了臉色。「綠兒姑娘怎麼找到這裡來了？可是母親有什麼吩咐？」

綠兒不敢抬頭，笑著稟報。「夫人沒什麼吩咐，只是奴婢們的心思。今兒夫人說想吃點爽口的，奴婢們沒有主意，所以請大少奶奶示下，該準備點什麼，給夫人開開口才好？」

沈懷忠眉頭一皺。「母親胃口不好，就去請太醫來診脈，大少奶奶也不通醫理，豈不耽擱了母親？」

方氏險些笑出聲來。大爺就是這麼個心腸不會轉彎的人，他絲毫沒有為難丫鬟的意思，這麼說就真是這麼想的。

可他不知道的是，自己這位婆婆只是想著法子在折騰她罷了。方氏微微一笑，問道：「母親可是說了想吃什麼？」

綠兒這才接話道：「奴婢恍惚聽著，夫人似乎是想吃荷葉雞肉羹。」

「那讓廚房準備就是了，值得巴巴地來找妳們大少奶奶嗎？」沈懷忠被擾了興致，有些不悅。

「爺不知，母親更習慣吃妾身的手藝呢。」方氏似笑非笑地看了綠兒一眼。「妳放心交差去吧。明兒的早飯，必然有母親愛吃的。」

綠兒這才告退。

沈懷忠後知後覺地察覺出方才那些話裡的暗潮洶湧，他嘆了一口氣。「委屈妳了。」

方氏搖搖頭。「說什麼呢，不都是妾身的本分嗎？」

「母親自來左性，這個妳是知道的，端看她對太子妃和小弟的態度，就能看出一二。母親對我呢，跟別人家的母親相比，自然顯得淡得很；可若是跟太子妃和小弟比，就厚重太多了。為了這點差別，我就得知恩，所以，委屈妳了。」沈懷忠扶著方氏往回走，安慰道。

方氏心裡瞬間明白。原來不是母子情深，而是不得不母子情深。

涼州，安郡王府

聽了蘇清河的話，安郡王久久沒有言語。

「父皇這些年，只怕過得很辛苦。」安郡王如此嘆道。

蘇清河點點頭。有這麼一股勢力，在暗地裡興風作浪，確實是讓人輕鬆不了。而且明明知道它的存在，卻又抓不到把柄，不敢貿然行動。

「妳的看法是，有人想操縱東宮？」安郡王的語氣有些沈重。

蘇清河點頭。「這不是個好消息。」

「咱們的大哥誠親王是黃貴妃所生，黃貴妃的父親是黃斌，而黃斌，其實是皇祖父的親信。如今的誠王妃，也是黃家的女兒。可以說，大哥受黃家的影響頗深。」安郡王頗有深意地說。

蘇清河掂量再三，才道：「哥，你是懷疑這暗藏的人，是先皇留下來的人？他們靠黃家影響大哥，又藉由沈家意圖掌控東宮；而這幕後之人想操控的，或許是整個天下，選擇從皇室之人下手，是最有效的方式。」

安郡王細細地道：「父皇的哥哥們，也就是伯王們，都已經相互殘殺而死絕了。留下一點血脈，這些年也是被父皇當豬在養著，翻不起什麼浪來。還有三位叔王，那時候他們年紀尚小，都是父皇教養長大的，如今一個管著內務府，一個管著宗室，一個管著皇家祭祀，管的都是皇家的家事，朝政一點也沒沾。對這三人，我也是有些瞭解的，膽小謹慎，沒人敢鬧事；況且，他們跟父皇之間，那是亦兄亦父，父皇也沒虧待過他們，感情還是有的，是他們的可能性也不大。如今最有可能的，就是先皇留下來的勢力了。」

蘇清河點頭。「那麼，誠親王和太子長久以來的衝突，其中有沒有這些人動的手腳呢？」

「有沒有都一樣。」安郡王笑道：「這兩人打小就針鋒相對。大哥身為長兄，還要對太子弟弟行禮，他心裡能舒服才怪。都是父皇的兒子，誰比誰差了？憑什麼太子就高人一等？冰凍三尺非一日之寒，有沒有人挑撥，結果都是一樣的。但若要說裡面沒有人加油添醋、火上澆油的話，那絕對是不可能的。」

蘇清河提醒道：「哥，你可要小心你身邊了。」既然幕後之人想方設法地對皇家進行滲透，安郡王自然不可能被排除在外。

安郡王似笑非笑地看了蘇清河一眼。「妳不就是嘛！」

蘇清河一愣，才發現自己忽略了。沒錯，世子夫人可是沈懷孝的母親，也算是她的婆婆，自然能利用他們兩人，對安郡王下手。要是她和沈懷孝再稍微遲鈍一點、軟弱一點，世子夫人可就得逞了。

原來如此。藉著她和沈懷孝，才是接觸安郡王的最好捷徑。

她猛然意識到。「難不成，高玲瓏進沈家一事，世子夫人也摻和了？畢竟，高玲瓏是良國公府的人，她不僅連著良國公府，還連著宮裡的皇后和六皇子榮親王。」

安郡王點頭。「不排除有這種可能。」

「胃口可真大。」蘇清河冷笑道：「也不怕撐死。」

安郡王抿了口茶。「如今，只能從天龍寺開始查了。」

「這麼多年都沒露出馬腳，可見對手是個有耐心的人。」蘇清河低聲道：「咱們也不能急躁，看誰耗得過誰。」

「父皇那裡，我會說的。」安郡王放下茶盞。「妳也不要大意，萬事小心。妳身邊的人，尤其要注意，沒什麼是絕對安全的。」

「我曉得了。」蘇清河鄭重地應下。

送走蘇清河，安郡王對白遠感嘆道：「幸虧找到了清河，要不然恐怕難以察覺這個陰謀。她算得上是我的貴人，更是誰也無法替代的臂膀。」

白遠點點頭。「到底是骨肉至親。」

安郡王又問道：「舅舅那邊可有消息？」

舅舅，指的便是賢妃的弟弟白坤。

「剛回來，說明兒進府給殿下回話。」白遠小聲道。

安郡王這才點頭。

京城，輔國公府，良辰院

高玲瓏輕輕拍著炕上的孩子，面上滿是慈和之色。

李嬤嬤進來，剛要說話，就被高玲瓏止住了。她站起身，率先往外走，直到堂屋才道：

「慧姊兒剛睡下，再把她吵醒就不好了。嬤嬤有什麼事嗎？」

李嬤嬤笑笑，壓低聲音道：「夫人讓人送來幾疋緞子，給姊兒做衣裳。」

高玲瓏冷笑一聲，眼裡迸射出蝕骨的寒意。「她倒是會假惺惺。」

李嬤嬤勸道：「小姐不為自己，也得為姊兒想想。有夫人護著，姊兒好歹自在些。」

高玲瓏瞬間收斂臉上的神色，如同一朵楚楚動人的白蓮般，纖塵不染。「那就按嬤嬤說的辦吧。」

第三十二章　進退

最近的事兒多，蘇清河一晃神，竟發現有好些日子沒見到兩個孩子在她身邊鬧騰了。雖然早上還是一起晨練，早飯、晚飯也都是一起用的，但這兩個小兔崽子整整一天都不見人影，也不知道在搞什麼鬼？

「琪兒和麟兒在幹什麼？」蘇清河問石榴。石榴的心思，至少有一大半都是放在兩個孩子身上的。

「哥兒找了幾個年紀不大的小夥子，跟著他一塊兒習武呢；還送了幾個小姑娘進來，全交給蘭嬤嬤調教，說是要陪著姊兒玩的。」石榴的聲音裡有了笑意。

蘇清河一愣，隨即點頭。看來兒子是打算開始招攬人手、培養親信了。「這也沒什麼，只要挑的人沒問題，我不會攔著的。不過，他怎麼也不提前跟我說一聲呢？這孩子，一點也不讓人省心。」

石榴笑道：「這件事將軍是知道的。因為最近主子事多，哥兒才說先別讓您知道，免得您操心呢。」

「都是從哪兒找的人啊？」蘇清河也不糾結，繼續問道。

「哥兒挺機靈呢，那些人都是從以前在將軍麾下，戰死將士的遺孤中選出來的。這些孩子，平時也是靠將軍的接濟過活，如今聽到是要給哥兒作伴，哪有不樂意的？」石榴解釋。

蘇清河點頭。「我知道了，晚上我再問問他吧。」

孤兒就一定可靠嗎？未必！孤兒沒有牽絆，有時候更難掌控，全得看他們各自的心性，反倒不如那些父母雙全、家境貧寒且艱難的孩子；有家人，他們的顧忌就多一些。當然，前提是，必須要控制並安排好他們的家人。

蘇清河沒打算干涉兒子想做的事，不過該提醒的，還是要提醒。

兒子這會子應該正在外院習武，她便起身去了閨女的院子。

此時沈菲琪正在花房裡，拿著水瓢給一小片青菜澆水。

那管花房的婆子一見到蘇清河來了，當即變了臉色，戰戰兢兢地要向她請罪。

蘇清河倒不覺得什麼。不過是幹一幹農活，又怎麼了？她擺擺手，示意無事。

沈菲琪後知後覺地察覺到蘇清河的靠近，她有些驚喜。「娘。」說著，便把水瓢放在水桶裡。「您怎麼來了？」她有些侷促。

「喜歡擺弄這些？」蘇清河指了指花房裡的花草，還有菜地。

「嗯。」沈菲琪點頭。「澆澆水、施施肥，看著它們長大，我就高興。」

「就覺得心裡安寧、不毛躁，是不是？」蘇清河接著說，將她沒說出的話補充完整。

沈菲琪點頭，有些不好意思。

大戶人家的姑娘養花，也不過是站在一邊指揮著丫鬟去做，沒人像她這樣親自動手的。上輩子，因為這個興趣，她就被許多人譏諷過，說她粗俗。

蘇清河安撫地笑了笑。「娘正想說要找點什麼事給妳做，好磨磨妳的性子，不想妳倒找到一個好差事。」她揉了揉閨女的腦袋，笑道：「農桑是國之根本，連皇上都有自己的親耕田。所以，幹農活算不得是粗俗之事。

「不過，不管幹什麼，都要幹好才成。」蘇清河指了指一盆粉色的玫瑰，又指著一盆不知道叫什麼的藤蔓植物。「妳想想，要是把玫瑰的花枝嫁接到這種藤蔓上，會不會開花？會開什麼花？到了明年，妳可以試著將西瓜藤和南瓜藤互換著嫁接，它們長出來的又會是什麼東西？」

那不就是雜種嗎？沈菲琪嚥下差點沒衝出口的話。

不過聽起來是有些意思。她的眼睛亮閃閃的，笑得如同兩彎新月，讓蘇清河的心情也不由得歡快起來。

「不過，現在就算了。冬日花房裡的花嬌弱得很，禁不住妳折騰。等開了春，娘專門給妳弄一片試驗田，讓妳折騰，可好？」蘇清河笑道。

沈菲琪點頭。「那我就先照看著這些菜，看能不能長成。」

很好，知道貪多嚼不爛的道理。蘇清河在心中暗暗讚道。

伺候花房的婆子則鬆了一口氣。冬日裡要把花養得如此嬌豔，可是費了她不少心思啊，還好小姐沒要繼續禍害這些花兒。

臨走前，蘇清河賞了伺候的人，尤其是花房的婆子。

涼州，安郡王府

白坤一路頂風疾走，進了安郡王的書房。一進來後也不客氣，指揮白遠道：「先給爺端一碗熱茶來，凍死了。」

白遠倒了碗薑棗茶遞過去。「這是用姑奶奶給的祛寒方子熬的，效果不錯。」

白坤喝了一口。「嗯，跟軍營裡的一個味道。」

「多虧了這些方子，這次降溫，軍營裡受風寒的將士少了很多。」安郡王一邊示意他趕緊喝，一邊示意他坐下。

白坤一口氣灌下去，從裡到外似乎都暖和起來。「是好東西。」他坐下，感嘆道：「看來得罪誰，也不能得罪大夫，關鍵時候，還指著人家救命呢。」

安郡王跟著一笑，就切入正題道：「那邊的消息可靠嗎？」

「可靠。」白坤壓低聲音。「我已經安排好了，糧草分成五撥，從不同的方向朝涼州運。這裡面真真假假、虛虛實實，走的路線又偶有交叉，虛中有實、實中有虛，時常交替變化。就算有人要打糧草的主意，只怕一時之間想全吞了，也是辦不到的。」

安郡王點頭，舒心一笑。「如此甚好。」說完，他又笑道：「舅舅做事的風格，向來是直來直去，你給我一巴掌，我給你一拳。這次可是得了什麼高人的指點了？」

白坤點點頭，笑著望向安郡王。「還真是什麼都瞞不過你。是沈將軍提醒了一句，我也只是照辦罷了。」

安郡王笑得更開懷了。「倒像是他的手筆，心思縝密。」

白坤笑了笑。「這小子的腦子是好使。」

「你就不怕這裡面有詐？」安郡王問道。

「有詐？詐個屁！」白坤呵呵一笑。「我又不是沒見過我那外甥女，一看就是一肚子心眼，把沈家的小子肯定攥得死死的。要是沒這點把握，我還真不敢輕易相信他。」

安郡王這才真正地笑起來。這個舅舅其實過謙了，他也是個粗中有細的人。

白坤伸出大拇指，又指了指東面。

安郡王知道白坤說的是大千歲和東宮太子，他挑挑眉，示意白坤往下說。

「這兩位為了糧草的事，差點在皇上面前起了爭執。不過，皇上到底是皇上，這兩位現在正忙著呢，且顧不上咱們。」

南苑

沈懷孝和蘇清河兩人帶著兩個孩子，圍坐在一起。

鍋子裡翻滾著略帶綠色的湯汁，滿屋子都是酸菜鍋的香味，勾得人分泌的唾液馬上就旺盛了起來。

蘇清河先把五花肉放進鍋裡，燙好後，挾給兩個孩子。他們吃飯時還是不習慣有人在一邊伺候，覺得不自在。

她手底下忙個不停，這一邊還聽著沈懷孝說話。

「還真是小看了黃斌。他也算是個拿得起、放得下的，居然親自上摺子，請皇上為眾皇子納側妃。」沈懷孝先喝了一碗湯，連毛孔都舒服地舒展開來。

「這是想為誠親王拉攏人脈吧？」蘇清河笑道：「親王側妃，還是個挺誘人的位置。」

「誰說不是呢？」沈懷孝先撈了肉到兩個孩子碗裡，自己才開始吃。「關鍵是，誠親王會從心裡感激，這可比再送一個黃家的女兒高明許多。」

蘇清河笑道：「誠王妃能生養兩個閨女，就證明身子是沒有問題的，再生養子嗣，也只是時間問題。何況誠親王和誠王妃兩人從小青梅竹馬，又是少年夫妻，如今還育有兩個孩子，情分跟別人自是不同的。若真送個黃家女過去，誠親王定會覺得黃家心大，誠王妃也會覺得被家族捨棄。如此吃力不討好的事，黃丞相自然是不會做的，一次得罪夫妻二人，實在不智。」

沈懷孝點頭。「所以，誠王妃便出面，從黃家要了一個族女，給誠親王做了侍妾。只不過是早些年，黃斌將一個庶子過繼給了族人，而這個族女，就是這個庶子所出的庶女。血緣上，她還是黃斌的親孫女。」

蘇清河點頭。「這一退一進之間，黃家與誠親王之間的關係反而更好了。到底是在朝堂打了半輩子滾的老狐狸。」

沈懷孝頓了頓，苦笑道：「另外，東宮那邊則是選了沈家二房的庶女。這個堂妹我有好些年沒見了，其他的不知道，但是就心性和手段，只怕太子妃未必是她的對手。」

沈菲琪眼睛一亮。二房的庶女，不就是那個進宮給太子做了良娣的堂姑姑嗎？

蘇清河疑惑地看了沈懷孝一眼，順手將凍豆腐放進去，示意他繼續說。

「二叔是庶出，身體也不好，一年裡至少有八個月是在床上躺著的。二嬸性子多少有些好強，又刻薄，不是特別討人喜歡。她子女雙全，自然不會對庶出的丈夫多待見，更何況二叔又是個病秧子，沒前程、沒進項，偏偏還養小妾，生了庶子、庶女。二嬸一開始差點沒把那幾個庶出的子女給吃了，可就是這樣的境況，我那堂妹還能哄得二嬸高興，至少沒有苛待過她。包括府中的老夫人，也一樣對這個姑娘有幾分另眼相看的意思。這就不能不讓人覺得，這孩子有幾分真本事。」

蘇清河若有所思地點頭。能彎得下腰，就能爬得更高！她還真有些看好這個姑娘。

「爹爹，你會養小妾嗎？」沈菲琪稚嫩的聲音突然加進來。

沈懷孝剛抿了一口酒，差點沒被這句話給噎死。

蘇清河愣了愣，繼續淡定地把凍豆腐撈出來，分在每個人的碗裡。

沈飛麟像是沒聽懂一樣，繼續吃他的飯。

「會嗎？」沈菲琪執著地問。

沈懷孝嚥下嘴裡的酒。「不養！保證不養！」他看向蘇清河，目光中帶著懇求。他恨不得打自己的嘴巴。在孩子面前說什麼小妾？有些話，他明明可以在只有他們夫妻倆的時候再說，這下子，還真是教壞孩子了。

蘇清河瞪了閨女一眼。「妳真是什麼都敢說，新來的嬤嬤過幾天就能進來伺候了，妳得好好學學規矩。」

沈菲琪嘟了嘴，拿著筷子戳碗裡的菜。

蘇清河轉移話題，看了兒子一眼。「麟兒，聽說你找了幾個孩子陪你讀書習武。」

沈飛麟淡定地看了蘇清河一眼。「這個，娘問爹爹，爹爹都知道。」

這孩子！他還不是先斬後奏，把人都找來了，才通知他這個當爹的一聲。什麼叫做「爹爹都知道」？黑鍋不該這麼讓親爹背的。

沈懷孝見蘇清河正看著他，這才點頭。「啊？這事啊，我知道。這些孩子我已經查過了，背景簡單，只要掌控得好，還真是不錯。妳儘管放心，我會看著的。」

蘇清河點頭，也就沒再問下去。不過，看著兒子的目光已帶著一絲警告。

沈飛麟萌萌地一笑，露出幾顆小米牙，蘇清河那點火氣，瞬間就沒影兒了。

吃完飯，送走這兩個小祖宗，沈懷孝往炕上一躺，才嘆道：「妳不覺得咱們家的孩子特別精怪嗎？」

「習慣了就好。」蘇清河一副習以為常的樣子。

「這坑爹……都坑出水平了。」沈懷孝嘟囔一聲。

蘇清河心裡笑笑，沒再多說什麼。

又過了幾日，蘭嬤嬤前來稟報。「夫人，這些人都觀察了好些日子，沒發現什麼不妥，身上也都康健，是不是可以帶進來伺候了？」

「那就把人領進來，順便把琪兒和麟兒帶進來，讓他們也見見。」蘇清河起身，往花廳而去。

這次帶進來的，全都是石榴挑出來的人。

三個嬤嬤一進來，端看儀態神情，蘇清河就知道這絕對是宮裡資深的嬤嬤，皇上還真是費了好大一番心思。

她指了一個身材矮胖，滿臉和氣，三十餘歲的嬤嬤，問道：「嬤嬤貴姓？」

那嬤嬤聲音和緩。「不敢勞夫人動問，老奴姓萬。」

蘇清河點頭，見她禮儀堪稱典範，就笑道：「萬嬤嬤，我將我這閨女託付給妳了，這孩子需要嬤嬤多費些心思。」

沈菲琪跳下去，朝萬嬤嬤福了福身，三頭身的身子，圓滾滾的，頗有些喜感。「以後有勞嬤嬤了。」

萬嬤嬤眼裡就有了笑意。「老奴可不敢受小姐的禮。」說著，連忙還禮。

「她有些調皮，我和她爹都捨不得拘著她，以後勞嬤嬤教導些規矩，慢慢來，也不急在一時半刻。」蘇清河叮囑了一句。

萬嬤嬤知道蘇清河的意思了。也就是說，這孩子要管，但不能拘束得太死板。她馬上應了。她們心裡早就知道這位主子的真實身分，那麼，這兩個孩子，自然就和一般下臣家的孩子是不一樣的。

蘇清河又指了一個高瘦的嬤嬤，她看起來有些嚴厲。

那嬤嬤躬身道：「老奴姓汪。」

「原來是汪嬤嬤，妳就跟著麟兒吧。」說著，她看了兒子一眼。

沈飛麟點點頭，拱了拱手。「嬤嬤有禮了。」

汪嬤嬤還了禮，口稱不敢。

對於兒子，蘇清河沒有多叮囑，她相信這孩子能應付得來。

「以後兩個孩子屋裡的事，我就全交給兩位嬤嬤了。」蘇清河說著，看了石榴一眼。石榴馬上遞了荷包過去，每個荷包裡都有五十兩銀子。

萬嬤嬤和汪嬤嬤謝了賞，這才退到一邊。

蘇清河將目光投注在最後一個嬤嬤身上，她的年紀比其他兩位大一些，四十來歲的樣子，看起來麻利幹練，就見她福了福身。「老奴姓賴。」

「賴嬤嬤，以後就跟在我身邊吧，我屋裡的事情，從今以後，就交給賴嬤嬤。蘭嬤嬤去管外院吧。」蘇清河吩咐了一句。

兩人齊聲應「是」，也都退到了一旁。

而六個丫頭，年紀都不大，十六、七歲的樣子。

將秋梨和冬棗給了閨女，蜜桔和甜橙給了兒子，蘇清河自己則留了葡萄和桑葚。

這幾個丫頭都以水果命名，就知道和石榴是一撥的。

各自打賞完後，蘇清河才把那個中年漢子叫過來。「內院的廚房，以後由你照看。原先的管事和啞婆，給你當副手。」

那漢子連忙領命。「奴才福田領命。」

將這些人都安置妥當，蘇清河才敢叫蘭嬤嬤安排那個菊蕊進院子。「小心看著她。」

蘭嬤嬤點頭。「夫人放心。」

沈菲琪找了個機會，小聲問蘇清河。「娘，我之前看中的兩個丫頭，她們……是不是別人的探子？」

蘇清河揉了揉閨女的腦袋，搖搖頭。「她們是輔國公府派來的。但娘現在不敢確定，她們除了這個身分，背後還有沒有其他人的影子？所以，娘還要再看看。」

沈菲琪點頭。「別讓人打罵她們……成嗎？」語氣裡有些忐忑，聲音也有些艱澀。

「成。」蘇清河點頭。「定會好吃好喝的伺候著。要真的只是輔國公府的人，留著也沒什麼，只是不能近身伺候。」

沈菲琪這才吁了一口氣。

南苑的日子，在安排好人手之後，才真正有條不紊起來。

蘇清河還沒過幾天不用操心的平靜日子，就被白遠帶進來的十多個箱子給打破了這分寧靜。

這些箱子，是遠在京城的安郡王妃送來的年禮。

蘇清河這才驚覺，如今已進入臘月，要過年了。

這位嫂嫂還真是個細心的人，給她和兩個孩子的衣物，就占了六個箱子，想來是早早就預備下了。其餘的箱子，都是些吃的、用的，京城流行的首飾和擺件，堆得滿滿當當。

蘇清河對白遠開玩笑道：「我如今可是只進不出啊，最多請你們王爺過來吃頓年夜飯。」

白遠嘻嘻笑。「沒事，咱們王爺家底深厚。」

送走白遠後，蘇清河把東西交給丫鬟們收拾整理，才跟賴嬤嬤商量。「別人也就罷了，白府要送一份體面的年禮過去。」

賴嬤嬤知道白府指的是白坤在涼州的府邸。這位白坤，可是主子的親舅舅，送年禮過去，理所應當。「老奴列好單子後，再讓夫人看著添減。」

「京城那邊，今年就罷了。前些日子，我親手給哥哥做了兩身衣服，算是個心意，給送去安郡王府吧，反正別的他也不缺。」蘇清河有些惆悵。如今她的身分暫時不能公開，要送禮也不可太過招眼。

「夫人說得是。」賴嬤嬤認同地點頭。「還有將軍的同僚和下屬，夫人可有吩咐？」

「將軍府應該有準備，不過，妳也列個單子來。男子辦事，總不如女子心細。」蘇清河叮囑了一聲。該她管的，她也不會推諉，畢竟打理內務，確實是妻子的責任。

賴嬤嬤心中有些讚賞。公主和駙馬關係好的不多，一方面是因為駙馬在公主面前沒有身為男人的底氣；另一方面，未嘗不是因為公主放不下皇室的架子，去安心地做個妻子。可在她看來，主子就做得極好。

涼州，安郡王府

「瑾瑜，此次的事情，全靠你計畫周詳。」安郡王看著沈懷孝，很高興地道。

「在下也不過動動嘴皮子，真正辛苦的還是白將軍和押運糧草的將士們。」沈懷孝謙虛了一句。
「你謙虛了。此次，糧草受損不足十分之一，是歷年中最少的一次。」安郡王笑道：「糧草足了，來年的大戰，本王更有把握。」
「如今咱們糧草充足，若是安排得當，定能一戰定乾坤。」沈懷孝低聲道：「王爺，邊疆畢竟不是久留之地，您該回京城了。」
安郡王點頭。這一點他如何不知道呢？他再不返回京中的戰局，可就晚了；但邊疆之事，又不能半途而廢，否則這些年的努力，豈不是都白費了？
如今，他需要一場大戰來確立自己的地位，樹立自己的威信，贏得回京的契機。
「遼國那邊有什麼消息？」安郡王問了白遠一聲。
白遠低聲道：「主戰的占了絕對上風。遼國的太子耶律豹主張攻取涼州後再和談，為遼國換取更多的糧食、食鹽和鐵器。北院大王耶律虎則希望攻取涼州後，再進一步攻取河套地區，獲取更多的土地和人口。兩方至今沒有爭出一個結論，但不管哪一方，都主張對涼州動兵。」
「呵呵……」安郡王冷笑一聲。「說得好似涼州是他們的囊中之物一般，哪來這樣的信心？真當咱們這十萬兵馬是擺飾嗎？笑話！」
「是啊，戰場上瞬息萬變，什麼事都有可能發生。不到最後，誰也不敢輕言勝利。」沈懷孝點點頭。「如此肯定涼州會失守，有些不合情理。」說著，他突然面色一變。「除非……他們早就安排好了。那麼，咱們身邊可能有奸細！」

安郡王一愣，倏地站起身來。

能讓遼國如此肯定會戰勝，想必這個奸細的身分一定不低，才足以得到遼國上位者的信任。

會是誰呢？奸細是在涼州的軍中？抑或是，在京城？

第三十三章 陰霾

迎接年節的喜慶氣氛，到底因為奸細的事情，讓安郡王府乃至南苑都蒙上了陰影，彷彿是霧霾，怎麼也吹不散。

「奸細？」蘇清河躺在床上，已經有些迷糊，卻突然被沈懷孝的話嚇得清醒過來。

「從遼國來的消息，應該是準確的。」沈懷孝嘆了口氣。「這件事有些麻煩。」

蘇清河神情凝重。這確實是很麻煩的一件事，而且完全無從著手。

若奸細是在涼州，還好控制一些。畢竟安郡王對於涼州的掌控，是擁有絕對權力的。要怎麼查、查多深，完全在他的職責範圍內，不會受到任何人的掣肘。

但要是問題出在京城，就有些難辦了。用兵這樣的大事，怎麼可能不向京城稟報？京城不僅有皇上、各位王爺、內閣，甚至還包括兵部，就連傳遞聖旨的驛站，都可能存在洩漏消息的情況。

能做到保證涼州會失守，那這個人在朝中，一定有足夠的分量，否則也接觸不到如此機密的消息。可即便是這樣，嫌疑的範圍還是十分廣泛。是這些大臣本身有問題，還是他們的家人，甚至下屬、幕僚有問題？這些都無從得知。

如今，只怕連驛站都不安全；可若就此和京城掐斷聯繫，又太引人遐想了。不知道的，還以為安郡王擁兵涼州，打算造反呢。

「可商量好該怎麼辦了？」蘇清河問道。
「王爺的意思是，可能有奸細一事，不能讓太多人知道。如今知道這個消息的，也不過王爺、白遠、我和妳四人。消息要是真洩漏出去，只怕軍心不穩，可若要查證，又恐人人自危，難辦啊。」沈懷孝壓低聲音，語氣有些無可奈何。
安郡王在書房裡來回徘徊。「今兒個要不是沈懷孝一語驚醒夢中人，咱們險些誤了大事。」
白遠點頭，又皺眉道：「如今驛站只怕已不安全，就連咱們私密的通信渠道，想來也是防不勝防。為了保險起見，驛站是不能用了，若實在不行，還是讓屬下回京城一趟吧？屬下可以進宮說明情況……」
「不行，你太打眼。」安郡王皺眉道：「眾人都知道你是時刻跟在本王身邊的人，你貿然離開，豈不是打草驚蛇？」
「那怎麼辦？」白遠皺眉道：「這個消息不能再被更多人知道。如今除了屬下，只剩下沈將軍和姑奶奶知道了。姑奶奶是不可能離開的，難道讓沈將軍走一趟？」
安郡王看了白遠一眼。「還有比沈懷孝更適合的人嗎？」
「沈將軍難道就不惹人懷疑？」白遠有些遲疑。
「其一，沈家要送女兒入東宮，無疑是傷害了太子妃的利益。作為太子妃的胞弟，他有不同的意見，要趕回去為姊姊出頭，不算過分吧？其二，清河的身分，已算是不是秘密的秘密，大家都知道的事，可沈家卻遲遲沒有動靜。別忘了，沈家還有一個良國公府高家的女兒在，他若不提前回去清理障礙，難道真要讓金枝玉葉做外室？其三，沈懷孝家中還有兩代長輩，但他已經有五、六年沒歸家；馬上要過年了，回去看看，也是人之常情嘛。其四，你不是說，輔國公府送年禮的車隊明天就到嗎？我想，那高氏必然為咱們沈將軍準備了不少東西。明兒一早，你給清河遞個話過去，她就知道該怎麼辦。」安郡王說完，心裡才吁了一口氣。

白遠點點頭。「是，屬下明兒一早就過去。」

「歇了吧。」安郡王揉了揉額頭，顯得有些疲憊。

隔天，白遠早早地便到了南苑，跟蘇清河單獨說了幾句話，蘇清河就有些了然。

她送走白遠，叫來蘭嬤嬤。「若是有去將軍府送年禮的，直接把年禮和人都給我帶過來。」

蘭嬤嬤一愣。「夫人，您這是……」

蘇清河搖搖頭，沒有解釋，她吩咐道：「別忘了及時通知將軍回府。」

蘭嬤嬤點頭。想到白遠嘀嘀咕咕地找主子說話，就知道有機密之事，她沒再多問，默默地退下了。

此時，人稱菊嬤嬤的菊蕊，正帶著人在院子裡修剪花枝的枝條，以待來年能夠枝繁葉茂。看見蘭嬤嬤，她顯得格外熱情。「姊姊這是去哪兒？這麼急匆匆的。」

蘭嬤嬤腳步一頓，就停下來。「妹妹正忙著吧？」

菊嬤嬤笑道：「還沒找到機會謝謝姊姊呢，想問問您哪天有空，咱姊妹倆好好喝兩盅。」

蘭嬤嬤擺擺手。「千萬別客氣，太客氣可就見外了。」

「看姊姊腳步匆匆，就知道有急事。那成，姊姊忙去吧，咱們改天再好好聊聊。」菊嬤嬤笑道，一句多餘的話都沒問。

蘭嬤嬤心裡卻更加警醒。「沒啥大事，家家都有本難唸的經啊。」她擺擺手，就快速地離開了。

不管白遠找主子做什麼，事情都小不了，而菊蕊何時不問候，偏偏這個時候上前寒暄，這讓她難免多想。

既然主子要把沈家的人接過來，這就有點故意挑事的嫌疑。畢竟輔國公府裡為將軍娶了另一個女人的事，本就不是秘密。她方才刻意跟菊蕊說「家家有本難唸的經」，把事情定義在「家事」上，應當是個還說得過去的理由。

蘇清河隔著琉璃窗，將兩人的一舉一動都看了個清楚，她問道：「賴嬤嬤，這個人，妳怎麼看？」她用下巴點了點菊蕊。

「不簡單。」賴嬤嬤瞇了瞇眼睛。「夫人放心，老奴暗地裡讓人盯著呢。」

午飯，沈懷孝是回來用的。見她早早地打發了兩個孩子，就不由得問：「有事？」

蘇清河點頭，附在沈懷孝的耳邊輕聲說了幾句話。

沈懷孝一愣，低聲道：「知道了，那就來演一齣戲吧！」

蘇清河點點頭，沒再說什麼。

一直到了下午，只見蘭嬤嬤進來稟報道：「鍾善已經將人帶來了，將軍府的二管家也跟來了。」

將軍府的二管家，指的是沈二。

「把東西和人都帶進來吧。」蘇清河坐在主位上，吩咐道。

進來的是一對四十來歲的夫妻，據說是輔國公的親信，身後還跟著一個丫鬟。

蘇清河也沒為難他們，便讓下人把他們送來的年禮一一打開。

只是當箱子打開，看到整箱的衣物，包括中衣和褻褲，蘇清河的臉色就黑了下來。「堂堂國公府，針線居然如此粗糙，這是不把咱們爺放在眼裡了？」

「那可是少奶奶親自做的。」跟在這夫妻二人身後的一個俏麗丫鬟開口嚷道，話一出口，就被那夫妻二人給喝止了。

「少奶奶？呵呵……」蘇清河輕笑一聲，然後看了沈懷孝一眼。「來人，將這幾個箱子搬到外面，給我一把火燒了。」

「是。」鍾善麻利地讓人把東西抬下去。

那夫妻二人冷汗直流。他們來之前，國公爺可是有交代，對這個少奶奶千萬要客氣點、恭敬點。雖然不知道這位是何方神聖，但怎麼也沒料到是這麼個炭火性子，二話不說就來狠的。

沈懷孝看蘇清河那番跋扈的作態，心裡直樂呵。瞧著她生氣的模樣，也覺得她好。

蘇清河偷偷地瞪了沈懷孝一眼，暗示他：該你上場了。

沈懷孝嘴角抿了抿，收斂了神色。「夫人……」

蘇清河站起身來，指著沈懷孝的鼻子，冷笑兩聲。「夫人?!誰是你夫人？我可不敢當。我告訴你沈懷孝，你們沈家要是處理不了那個女人，可別怪我不客氣。」

「夫人息怒。」沈懷孝揮揮手，打發了屋裡的人。

緊接著就聽見裡面的吵嚷聲、瓷器的破碎聲，還有桌椅板凳倒地的聲音。顯然，吵得非常激烈。

第二天，沈懷孝就帶著沈家的人，急忙趕往京城。送走沈懷孝，蘇清河才鬆了一口氣。

「怎麼樣？看見她跟誰聯繫了？」蘇清河問蘭嬤嬤。

「唯一接觸過的人，就是海貨鋪子來送帳本的掌櫃廖平。」蘭嬤嬤低聲道。

「哦？怎麼接觸的？」蘇清河問了一句。

「像是不經意碰在了一起。」蘭嬤嬤低聲道。

「有可能是巧合嗎？」蘇清河不確定地問道。

「拿不準。」蘭嬤嬤搖頭。

「等等……妳剛才說的是什麼鋪子？」蘇清河腦子裡靈光一閃，追問道。

「海貨鋪子，廖平。」蘭嬤嬤又回了一遍。

這讓她不由得想起還沒來涼州之前，閨女那時候就格外地關注海貨鋪子。

「嬤嬤，讓丫鬟傳話，叫琪兒來一趟。」蘇清河吩咐道。

「是。」蘭嬤嬤應了一聲，趕緊退下去，心中卻想：這麼要緊的時候，怎麼又想起孩子了？主子還真是完全讓人摸不著頭腦。

沈菲琪來得很快，她噘著嘴。「娘也真是的，爹爹要出遠門，妳也不提前說一聲。」

「大人有事要忙，哪裡顧得了妳那麼多小心思？」蘇清河笑道。

才不是呢！上輩子，不管去哪兒，爹爹都會告訴她，如今，沒以前疼她了。

蘇清河揉了揉她的腦袋，笑道：「前些日子妳說我偏心麟兒，只有補貼麟兒銀子，妳卻沒有。要不然，娘給妳一個鋪子，妳慢慢學著……」

沈菲琪眼睛一亮。「好啊！給我哪一個？」

「今兒海貨鋪子送來帳本……」不待蘇清河說完，沈菲琪就變了臉色。

沈菲琪的臉色瞬間蒼白，她用手抱住頭，只覺得頭又昏又沈，疼得厲害。

海貨鋪子……她的記憶斷斷續續，只有零星的片段，但關於涼州的記憶，最深刻的莫過於海貨鋪子。

那缺了一角的匾額，擺在貨架上的海魚，到處都充斥著一股子腥臭的氣息；還有搖曳的燈火、昏暗的光線，這一切總是相互交錯地出現在她的腦海。

她一個人，偷偷地藏在貨架的後面，貨架上擺著乾魷魚，魷魚的鬚子好幾次都觸到她的鼻子，那忍不住想打噴嚏的感覺，記憶猶新。她摀住鼻子，眼前馬上猩紅一片，她看見爹爹親手殺了那個掌櫃，血飆出來，濺到她的臉上，還是熱的。

爹爹的聲音冷冽得直讓人打寒顫。「這滿城的死屍，都是你的傑作？」

那掌櫃的臉上鮮血直流，笑得如同鬼魅。

「你到底是誰的人？」爹爹這樣問：「你這樣做是想置我於何地？置沈家於何地？你該死！」

她記得那掌櫃的眼中的瘋狂、譏誚和無所畏懼。

之後，有很長一段時間，她想不起來她為什麼會出現在海貨鋪子？她選擇性地忘記了這段不愉快，甚至是恐怖的記憶，只是偶爾在夢裡，還是會出現那缺了一角的招牌，讓她知道，她曾經有過這樣一個經歷。

「琪兒，是不是又作噩夢了？」蘇清河見閨女臉色蒼白，冷汗順著額頭往下落，就心疼了。她不該問孩子的，即便重活一次，她的年紀也不大，還沒有堅強到能承受這些事的時候。她把閨女緊緊地摟在懷裡。「不怕、不怕，有娘在。」

「死了好多人！不知道為什麼，死了好多人……」沈菲琪的聲音有些飄忽。「那個海貨鋪子的掌櫃是壞人。娘，他是壞人！」爹爹的話，言猶在耳，她相信爹爹絕不會濫殺無辜。那麼，只會是那個掌櫃的本就該死。

第三十四章　試水

蘇清河能感覺到這孩子的顫抖，她伸出手，在閨女身上的神門等穴位上輕輕地按揉，不一會兒，小小的身子就放鬆下來，昏昏沈沈地睡了過去。

她把孩子安置在暖閣的炕上，這才叫了賴嬤嬤來。「熬一碗安神湯來。」

賴嬤嬤看了炕上的小姑娘一眼，心裡還有些納悶。怎麼好端端地就嚇著了？

「說起她作的噩夢，驚著了。」蘇清河解釋了一句。

賴嬤嬤點點頭。「小孩子就是這樣，容易丟魂，安安神就好。」

這邊賴嬤嬤剛出去，汪嬤嬤就抱著沈飛麟進來了。

「少爺要過來。」汪嬤嬤解釋了一句。

蘇清河把兒子抱過來，幫他把外面的大衣裳都脫了，問道：「天色不早了，你怎麼想起要過來？」

沈飛麟揮手讓嬤嬤出去，才道：「爹爹不在，娘又找姊姊，我怕有什麼事，就過來看看。要不然，我和姊姊還是跟娘一起睡幾天吧？」

蘇清河點頭，看了閨女一眼。「這樣也好，她這是受了驚嚇，晚上有娘陪著，她也能安心一些。不過最近正是多事之秋，你暫時別折騰了，就好好地在屋裡待著。」

沈飛麟點頭。「知道了，娘。」他頓了頓，問道：「爹回京到底是為了什麼？」

「進宮送信的。」蘇清河在兒子耳邊耳語道：「出了奸細，不安全。」

沈飛麟這才了然。「難怪。」他就說嘛，爹娘吵架的這件事看似合理，其實蹊蹺著呢。

「娘這兩天也不得閒，有些事情要著手查一查。你姊姊……就交給你看著。」蘇清河摸了摸兒子的頭。

「娘想查什麼？」沈飛麟又追問一句。

「查幾個鋪子。」蘇清河有些敷衍地道。

「海貨鋪子！」沈飛麟篤定地道。

蘇清河這才正眼瞧著這個孩子。「你怎麼會認為是海貨鋪子？」

「兒子讓人查將軍府，府裡有位管著下人廚房的何嬤嬤，經常去這家海貨鋪子，總是拿一些據說是賣剩下的乾貨回去給下人們打牙祭。這本也沒什麼，不過兒子好奇的是，她每次去海貨鋪子，都是在爹爹回過將軍府之後。」沈飛麟說完，看著蘇清河，等著她理順關係。

「是這樣啊……」蘇清河點點頭。「我知道了，接著說吧。」

沈飛麟解釋道：「我一開始就覺得奇怪，海貨都是乾貨，哪裡有什麼賣剩下的一說？反正壞不了，剩下又怎麼了？也不至於拿出來給人隨便吃啊！況且，哪些貨物好賣，哪些不好賣，這都是一個掌櫃的該關心的事，進貨不就是要注意這些嗎？搞不清楚這些事，他這個掌櫃的就不合格。何嬤嬤輕易地就能把東西拿走，兒子心想這個掌櫃的定是中飽私囊，若等到真虧損了，他再把責任推到府裡的下人身上。府裡可是養著許多爹爹的親兵，都是心腹，爹爹難道會為了一點吃的，便落下一個苛待下屬的名聲？想必最終爹爹也不好追究。」

沈飛麟接著皺眉道：「我總覺得這個人頗有問題，於是就查了查他，沒想到他倒是格外清貧。在涼州城北邊，靠北城門的地方，買了個破敗的小院子安家，那就是他唯一置辦下的產業。那地方根本沒人願意去住，因為隔一道城牆就是護城河，更是軍營指定取水的地方，一天到晚來來往往的車馬不歇，過往的還都是軍中的粗漢，誰把家安到那裡也不安心。所以，一個院子只要十來兩銀子，可這樣一來，這掌櫃的就跟貪污扯不上邊了。那麼，他既然不貪，卻跟何嬤嬤這般密切地來往，肯定有其他理由。我又讓人盯了幾次，才發現何嬤嬤去海貨鋪子的時間，是有規律的。」

蘇清河點頭。「做得好。」她神色有些凝重，想起閨女所說的「死了很多人」的話。怎麼會死了很多人呢？閨女又說到「海貨鋪子的掌櫃是壞人」，想來跟「死了很多人」是有聯結的。那麼，這些人肯定因他而死！怎樣才能做到不動聲色地害死那麼多人呢？蘇清河想到了一種可能，她臉色一變，問道：「你說他的宅子在哪兒？」

「北城。」沈飛麟答道：「運水巷最裡面。」這條運水巷，就是因為軍營運水必經此巷而得名的。

「水？」蘇清河站起身來。「水有問題。」

沈飛麟一愣，駭然變色。要是真有人偷偷地在水裡下藥，那麼後果不堪設想。

「你看著你姊姊，娘得趕緊告訴你舅舅一聲。」蘇清河站起身來，就疾步往外走。

沈飛麟點點頭，目送蘇清河出門，心中暗自腹誹：真該死，這個掌櫃的偏偏是沈家人！要真得逞了，沈家就是罪魁禍首，想要脫罪談何容易？這可不是一句「不知情」就能撇清罪名的。

「殿下，姑奶奶來了。」白遠打斷了正在看地圖的安郡王。

「時候不早了，她怎麼過來了？知道發生什麼事了嗎？」安郡王轉過身來，問道。

白遠搖頭。「不知道，不過姑奶奶看起來很著急。」

「那就請進來吧。」安郡王站起身來，吩咐道。

「是。」白遠迅速出去請人。

蘇清河進來的時候，還喘著粗氣，就知道她是跑著來的。

安郡王皺眉道：「大冷天的，怎麼也不穿暖和點？」

蘇清河低頭一看，自己竟忘了穿大氅。她不在意地搖頭。「走得急，忘了穿了。」她回頭吩咐白遠。「別讓任何人靠近，我有話和王爺說。」

白遠看了安郡王一眼，等著主子發話。只見安郡王擺擺手，示意他按蘇清河說的去做。

「怎麼了？」安郡王拉她坐下，親自倒了茶遞過去，問道。

「放在我院子裡的那個菊蕊動了。」蘇清河不能直接把兒子的發現說出來，有些話得換個說辭。

「哦？」安郡王示意蘇清河往下說。

「跟她聯上的是沈懷孝在涼州海貨鋪子的掌櫃，廖平。」蘇清河低聲道：「廖平在北城的運水巷有一處宅子，隔著城牆，緊靠著蓄水池。」她站起來，走到地圖前，指了指上面的蓄水池。

鋪子是沈懷孝的，但人未必都效忠他。世子夫人的特殊身分，讓她的人在沈家幾乎無孔不入，由此可以得出，這個廖平背後，或許就是那股他們還摸不清的勢力。

再聯想到來自遼國的消息。遼國上下一致主張要攻取涼州，可能遼國已經和某些人達成合作，知道涼州必會出亂子，不攻自破，那麼，這個亂子是什麼呢？

安郡王看了看蘇清河所指的蓄水池。難道是水有問題?!在水裡下毒嗎？

他連呼吸都急促起來，問道：「這件事能確定嗎？」

「我想不出其他的可能。」蘇清河搖頭道。

安郡王站起身來，在屋裡來回走動。好半天，他才道：「那個廖平不能動。」

蘇清河點頭。「沒錯。廖平已經進入我們的視線，總有辦法應對，若是過早動手，那背後之人還能再安排其他人執行別的計畫，到那時才是真正防不勝防。」

安郡王點點頭。「為今之計，我們得知道水還乾不乾淨?廖平又是否已經動手?若是動手了，下的藥會不會是慢性的?有沒有解藥?」

「這件事我來處理吧。」蘇清河主動請纓。「此事不能聲張，免得謠言四起，軍心不穩。而對於毒藥，相信能勝過我所知的，世上只怕不多。」

「金針梅郎的閉門弟子，我還是信得過的。」安郡王臉上這才鬆快了幾分。

「今兒半夜我想去蓄水池一趟，實地看看。」蘇清河道。

「我來安排。」安郡王立即接話。

京城，皇宮，乾元殿

「皇上，該歇息了。」福順將燈挑得更亮堂一些，又摸了摸桌上的茶盞，已經有些涼了。他順手給換上一盞熱奶，才退到一邊。他知道，即便提醒了皇上，可不把手中的事處理完，皇上是絕不可能休息的。

明啟帝「嗯」了一聲，眼睛沒離開手中的摺子，順手端了茶盞過來，喝到嘴裡，竟是一股子奶味。他看了福順一眼，見這奴才恨不得把頭埋到肚子裡去。「又自作主張了？」

「夜已深，再喝茶恐怕更睡不著了。」福順即便害怕，還是堅持道。

「罷了，喝一喝也就習慣了。」明啟帝皺眉，跟喝藥似的把牛乳喝下去。

福順這才鬆了一口氣。

「老四那邊的摺子，晚了幾日了？」明啟帝提起筆，又問了一句。

「回皇上，整整三日了。」福順低聲道。

「已經三天了。」明啟帝皺了皺眉。「這可是從來沒有過的事。」

「明摺已經到了，都是些老生常談的事，兵部的大人們對於王爺的無所作為也有各種猜測。但依奴才看，四殿下行事向來穩妥，這明摺按時到，暗摺卻不到，就說明遇到特殊情況了。而這些情況，恐怕是不能給那些大人們知道的。」福順輕言慢語，一副沒什麼好大驚小怪的語氣。

明啟帝認同地點頭。「那些個大臣啊，沒一個是敢出來擔事的，恨不得早早把自己給撇清。」他搖搖頭。「依朕看，還真不如你這個老東西看得清楚。」

福順一副受寵若驚的樣子。「皇上這可是抬舉奴才了。」他敢替安郡王辯白一二，不過是知道安郡王在皇上心裡的地位。凡事都往皇上心坎上說，能不讓皇上覺得順心順意嗎？

正說著話，耳中就傳來清脆的鈴聲。福順知道，這是暗衛的信號，說明有急事回稟皇上。他趕緊低頭退下去。

此時大殿中出現了一個黑衣人。「主子，加急。」

明啟帝接過紙條，上面寫著「涼州有異，駙馬進京」。駙馬，指的是沈懷孝了。他皺眉。既然老四只打發沈懷孝進京，代表事情還在可控的範圍內，可老四這舉動顯然是不放心由其他人或其他渠道來傳信，看來事情也不小。

他沈吟半晌，才對黑衣人吩咐道：「讓你的人，在暗處配合老四。」若不是發現了什麼，老四不會這般謹慎。

「是。」黑衣人聲音還在耳邊，卻已不見人影。

明啟帝順手燒掉紙條，才拿起桌上的摺子，臉上露出幾分笑意。能讓沈懷孝進京，代表老四對沈家這小子還是信任的，從另一方面看來，這一對過了二十年才再度重逢的兄妹倆，應該也處得挺好。

通往京城的官道上，一行人不分晝夜地往京城趕。

「二爺，天寒地凍的，在驛站歇一會兒再趕路也不遲啊。」說話的是被沈家派來送年禮的管事。他在府裡養尊處優慣了，哪裡受得了這些個苦楚？

沈懷孝沒有說話，看了沈三一眼。

沈三臉上就帶著一股凶悍之氣。「喊什麼喊？讓你們自己上路，你們偏不聽，如今要跟就好好跟著，若不跟，大可自己慢慢走。咱們主子歸心似箭，哪裡容得下你在這裡嘰嘰歪歪的？」

「哎喲！您瞧瞧……」他指著趕車的馬夫，還有馬車上的丫鬟、婆子和小廝。「真不能再趕了，要不然，會出人命的。」

沈三從懷裡摸出兩錠金子，扔給那管事。「你們自己慢慢走吧，主子時間有限，還想多點時間陪陪家裡的長輩呢。你們慢行，放心，沒人會責怪你們。」

那管家這才點頭哈腰，說了一車感謝的話，目送沈懷孝一行人離開。

「可算甩掉這些包袱了。」沈大對著沈懷孝感嘆。

「走，換馬不換人，趕在明天天黑前進京。」沈懷孝策馬前行。

京城，一別六年，終於又要踏入這座城池了。

離開時，他是個激情飛揚的少年，如今，卻已經不同了。時間在他身上，留下了太多無法掩蓋的痕跡。

輔國公府

「祖父，剛接到消息說，小弟回來了，如今應該離京城也不遠了。」沈懷忠一臉笑意對國公爺回稟道。

「好！好！好！」輔國公高興地連道了三聲好。「回來就好，肯回來就好。一家人，都是骨肉至親，有什麼事不能坐下來好好商量的？」在他看來，沈懷孝肯回家，肯重新踏進家門，就有修復關係的可能。

「誰說不是？」沈懷忠笑道：「走的時候，還是個毛頭小子；如今，也是兩個孩子的父親，是個大人了。」

「是啊……是個大人了。」輔國公臉上的笑意收了收。說到兩個孩子，就不能忽視在府裡的那個女人，還真有些棘手。那個女人若那麼容易打發，當初就不會結下這門讓人反感的親事。看來，這小子此次回來，只怕也是為了這件事。

「祖父可是擔心那個高氏？」沈懷忠問道。

「想起那個女人，老夫心裡就直犯噁心，更別說你弟弟那脾氣，到時候若真把她一腳踹出去，只怕就不好看了。」輔國公嘆道。

「不能想個辦法打發了高氏嗎？」沈懷孝皺眉。「不看瑾瑜的面子，也得顧著……」他指了指皇宮的方向。「那位……可不是個好性子。」

輔國公無奈地看了大孫子一眼。這件事情要是能這麼簡單地解決，他會等到現在還沒動作嗎？他緩緩地嘆了口氣，轉移話題道：「你爹呢？」

「爹爹打發下人去收拾瑾瑜的院子，可他不放心，要去盯著。」沈懷忠笑道。

輔國公皺眉。這種事本該由女人操心，沒想到江氏如今居然連這點戲也不願意演了。他沒再多說什麼，點頭道：「那你也去忙吧。」

良辰院

李嬤嬤皺著眉頭，跟高玲瓏身邊的丫鬟紅葉商量著。「這可怎麼辦才好？二爺要回來了，咱們小姐……要不要讓她知道？」

紅葉的臉瞬間就白了。「嬤嬤，這件事只怕咱們想瞞著小姐，也瞞不住啊。」她跟李嬤嬤都是從在良國公府時就跟著這位主子的，就算主子已嫁到輔國公府，要是沒外人在的話，她和李嬤嬤仍習慣稱呼主子為小姐。主子也沒刻意要她們改口，就一直這麼叫著了。

「這可怎麼好？這二爺他……能待見咱們小姐，才見鬼了。」李嬤嬤滿心慌亂。「這可如何是好？要不然妳回一趟良國公府，去見見夫人，看她有沒有什麼主意？」

紅葉搖頭。「嬤嬤糊塗，只怕小姐最不願意求助的，就是娘家。」

「那妳說該怎麼辦？」李嬤嬤瞪眼。「府中四處張燈結綵，指不定什麼時候，這風聲就吹到小姐耳裡，那可就真不好了。」

這邊兩人還沒有商量好，就見一個三、四歲的小姑娘，從外面跑進來，邊跑邊嚷道：「娘！是不是我爹爹要回來了？他們都說我爹爹要回來了。」

李嬤嬤和紅葉的臉色瞬間慘白起來。

屋裡先是一聲重物落地的聲音，緊接著高玲瓏略帶緊張的聲音傳來。「慧姊兒，妳說什麼？」

小姑娘瞪了一眼擋著她的李嬤嬤和紅葉，衝進去嚷道：「他們都說我爹爹要回來了。」

高玲瓏心頭湧出一股狂喜。「可當真嗎？」她攥住慧姊兒的肩頭，連聲問道。

慧姊兒皺眉，動了動小肩膀。「娘，妳抓疼我了。」

高玲瓏這才意識到，她連忙鬆手。「娘太高興了，不小心抓疼姊兒了，對不住。姊兒告訴娘，妳是聽誰說的？」

「大家都知道啊。」慧姊兒揚起下巴。「府中的人都在清掃，說是準備迎接爹爹呢。」

高玲瓏看向李嬤嬤。「嬤嬤，妳怎麼不告訴我一聲？」

「老奴也是剛知道的，正要跟小姐您說呢，咱們姊兒倒搶先一步，成了報喜的小喜鵲。」李嬤嬤不自然地回了一句。

紅葉也在一邊笑道：「今兒一院子的人都沒出門，知道得就晚了一些。」

高玲瓏冷哼一聲。「二爺回來了，我這個二少奶奶卻是最後一個知道的。」她看了看屋子。「咱們不管他們，只管佈置起來。成親的時候，那些紅綢、紅燈籠和喜燭還在不在？統統都找出來。要是實在舊了、不成樣子了，就去庫房領新的。」

李嬤嬤沒敢質疑，趁著有差事，迅速地出來了。有些話，還是別說出來的好。

「還有這床上的帳子、被褥，都換了。」高玲瓏滿臉喜色，指揮著紅葉。

紅葉暗暗叫苦，卻又有點可憐自家小姐。也不知道她這是在騙自己還是騙別人？

「不要這個暗紅的，把鴛鴦戲水的給拿出來。」高玲瓏渾身洋溢著幸福的氣息。

紅葉暗想，也不知道小姐哪裡來的自信，認為二爺會過來歇息。

「哎呀……」高玲瓏看看身上的衣裳，又摸了摸頭上的首飾，喊道：「綠葉，妳這丫頭上哪兒去了？給我把衣裳都找出來，挑了鮮亮的讓我換上。這渾身上下灰溜溜的，像什麼樣子？再把那套紅寶石的首飾拿出來，如今戴上正適合。」

紅葉給綠葉使了個眼色，兩人都沒說話，只聽主子的安排忙活著。

她們都能想像得到，這府裡不知有多少人，躲在暗處等著看她們的笑話呢。

「哪一件好？紅的顯得過於莊重，紫的又太華貴，還是粉的吧，粉的好。」高玲瓏把衣裳一件一件地掛在身上比劃。

「小姐生得美，穿什麼都好。」紅葉嘴角僵硬地笑了笑。「不過，二爺還不知道什麼時候回來，如今就裝扮起來，只怕太早。」

「也對。」高玲瓏笑道：「時間還很充足，慢慢挑。」她收了手裡的衣裳，又想起什麼似的說：「我是不是還忘了什麼？」

紅葉搖頭。「不急，您慢慢想。」她在心裡默默地補了一句，最好永遠都別想起來。

「慧姊兒！慧姊兒的衣服首飾準備得怎麼樣了？」高玲瓏皺眉，看了看已經在炕上睡下的慧姊兒。「不像，還是不像！」她朝紅葉喊道：「把眉筆給我拿來，二爺的眉毛不是這個樣子的。慧姊兒怎麼能不像她爹爹呢？」

紅葉從心裡泛起了寒意。誰都知道慧姊兒不是二爺的孩子，怎麼可能相像？主子一定是瘋了！

第三十五章　起風

此時榮華堂中，世子夫人江氏正靜靜地坐在屋中，聽著丫鬟綠兒的稟報。

「二少奶奶十分熱心，想要領了給二爺收拾院子的差事，又打發人去庫房，領取龍鳳燭等物。下面的人不敢作主，報到奴婢這裡來，還請夫人示下，究竟該怎麼安排才妥當？」綠兒低著頭，緩緩地稟報。

世子夫人的嘴角，勾起了幾絲冷笑。「還真是上不得檯面，她倒像是幾輩子沒見過男人似的。」

聲音壓得很低，但綠兒還是聽見了。夫人以婆婆的身分這樣說二少奶奶，多少有些惡毒。平時夫人看著對二少奶奶還算和善，這時候卻突然變了臉色。夫人的心思，果真是不好猜測，她越是伺候得久了，越是知道夫人的喜怒無常，她心裡不由得一嘆。二少奶奶如今的行為，在眾人眼裡不過是戲臺上的小丑，而可悲的是，二少奶奶竟猶不自知。

綠兒收斂臉上的神色，一副恍如未聞的樣子，疑惑地問道：「夫人恕罪，奴婢……奴婢剛才沒聽清楚。您說，該怎麼安置？」

「外院的事，自有世子爺和大爺安排，與她無關。至於她要東西……只管給她！她樂意丟人，我可沒心思奉陪。」江氏的臉色陰沈下來，語氣冷硬。

綠兒應了一聲，趕緊退出來。

不管輔國公府中鬧得如何雞飛狗跳，沈懷孝趕到京城外的時候，已近黃昏了。城門外，沈懷忠親自帶著人守在那裡，直到看見沈懷孝一行人，才吁了一口氣。這天寒地凍的，總算是把小弟給盼回來了。

「瑾瑜！」沈懷忠喊道。

沈懷孝心裡有些複雜，他面上不露聲色，搶先行禮道：「大哥，這些年可還好？」

沈懷忠一把將人扶起來。「好！都好！」他上下打量了沈懷孝兩眼。「你這小子，高了，也更壯實了。這些年沒少吃苦頭吧？」

「也還好。」沈懷孝應了一句，又問：「祖父和父親可都好？家裡其他人也都還好吧？」

「都好，都盼著你回來呢。」沈懷忠呵呵笑。「知道你要回來的消息，祖父高興壞了，父親更是親自為你收拾了院子，連擺件的位置都要親自安排。他們可都想你了。」

兩兄弟很默契地都沒有提起世子夫人江氏。

「勞長輩記掛，是我的不孝。」沈懷孝一直是淡淡的表情，讓沈懷忠也看不明白他這些話有幾分真、幾分假。

「趕緊回家，就等著你開宴呢。」沈懷忠伸出手，想去拉沈懷孝的胳膊。

沈懷孝索利地躲開了。「大哥，我還不能回家。」

沈懷忠馬上變了臉色。「哪有不回家的道理？」

「大哥，你聽我說。」沈懷孝擺脫了兄長的拉扯。「我這次回京是為了什麼，你大概心裡有數。家裡只要有那個女人在，我就不能主動進家門，這點你應該明白。所以，我得先進宮請罪，看看這件事能不能有所挽回？」

「你趕了好幾天的路，衣衫不潔，如此進宮不是衝撞聖顏嗎？再說了，這都什麼時辰了，宮裡該下鑰了，還是先回家打理一番，明早再進宮也不遲。」沈懷忠小聲勸道。

「大哥，天家的事，可不是糊弄一番就能過去的，哪怕在宮門外站到明日天亮，我都得站著，這是態度問題。」沈懷孝一句也沒說家裡的不是，但每句話背後的意思，卻都是在譴責家裡對於高玲瓏這件事上的不聞不問。

沈懷忠苦笑兩聲。「罷了，既然你堅持，我也不能勉強。看來你真的長大，有自己的想法了。要不，我先讓人回家報個信，然後再送你進宮，可好？」

「多謝大哥。」沈懷孝拱手道謝。「離京多年，人事生疏，少不得大哥為我上下打點一番。」

雖然知道這是客氣話，但聽進耳裡，沈懷忠心裡還是覺得舒服了幾分。

兩人翻身上馬，直奔皇宮而去。

城門口又不是什麼私密地方，兄弟倆的一番話像一陣風一樣，不出一個時辰，連同沈懷孝突然回京的消息，很快就在京城裡都傳開了。

宮門守衛森嚴，果然已經下了鑰，沒有特殊的腰牌，休想靠近。

「看吧，果然下鑰了。」沈懷忠搖搖頭。「真打算站到明天？」

沈懷孝從懷裡摸出腰牌。「先試試這個再說，實在不行，只能等了。」

沈懷忠還沒看清楚那是什麼腰牌，沈懷孝就已經走過去，把腰牌遞給守門的將士。

「這位公子請稍等，我得進去稟報一聲。」那守門的將士接過牌子，便往裡面去了。

「有勞了。」沈懷孝客氣了一聲，才退回來。

沈懷忠急忙問道：「怎麼樣了？」

「還得再等等才知道。」沈懷孝笑著應了一句。

沈懷忠沒有說話，但心裡一點也不平靜。以輔國公府的地位，想要在這個時候進宮，也絕不是件易事，不知道要託多少人情，才能把消息遞到御前。可他倒好，只遞了一塊牌子，守門的將士竟不敢馬虎，連多問一句也沒有。看來自己的這個弟弟，隱藏了不少秘密。

守將很快就出來了，連同他一道的，還有在皇上近身伺候的大內總管，福順福公公。

沈懷忠趕緊行禮。「內相大人一向可好？」

「好。」福順樂呵呵地跟沈懷忠應付了一聲。輔國公府的大爺，在京城雖是響噹噹的人物，但在他眼裡，還不算什麼，哪裡及得上小公主的駙馬？那可是皇上心尖上的人物啊。

他轉身面向沈懷孝，滿臉堆笑，不等沈懷孝行禮就趕緊攔了。「您這不是折煞老奴嗎？」福順在沈懷孝的面前自稱奴才，態度已經十分明顯了。

「有勞公公親自跑一趟。」沈懷孝堅持行了半禮，這是既給了福順面子，又沒有辱沒蘇清河的身分。

福順在心裡暗暗點頭，但還是避開身子，不敢受。

沈懷忠心裡一緊，把這些一一記在心裡。他知道，像福順這樣的人，從來沒有自己的喜惡，只把皇上的態度透過他的一言一行表露出來。看來聖意已非常明白，高氏的事，可真是拖不得了。

「大哥先回吧，讓祖父和父親不用擔心。」沈懷孝跟沈懷忠告別。

之後他又看向沈大和沈三。「你們呢？」是問他們要回沈家休息，還是有別的想法。

「屬下就在那家茶館等主子。」沈大指了指不遠處的茶館道。

沈懷孝這才起身，跟著福順進了宮門。

乾元殿

明啟帝見到了風塵僕僕的沈懷孝，馬上道：「起來說話吧。」

沈懷孝站起身來。「謝皇上。」

「那丫頭和兩個孩子可還好？」明啟帝看著沈懷孝問道。

沈懷孝有些感動。他相信涼州的異樣皇上肯定已經知道了，可還是什麼也不問，先問那母子三人的情況。

提起蘇清河和兩個孩子，沈懷孝冷硬的臉上，就染上了暖色。「回皇上的話，清河很好，兩個孩子也好，除了偶爾有些頑皮，一切都好。」

「孩子麼，哪有不頑皮的？」明啟帝的聲音裡透著笑意。「聽說麟兒跟朕長得頗為相似，可有這回事？」

沈懷孝不由自主地看了明啟帝一眼，才道：「單看五官長相，有七、八成相似。他明明是個沒多大的小人兒，卻總愛裝大人、板著臉，擺出一本正經的模樣，好似那樣就顯得有威嚴了。」

明啟帝聽得興致盎然，他看向福順道：「這一點隨了老四。你記不記得老四小時候，就這副德行，朕說了好多次，也不見改，還是大了以後，才慢慢好一些。」

「老奴記得。四殿下小小年紀，可那身板不管什麼時候，卻都挺得又正又直。」福順打趣道。

提到安郡王，明啟帝才把話題轉到正題上。「老四打發你回京，可是出事了？」

沈懷孝趕緊收斂心神。「這是王爺寫給皇上的親筆信，請聖上御覽。」說著，他撕開袖子，從裡面拿出一封信來。

信是寫在一張極薄的絹帛上的，縫在袖子裡，很難被發現。派了如此親近之人送信，還做得如此小心，可見事情比想像中的嚴重多了。

明啟帝頓時心裡一緊，讓福順把信接過來。

這封信，明啟帝看了足足有半個時辰，似乎是在消化信中的內容。

沈懷孝不敢直視聖顏，只偷偷用眼角餘光瞥了幾次，從皇上的神色上卻看不出一點端倪。他心下一哂，要是皇上那麼容易讓人一眼看透，也就不是皇上了。

「福順，先讓瑾瑜坐吧。」明啟帝將信放下，看向沈懷孝，並稱呼他的字，無形中顯得親近了許多。

「謝皇上賜座。」沈懷孝安穩地坐下，這才吁了一口氣。

「秘信中的事情，朕已經知道了。你可以傳口信給安郡王，就說讓他先管好涼州，其他的事情，暫時不用他操心，朕心裡有數。」明啟帝往椅背上一靠。「福順，給瑾瑜上茶。」

連番的恩賞讓沈懷孝有些受寵若驚，戰戰兢兢地謝恩。

「坐吧，你也不是外人。」明啟帝擺擺手。「開春之後的戰事，至關重要，你們務必把心思集中在戰事上。事有輕重緩急，門外的惡狼比起家裡的耗子，可怕太多。老四既然擔心京城裡魑魅橫行，那麼，朕給他一道密旨，允他便利行事，不必事事請旨，如此，當可避開京城的漩渦。至於涼州，就看他自己了。」

「是！臣一定將話帶到。」沈懷孝鄭重地承諾。

「只有口信可不成。你臨出發前，自有人會將密旨給你送過去。」明啟帝笑道。

沈懷孝點頭。「皇上，臣回京前，清河趕製了兩瓶藥水，一瓶用來書寫秘信，寫過後，字跡會消失，看信之人，則用另一瓶藥水塗抹，塗抹後再用火烘烤才會顯現。清河叮囑說，世事無絕對，難保有什麼急事需要聯絡溝通，這個東西雖不能保證萬無一失，但相對來說，安全許多。」

明啟帝挑了挑眉，有些驚詫。「竟然還有這樣的東西？」

「大夫的手段，總有些高深莫測。」沈懷孝解釋了一句。說著把東西從懷裡掏出來，遞給福順。

福順接過來，看了看，才遞到明啟帝的手裡。

不光有兩瓶藥水，還有製作藥水的方子。

沈懷孝接著道：「即便這樣，也不是絕對安全的。畢竟人外有人、天外有天，難保不會有高人識破這裡面的機關。清河說，讓皇上可以在秘信中再加入密碼，也算是雙重保障。」

明啟帝一聽就明白了。藥水出自蘇清河的手，又經過沈懷孝遞上來，如今看著沒什麼問題，誰知道以後會不會因為他們兩個是知情之人，而惹來麻煩。如此安排雙重關卡，是他們在避嫌呢。

他好奇地看了沈懷孝一眼。「說說這個密碼。」

「清河教了臣最簡單的一種。她說這種密碼，一通百通，可以自行演化。」說著，他站起身。「請隨便給臣一本書。」

明啟帝看了福順一眼，福順會意，將一本《論語》交到沈懷孝手裡。

「第一個數字代表頁碼，第二個數字代表這一頁的第幾行，第三個數字代表這一行的第幾個字。只要雙方拿的書版本相同，就可以將這些對應的字用數字來表示，讀信之人再對照轉換，將其中的文字連接起來，就是我們要表述的內容。另外，還可以根據需要，有規律地將密碼再次加密。這個法子很靈活，全憑需要傳遞消息的雙方自行商定。」沈懷孝簡單地講了一遍，明啟帝就明白這裡面的好處。

比起固定的顯影水，密碼的好處就在於更好運用，密碼隨時可以更改，破解了上次的，也不一定就能破解這次的，可謂千變萬化。而且每個聯絡的人，都可以設置單獨的密碼，這讓內部洩密的可能性降到了最低，同時也對於提出這一建議的蘇清河和沈懷孝兩人來說，更是撇清了自己的嫌疑。雖然方法一樣，但其中的變化無窮，他們也不可能成為洩密之人。

其實，蘇清河在提出密碼時，最懊惱的就是不能使用阿拉伯數字，用漢字書寫的數字，其實是很麻煩的，但這也是沒辦法中的辦法。不過，阿拉伯數字留給自己使用也是可以的，這就和別人區別開來了。

明啟帝看著沈懷孝，神情難測。「瑾瑜啊，朕的這個女兒，不算辱沒你吧？」

「臣不敢。」沈懷孝有些心驚膽戰。「清河不僅聰慧過人，且醫術出神入化，得金針梅郎真傳；即便如此，她仍甘於平凡，為臣生養子嗣、教養兒女，是個不可多得的賢妻，反而是臣讓她受了許多委屈。臣平庸，又一直碌碌無為，是臣辱沒了她。」沈懷孝的語氣很真誠。

這讓明啟帝一笑。「你也不用妄自菲薄。朕知道你的事，做得還算不錯。至於沈家麼，朕相信你明白。」

「是，臣明白。」沈懷孝頭上的汗已經滴了下來。看來，皇上對沈家已經頗多不滿，家裡卻絲毫不曾察覺，真是可笑。

「拜見一下長輩，就儘快回涼州吧，別耽擱太久。」明啟帝叮囑了一句。

「臣領命。」沈懷孝躬身回應。

沈中璣陪輔國公坐在書房，聽著沈懷忠的稟報。「那福順公公的態度，就明晃晃地擺在那兒呢。可見皇上對這個流落在外的公主，還挺上心，這件事不是咱們想糊弄，就能糊弄過去的。」

沈中璣皺了皺眉，道：「瑾瑜怎麼說？」

「二弟的態度很堅持，只怕不能善了。」沈懷忠想起沈懷孝的神色，補充道：「就算對方不是公主，只憑著那兩個孩子，二弟都不會妥協。」

輔國公揉了揉腦袋。「能怎麼辦？」他嘆了口氣。「讓人下帖子給良國公，就說明天老夫登門拜訪。」

沈中璣搖搖頭。「這件事良國公要是說話算數，就不會鬧到今天這樣的局面。」

「不管姓高的那老匹夫答不答應，咱們先擺明態度再說。」輔國公別有深意地看了世子一眼。

沈中璣明白了，父親這是要作戲給瑾瑜看，要讓他知道沈家是支持他的，可是高家不讓步，能怎麼辦呢？

不過，瑾瑜已經不是六年前那個單純的孩子了。一個少年在戰場搏殺，一直走到今天，可不是靠體力或武力就能辦到的事。如此年輕就成為武官，不但需要魄力與決斷，更需要智慧和手段。

一個二十歲的三品武官，絕不好應付。

第三十六章　不認

天色已晚，京城的天空又飄起了雪花。

沈三守在宮門外，看見沈懷孝出來，連忙迎上去。見主子身後跟著兩個小太監，知道肯定是帶路的人，便打賞了一番，才把沈懷孝請進了茶館。

「主子簡單梳洗一下，喝點熱茶。」沈大把熱毛巾遞過去，說道。

沈懷孝點頭。他還有一場硬仗要打，不能不打起精神。

兩杯熱茶進肚，塞了三塊點心，輔國公府的大管家就進來請人了。

「二爺，國公爺和世子打發小的請您回去，馬車已經在外面等著了。」

「那就走吧。」沈懷孝站起身，朝外走去。

大管家趕緊跟上。他還以為要費些口舌呢，沒想到這位爺這麼好說話。

不過，倒不是沈懷孝好說話，而是他這次回京的真正差事不可被任何人發現。既然如此，作戲就得作全套，不能惹人懷疑。

至於回了沈家之後，該如何應對，也只有見招拆招了。

輔國公府各房的人都聚集在春暉院。

春暉院是輔國公和國公夫人華氏的院落，此時燈火通明，熱鬧非常。

雖說華氏是繼室，但該有的體面和規矩還在，沈懷孝回來，自是要進來磕頭的。此時華氏面色慈和，只是若有似無之間，嘴角帶了幾分嘲諷之色。

一屋子的女眷，都悄悄地打量著坐在一旁的高玲瓏。

只見她頭髮梳成飛仙髻，戴著鳳釵，鳳釵上的紅寶石熠熠生輝；她穿了一身粉色的襖裙，嬌俏如三月的桃花；娥眉淡掃，眼若秋水，滿目含情。她雙手絞著手裡的帕子，顯得分外期待與緊張，而她身邊坐著一個三、四歲的小姑娘，本也是好顏色，不過今日怎麼看卻怎麼彆扭。那孩子本來彎彎的眉毛，硬是被畫成了劍眉，稚嫩的臉上，多了幾分違和之氣。

世子夫人在看到慧姊兒的臉後，就不止一次地皺眉，她壓下心頭的火氣。「紅兒，帶慧姊兒去洗臉。」

高玲瓏一把拉住慧姊兒的手。「母親，慧姊兒之前已經洗過臉了，這樣挺好的。」

話音一落，屋裡就響起幾聲恥笑，讓高玲瓏的臉色瞬間白了起來。

這時候，屋外響起了急匆匆的腳步聲，下人進來稟報。「老夫人，二爺已經進府，馬上就過來了。」

別人還沒出聲，高玲瓏就站起身來。「當真？快，再去打探！」

此時，沈懷孝已到了外院，正要去拜見祖父和父親。

在茶館簡單地梳洗後，沈懷孝就換了一身衣裳，看起來滿身英氣，即便容貌依舊俊美，也沒人敢打趣。畢竟在戰場上養成的殺伐之氣，可不是京城中嬌養的公子哥兒能比的。

沈懷孝再次邁入國公府，心情多少有些複雜。面對這個生了他、養了他，卻同樣也傷了他、棄了他的國公府，他的心裡沒有久違的期待與激動，只有排遣不了的無奈與厭煩。

他的心越來越平靜，幾乎掀不起一絲波瀾。這裡不是家，家是遼東的小院子，是涼州的南苑；是充滿嬌妻的笑聲和孩子稚語的地方；是洗去一身疲憊，能安心地喝碗熱湯的地方；是卸下所有的偽裝，可以坦然安睡的地方，而不是這個掛著虛偽的面具，演出父慈子孝的地方。

大堂裡，高高在上坐著的就是祖父輔國公，比起六年前，似乎沒變老多少，仍是身強體健，老而彌堅。聽沈二打探的消息說，祖父上個月還納了個秀才的女兒做妾，老來亦不改風流本色。

坐在下首，面色有些激動的是父親，人到中年，越發顯得儒雅。在京城，父親比一般的年輕公子還受閨閣女子們追捧，都說他容姿俊美，待夫人一往情深。可真相又是如何呢？沒人比他更知道，這對夫妻根本是貌合神離。

他跪下身，規矩地磕了頭。「不孝子孫回來了，給祖父、父親磕頭。」

輔國公站起身來，親手扶起他。「回來就好、回來就好。」

沈中璣上下打量了他一番，才道：「看著壯實了，也是個大人的樣子了。」

「兒子也不想長大，無奈歲月催人老啊。」沈懷孝臉上掛著溫和的笑意。「祖父的身體可還好？父親也不年輕了，該善加保養。」

輔國公點頭。「好，怎麼不好？如今一頓飯還能吃掉兩隻烤鴨，想來離不中用還早了點呢。」

「就盼著祖父吃得香，長命百歲。您老可是遮風擋雨的大樹，兒孫們還要靠您的庇蔭呢。」沈懷孝扶著輔國公坐下，說道。

輔國公一愣，笑道：「你小子這些年的苦沒白受，這說話的本事就見長啊！若在以前，你可是說不出這般奉承話來的。」

沈中璣頷首而笑，看見兒子有長進，很是高興。「先進去給你祖母和母親問安，爹和你祖父一會兒就過去。」

沈懷孝點頭，跟著沈懷忠往內院而去。

一進內院，就見一個奴才邁步往春暉院的方向跑，那是去報信領賞的。

「府裡的下人，行事作風一點也沒變。」沈懷孝向沈懷忠感嘆道。

沈懷忠從這話裡聽不出褒貶，他點點頭。「都是家生子，一代傳一代，能變到哪兒去？」

沈懷孝笑了一笑，點點頭。「大哥說得是。」他轉移話題。「東宮的事，我也聽說了。家裡的決定是不是倉促了點？這讓太子妃的處境很尷尬。」

他說話聲音不小，也沒刻意避開人，以家裡下人的德行，只怕明日一早，他此時刻意說的這些話就能傳到府外去，恰好能擋住別人對他突然回京的無端猜測。

「我也是不贊成的。」沈懷忠搖頭。「但是祖父發話了，連父親都沒辦法勸阻，我又能如何？」

「都一樣是孫子、孫女，手心、手背都是肉，祖父也不好拒絕。」沈懷孝低聲說了一句，多少有點挑撥離間的意思。

沈懷忠微微一笑，點點頭。「只是一個良娣，也翻不出什麼浪來。府裡還是父親和我支撐著，別的人，不必太在意。」

「大哥心裡有數就好，我也不過叮囑一句。」沈懷孝一副推心置腹的樣子。「我這邊，大哥不必顧慮。雖然身上有了軍功，但既然娶了公主，就絕不可能繼承國公府，皇家向來不會讓駙馬掌握那麼大的軍權；再說了，我那兒子憑著身上有一半的皇家血脈，將來少不得會有個體面的爵位。兒孫有福，我自然也沒其他想頭了。」

沈懷忠拍了拍沈懷孝的肩膀。這番話說得透亮，讓他最後那點顧慮也消除了，不免說起幾句真心話。「我知道你回來是為了什麼，不過這個高氏可能比你想的還要麻煩。祖父如今態度並不堅決，也許在他看來，即便是駙馬，也能納妾的。祖父頂多能做到的，就是將高氏貶為妾，留在府裡。」

沈懷孝心裡冷笑。貶為妾？那清河算什麼？還不得傳出清河憑著公主身分奪人夫婿的難聽話？這樣的委屈，即便清河肯受，他還捨不得。

套出這幾句真話，讓沈懷孝心裡有了準備。想把他當作三歲孩子耍，也要看他願不願意當這個二愣子！

聽著一路上下人的請安聲，沈懷孝都不知道散出去了多少賞錢。正準備進大堂，就聽見裡面傳來女人急切的聲音，他不用猜也知道是誰，瞬間就黑了臉。

沈懷忠在心裡嘆了一口氣，示意丫鬟掀開簾子。

那丫鬟這才收回黏在沈懷孝身上的目光，紅著臉挑開了簾子。

沈懷忠拉了沈懷孝進屋子。「祖母，二弟來給您請安了。」

沈懷孝收斂神色。「孫兒給祖母請安，祖母看起來比以前更年輕了呢。」

華氏就算不是親祖母，也是看著他長大的長輩，又被讚了一句年輕，笑意即刻就爬上眼角。「你這猴崽子，也學得油嘴滑舌了，快過來給祖母瞧瞧。」

沈懷孝站起身來，拉了華氏的手。「這些年您還好嗎？有沒有誰惹您生氣了？如今孫兒回來了，可以給您撐腰。」

華氏眼裡的笑意越發濃了起來。「除了你這狠心的狼崽子，誰敢給我氣受？」

「孫兒認打、認罰。」沈懷孝笑著起身，再給世子夫人江氏磕頭，心裡卻無半點孺慕之情。「母親可還好？」

「起來吧。」江氏認真地打量了沈懷孝幾眼，才道：「去給你叔叔、嬸嬸們見禮吧。」

一屋子人相互見禮，好不熱鬧。

輔國公和世子一進來，就看到這樣親親熱熱的場面，怎會不高興？

「一家子好不容易團聚，就該這樣才好。」等眾人落坐，輔國公才道。

「夫君。」這聲呼喚，如嬌鶯出谷，婉轉嫵媚。

屋裡頓時靜了下來，眾人皆朝高玲瓏看去，臉色也都跟著難看了起來。沈懷孝還是繼續低聲和三房的堂弟說話，彷彿根本不知道那被人呼喚為夫君的人，是他自己。

高玲瓏牽著慧姊兒，走了出來，直直地朝沈懷孝而去。

沈懷孝抬起頭，左右看了看。「這位姑娘是哪位？看著有些面生。」

這話一出，不光高玲瓏愣在當場，就連沈家眾人也不明白沈懷孝如今這樣「揣著明白裝糊塗」，到底在鬧哪一齣？

「夫君，我是你明媒正娶的妻子，這是咱們的女兒慧姊兒。」高玲瓏說得理所當然，好似真的一般。

「這位姑娘，哦！不對，是這位夫人，妳是不是認錯人了？」沈懷孝皺眉道：「在下的妻子如今在涼州，至於孩子，在下確實有一兒一女，不過，也隨母在涼州。在下絕對不是夫人口中的夫君。」他轉頭看向輔國公。「祖父，這位夫人連人都認不清了，可見病得不輕，還是送回她自己的家中才好。若是耽擱了病情，咱們府上只怕擔不起責任啊。」

輔國公一噎，含糊地應了兩聲，端起茶杯喝了兩口茶水，才道：「瑾瑜啊！事情是這樣的……」

沈懷孝一笑。「不管是這樣，還是那樣，孫兒整整六年沒有回京城，卻是不爭的事實。」他把六年咬得格外重，看著輔國公的眼神，半點也不曾退縮。

「當年，你……」輔國公咳嗽兩聲，還要往下說。

沈懷孝接話道：「當年，孫兒怎麼在遼東成的親，相信很多人都知道。今兒皇上還特意問起了孫兒的媳婦和孩子。」

輔國公認真地看了看眼前的孫子，慢慢地垂下眼瞼，不再說話。

世子夫人則呵斥道：「瑾瑜，你的規矩呢？怎麼跟你祖父說話的？你這長輩的話還沒說完就搶話的規矩，也不知道跟誰學的。」

沈懷孝眼裡閃過一絲冷意，他嘴角翹起。「那依母親看，兒子該怎麼說呢？」

「高氏，是家裡娶回來給你沖喜的。」世子夫人強調了一聲。

「笑話，救我之人乃是金針梅郎，什麼時候金針梅郎的病人，要靠沖喜搭救了？」沈懷孝絲毫不退讓。

「夫君，我可是三媒六聘才進得沈家的大門。」高玲瓏的語氣依然輕柔。

沈懷孝卻從裡面聽出了不一樣的味道。這個女人是瘋狂，是偏執，但卻同樣聰明、狡詐，並不好對付。

「三媒六聘？」沈懷孝呵呵一笑。「五不娶是什麼，還記得嗎？喪婦長女不娶，世有惡疾不娶，世有刑人不娶，亂家女不娶，逆家女不娶。」

第三十七章　對簿

喪婦長女，指沒有女性長輩的家中長女；世有惡疾，指有惡性疾病的女子；世有刑人是說不能娶曾經犯過罪的人家的女兒；亂家女指生活作風不檢點的女子；逆家女指不聽長輩話的女子。

「這位夫人既是亂家女，也是逆家女。高家隱瞞自家姑娘的不檢點和忤逆行徑，算得上是騙婚了。」沈懷孝對著高玲瓏冷笑一聲，看了輔國公一眼，這才揚聲道：「來人啊，遞狀子去京兆尹衙門。」

亂家女不娶、逆家女不娶！這些話像一把大錘子，砸在了高玲瓏的心上。

她的臉上瞬間失去血色，就像被人當眾扒掉遮羞布。她咬著自己的嘴唇，嘴裡充斥著血腥的味道，這讓她瞬間冷靜下來。她低垂著頭，一副羞憤的模樣，可誰也不知道她心裡想的是什麼。

而沈家眾人，不由得把目光落在世子夫人江氏身上。五不娶的頭一條，就是「喪婦長女不娶」，而江氏，顯然屬於第一種！

如果江氏知道有「躺槍」一詞的話，一定會拿來用用。這個詞用在如今的她身上，再適合不過。雖然江氏知道沈懷孝沒有要影射她的意思，但還是止不住黑了臉。

聽到沈懷孝竟要鬧上公堂，這不是江氏所期望的。「這門親事，雖是高家隱瞞在先，」

她的語氣和緩了一些。「但當時你的情況，要上哪兒去找家世匹配的人家……」

「兒子的情況？什麼情況？」沈懷孝半點不為所動。「兒子的情況就是在遼東一切安好。但即便兒子是個死人，難道也配不起一個清白女子嗎？」他冷笑著看向輔國公。「祖父，您說呢？」

輔國公攥著茶杯的手，越收越緊，但始終沒有說話。

「去衙門遞狀子，狀告良國公府騙婚！」沈懷孝知道沈大就在門外，揚聲吩咐。他在路上就已經準備好狀子了，輔國公府的態度根本無足輕重。不管他們答不答應，認不認同，他都要把這件事情鬧大，鬧得人盡皆知。至於最後的結果是什麼，他不在意。

他不過是想尋求一個契機，一個把這樁婚姻真相宣告於天下的契機。輔國公府和良國公府對簿公堂，以這兩個府邸的影響力，想不讓人關注都難，而他要的，就是讓天下人都知道，他娶蘇清河在先，家中沖喜在後。他要澄清這個誤會，他不能讓自己的妻子受到任何非議。

哪怕因此被天下人恥笑，恥笑家裡給自己娶了一個不檢點的女人，他也要鬧出來。他就是把自己當成一個笑話，明晃晃地擺出來，讓天下人盡情地笑，也不能讓人把蘇清河給看輕了，說什麼「落難鳳凰不如雞」的閒話。他要讓世人知道，即便落了難的鳳凰那也是鳳凰，不是野雞能比的。

「這樣做對你來說，有什麼好處？」沈中璣勸道：「你還年輕，別太衝動了。」

「為了如今在涼州的妻兒，兒子願意這樣做。」沈懷孝淡淡地說了一句。

高玲瓏聽到這句話，猛然抬起頭來。她拿出帕子，輕輕地擦拭掉眼角的淚和唇邊的血，笑了一聲。「我果然沒有看錯你，這般有擔當的男兒，我是更捨不得放手了。」

沈懷孝連一個眼神都沒有施捨給她，只當什麼都沒聽見。

高玲瓏倒是沒有一絲尷尬之色，她對輔國公笑道：「祖父，您老人家說句話，這沈家孫媳婦是能留還是不能留？」她說話的語氣極慢，一字一頓，似乎每一句話都別有深意。

「能留如何？不能留又如何？」輔國公眼瞼依舊低垂，淡淡地問了一句。

「祖父心裡該清楚才是。」高玲瓏回身坐下。「留下，一家人不該說兩家話；不能留，兩家人說不出一家話來。孫媳婦要是在外面說錯了什麼，您可千萬別見怪。」

如今是在威脅他了！輔國公睜開眼，打量了一下高玲瓏，呵呵笑了兩聲。「留的話，妳打算怎麼留？」

沈懷孝眼神一閃。難道輔國公府有什麼把柄落在高玲瓏手裡嗎？要不然，祖父不會如此退縮。而這個把柄，高玲瓏應該沒有告知良國公府，要不然，兩家不會相安無事。他此時靜下心，想仔細聽清楚這裡面的玄機。

高玲瓏看了沈懷孝一眼。「這個，自然該由祖父作主。」

「呵呵。」輔國公眼裡的冷色一閃而過。「老夫年邁，能作什麼主呢？」

高玲瓏臉上的笑意反而更盛。「堂堂的輔國公，想作什麼主，自然就作什麼主。您的決定，孫媳婦自當遵從，絕不猶疑。」

輔國公沈吟半晌，看向沈懷孝。「瑾瑜啊，祖父的話，對你可還管用？」

沈懷孝臉上有了笑意，只是笑意不達眼底，讓人無端生出兩分寒意來。「祖父的話，自然都是為孫兒好的，為孫兒好的話，孫兒沒有不聽的道理啊。」

輔國公人老成精，哪能聽不出這話裡的意思？這表示只有為他好、有利於他的話，他才會聽。

他心裡沒有惱怒，反而多出了幾分欣賞。這小子拿定了主意，就不會因為任何人而左右自己的決定，如此已經具備了一個成功者的素質。輔國公點頭一笑。「鬧得沸沸揚揚，於你、於家裡，都是有害無益的，祖父這話說得可對？古人說得好，家醜不可外揚。」

沈懷孝非常虔誠地點頭。「祖父的話，孫兒一直當作金科玉律。記得您還說過，大丈夫立於世，當頂天立地。上能扶助君主，匡扶社稷；下能保護妻兒，庇蔭子孫。祖父的話言猶在耳，然孫兒不才，已弱冠之年，成家立業，娶妻生子，雖沒多大建樹，但若是連妻兒都不能保護，還談什麼大丈夫。您說呢？」

輔國公點頭。「你能記住祖父的話，讓祖父很欣慰。」他呵呵一笑。「但大丈夫在世，三妻四妾，本也平常……」

「是啊。」沈懷孝接過話頭。「只不過，孫兒的情況有些特殊。要想納妾，不僅需要孫兒的媳婦允許，還得上摺子報到宗人府的。」

駙馬納妾，可不是那麼簡單的事。駙馬是皇親，但駙馬的孩子可不全是皇親，只有駙馬與公主的子嗣，才能上宗人府的宗牒。所以，駙馬納妾，必須在宗人府留檔，以免混淆皇室血脈。

自從有了這樣的規矩，駙馬們即使偷養著小老婆，也不敢讓她們生孩子。宗人府可不是吃閒飯的，犯不著為了女人得罪皇家。

這下子，不光輔國公沒話說，就是一直不敢說話的眾人，也倒吸一口冷氣。

沈懷孝這是承認了在遼東所娶的女人是公主了！而他敢這麼說，就不怕被人挑刺，大夥兒一想起他剛從宮裡回來，無疑這件事是得到皇上首肯的。

輔國公看向沈懷孝，就見這孩子一臉溫厚的笑意，他嘆了一口氣，又垂下眼瞼。此時，他不宜再多說什麼了，皇上明擺著要挺自家女兒，他可不想去挑戰皇上的權威。再想起只怕已送到京兆尹衙門的狀子，他更加沈默了。京兆尹只要不是傻子，就知道該怎麼判。

「父母之命，媒妁之言。」江氏突然出聲。

這句話讓輔國公眼裡的亮色一閃而過。這才對嘛，他們男人必須顧慮皇上的面子，不好說話，可只要她這個做婆婆的一再堅持，皇上難道還能不讓駙馬納妾嗎？這不是平白給公主添了個善妒的名聲？既然這樣，眼前的危局不就解開了？

再說了，養個女人，不過添雙筷子的事，又不一定要睡同一張床上。只要駙馬和小妾不近身，就算公主是金枝玉葉，也不能鬧得太過分。他就不明白沈懷孝在執拗個什麼勁兒？

沈懷孝看了世子夫人一眼，心裡暗暗慶幸，若是仍不知道她並非自己的親生母親，此時該多難受啊。他叫了她二十年的母親，她卻依然能面不改色地挖個坑，把他往裡面推，推進去就算了，她還要填上土，在上面踩一踩才甘心。

只聽世子夫人說得義正詞嚴。「既然已經娶進門，又空等了你四年，耗費了多少青春？

如今再把人掃地出門，未免太不厚道，咱們沈家，可不能讓人家戳脊梁骨。也不說三媒六聘的話，但那交換的庚帖上，明明白白地寫著你的生辰八字……」

「生辰八字？」沈懷孝猛地抬起頭。「母親，那真是我的生辰八字？」

「自然是你的……」江氏抬起頭，看見沈懷孝似笑非笑的臉，話卡在喉嚨，再也說不出半個字。難道他知道了什麼？這讓她有些措手不及。有些事，還不能現在就被拆穿，沈懷孝對她來說，還有其他的用處。

沈中璣站起身來，呵斥道：「你如今是越發了不得了，瞧把你娘氣的。怎麼了，不能滿足你的要求，我們做爹娘的就都不是親的了？」

沈懷孝也沒打算揭破事實，順著沈中璣的話就道了歉。「母親恕罪，兒子也是氣急了。太子妃的事，母親是如此決絕；我的事，母親也是如此。那些虛無縹緲的名聲，難道比我們姊弟還要緊嗎？」他嘟囔了一句。「人家的親娘可不這樣。」語氣像是跟父母賭氣的孩子般。

沈中璣這才鬆了一口氣。「你還說，還不快跟你娘道歉。」

「母親，兒子錯了。」沈懷孝笑咪咪地道。

江氏閉了閉眼睛。「也罷，兒大不由娘，千古不變的真理。」

此刻的京兆尹恨不得一頭撞死。這張狀子簡直要命啊！兩大國公府對簿公堂，可是要捅破天的大事。

然而此刻，他還不知道，這件事在京城掀起的驚濤駭浪，遠不是他能想像得到的。

京兆尹戚海泉，四十多歲年紀，看上去有些發福，臉上常帶著三分笑意，有人戲稱他是京城裡的鎮山彌勒。

鎮山不鎮山，他不知道，他卻知道，他這彌勒卻是不得不做。為何？不就是因為京城這地界，扔塊磚頭都可能砸到皇親國戚、宗室王公嗎？這些個大人物後面又連著錯綜複雜的權貴關係，哪個都不是他這個小小的四品京兆尹能得罪的。他不端著笑臉到處刷好感，還能怎麼著啊？

這都大晚上了，一般人早就睡了，他新納的小妾也已經在房裡等著了。結果，就有人如此大煞風景，遞了這樣一張狀子來。

來人拿著安郡王的腰牌，持著輔國公府的帖子，他敢不接嗎？如今倒好，一個輔國公府，一個良國公府，這兩個府邸自身的權勢先撇開不談，只看看這兩家背後的人。

輔國公府，出了個太子妃，無疑沈家是太子的人啊！太子是什麼，那是儲君，是這個天下未來的主人。

良國公府，出了個繼后，繼后也是皇后啊，何況這個皇后還生了一個皇子，而這個皇子已經成人，被封為榮親王。

看似是一紙騙婚的訴狀，誰知道後面下棋的人是誰？難道是太子和榮親王對上了？

戚海泉覺得，自己上輩子絕對是造了孽、失了德，要不然這一世不會來做這個京兆尹。

師爺在一旁問道：「依大人看，要明天開審嗎？」

戚海泉擺擺手，看了師爺一眼。「這狀子先擱著，趕緊派幾個人去打探一下，總得知道風向如何，以免得罪了不該得罪的人。」

「不過，這狀子只怕拖不了多久，要是被催起來，咱們也不好回話啊。」師爺小心地提醒一句。

戚海泉煩躁地道：「還用得著你說嗎？」他不耐煩地擺擺手。「去去去，讓我先靜一靜。」

第三十八章　緣由

一家人可謂是不歡而散。

沈懷孝回到他以前在外院的院落，打量了一番。許多器具都是新的，早已看不見舊日的影子。

「主子，洗洗吧，廚房一會兒就把飯送來。」沈三很快地安排好。

「除了你們，院子裡別放其他人進來，我這裡不需要人伺候。」說著，便進了裡間，泡在熱水裡，心神一鬆，越發覺得想家了。

等出來後，看著滿桌的大魚大肉、山珍海味，算一算有幾十樣菜，就有些倒胃口。

「沒胃口嗎？」沈大盛了碗湯過去。

「不，只是有些想……想家裡那兩個小祖宗了。這麼晚，只怕已經睡了吧。」沈懷孝挑了一些清淡的蔬菜，伴著米飯應付了一頓。

沈三心裡一笑。主子不光是想孩子，還想孩子他娘了吧？

沈中璣來的時候，沈懷孝已經躺下了。

「倒是爹的不是了。」沈中璣沒讓兒子從炕上起來，他也倚在一邊的軟枕上，問道：「兩個孩子怎麼樣了？爹見不著他們，可心裡還是惦記著。看人家帶著孫兒出門應酬，爹也羨慕得緊啊。」

沈懷孝知道沈中璣這些話是真誠的，也笑道：「孩子們古靈精怪的，難纏得緊。尤其是家裡的小子，只要闖了禍，就想找替罪羊，都往我這個當爹的身上推。我常說，那小子就是個坑爹的。」

沈中璣舒心地笑了起來。「淘小子裡出好小子，能坑得了人，至少吃不了虧，這一點很好。」說完，又緊跟著問道：「啟蒙了嗎？」

「《百家姓》、《千字文》早就學完了，如今學的是《孫子兵法》；《論語》只是背了背，還沒請先生呢。」沈懷孝有些隱隱的驕傲。「今兒皇上也問了，說是過完年，要專門給挑兩個好先生。」

沈中璣剛要出口的話，就沒法說了。他也想給孫兒找個老師，可既然皇上插手了，他也就不好多說什麼。

沈懷孝似乎是看出了沈中璣的想法，笑道：「不過，這孩子已經跟我習武了。我記得咱家在莊子上養著許多老家將，想跟父親求了去。這些人耿直、老實又忠心，還都是從戰場上九死一生活下來的人，都是寶貝。爹要是捨得，我這次就都帶走，以後就跟著我了。」

沈中璣眼裡就有了笑意。「你小子，還真是會挑，這些人，可都是咱們輔國公府的寶貝。你大哥不出京，我呢，也已經閒得把一身功夫都荒廢了，把人給你，倒也是給他們找了個好歸宿。」

沈懷孝笑了笑。「那就謝謝爹割愛了。」

沈中璣笑罵道：「跟我這個老子，還客氣什麼。」說完，他不經意地轉移話題。「你娘她……一輩子就那樣了，你別往心裡去。」

沈懷孝心裡苦笑。繞了大半天圈子，原來是為了這件事。大概是他今兒的話讓他們懷疑了，特地來探口風的吧，想看他是不是真發現了什麼？

他沈默半晌，搖搖頭。「太子妃的事，兒子心裡有些惱火。母親的做法極不妥當，對大哥也未必有好處。您說，我們三個她都不在意，她這輩子究竟在意什麼？所以今日在內院時，兒子心裡這股子火，怎麼也壓不住。」

他沒有隱瞞對江氏的不滿，越是敢於抱怨，才越是不引人懷疑。要是他真的粉飾太平，才會讓人多想。

沈中璣果然鬆了一口氣，語氣也輕鬆起來。「一個人一種脾性，你娘也有你娘的道理。如今你大了，也有自己的主意，我們不插手你的事也就是了，可別再說些讓你娘傷心的話。」

沈懷孝嘟囔了一句。「知道了。」彷彿心不甘、情不願的樣子。

沈中璣這才起身告辭。「你歇著吧，有話咱們有得是時間說，以後再聊。」

沈懷孝讓沈大將父親送出門，才沈下臉色。他有些拿不準，自己的父親到底是扮演著什麼樣的角色？

而沈中璣一回到榮華堂，便見到一臉急迫的江氏。

「怎麼樣？」江氏皺眉問剛進門的沈中璣。「還在生我的氣嗎？」

沈中璣眼中滿是嘲諷。「沒有。親母子，哪裡有什麼隔夜仇？」

江氏皺皺眉頭。「他的語氣可不像是沒什麼的樣子，只怕是多心了。」

沈中璣猛地站起身來，抬腳就走。他實在不耐煩陪著她演戲了，只覺得噁心。

江氏看著沈中璣的背影，冷笑了兩聲。「沒種的東西！」

良辰院

大紅燈籠在夜色中搖曳，一搖一擺之間，彷彿透著嘲諷。鴛鴦戲水的幔帳、百子千孫的被面、並蒂蓮的枕巾，在龍鳳燭的光線中，都像是一隻隻張嘴的巨獸，要將人整個吞噬掉。

高玲瓏將慧姊兒安置好，才站起身來。

要她讓出二少奶奶的位置嗎？憑什麼！誰也不知道，她走到今天，究竟付出了多少。跟惡鬼交易的，不僅是靈魂，還包括肉體。只要閉上眼睛，似乎都能感覺到那雙冰冷的雙手在她身上流連。

他是從地獄中爬出來的惡鬼！可他也給了自己天下最美好、最可愛的天使。高玲瓏把視線落在睡著的慧姊兒身上。那是她生命中的唯一一道陽光。

沈家……她本來就應該屬於這裡，慧姊兒本來就應該屬於這裡，誰也不能奪走她如今擁有的一切。

她站起身來，輕聲道：「李嬤嬤，去傳信給沈懷玉，這是她最後的機會。若是不能讓我留在沈家，我就拉她一起下地獄。」

李嬤嬤遲疑了一瞬間，到底不敢耽擱，轉身出去了。都三更半夜了還要往東宮送消息，這簡直是找死啊。

此刻的涼州，還沒得到京城傳來的任何消息。

蘇清河看著瓷瓶裡的水，不免有些驚嘆。自從猜測蓄水池的水有問題開始，蘇清河就不停忙碌，先後數次採集樣品。

直到現在，她才摸清楚水中毒藥的藥性。

認真說起來，這藥，根本算不上是毒藥。它唯一的作用，就是加快人體的新陳代謝，但又能使人體只吸收少量的養分，這讓蘇清河簡直嘆為觀止。放在現代，這就是最好的減肥藥啊！

可若放在如今的涼州，簡直就是致命的毒藥。

每個將士每一天吃的糧食，都是定量的。如果以前一斤糧食足夠果腹的話，如今只怕早早就消化乾淨了。肚子裡沒存糧，就會餓肚子。

飢餓，不管在什麼時候，都容易引發恐慌。軍中一旦有這樣的情緒，後果簡直不堪設想。再加上不能吸收營養，體能自然會變差，戰鬥力也就相當於零。

若是體弱的人長期服用此藥，也是會喪命的。

而它妙就妙在因為不是毒藥，所以很難檢驗出來，因為唯一的副作用就是感覺飢餓。可是「肚子餓了」這樣的身體反應，誰又會跟被下藥聯繫起來？

這樣的下藥手段真是隱蔽，讓人不服不行。

安郡王聽了蘇清河的解說，也是目瞪口呆。天底下居然還有這樣的奇藥，果真是世界之大無奇不有啊。「可有應對之法？」

蘇清河點點頭。「我乾脆在這藥裡面加點東西，將藥物的作用改為加快新陳代謝、促進營養吸收，這樣一來，雖然耗費點糧食，但軍隊整體的體力就更上一層樓了。」

安郡王笑了兩聲，隨即又煩惱起來。這個辦法好是好，可上哪兒能弄來更多糧食呢？

太子粟遠凌昨兒歇在東宮書房，眼睛一睜，就看見平仁的苦瓜臉。

他本來就不怎麼美麗的心情，更加不好了。「看見你這張臉，孤就知道，今兒孤是別想舒心了。」

平仁依舊板著那張臉，小心地遞了熱帕子給太子醒醒神，才道：「昨兒半夜，沈家遞了消息給太子妃，實際說了些什麼，奴才沒查到。」

「三更半夜的，什麼話等不到天明再說？把孤的東宮當成茶館了吧，想什麼時候來就什麼時候來，還有沒有規矩？」太子抹了一把臉，遷怒平仁道：「不是孤說你，你看你把東宮給管的，到處都是別人的眼，跟個篩子似的。」

平仁的頭垂得更低了，繼續稟報道：「原本奴才以為，是因為沈家那位小爺回京了，所以進來說一聲，也就沒往心裡去。」

太子「哦」了一聲。

沈懷孝進宮，跟皇上說了大半夜的話，這件事他是知道的。本還想著今兒怎麼也要把沈懷孝叫進來說說話，畢竟他如今不僅是自己的小舅子，還是自己的妹夫，自然該親近一二，順便也問問涼州的情況，看看是否有什麼變故？

平仁手裡有條不紊地給太子遞漱口用的水，一邊小聲道：「另外，剛得到消息，昨兒晚上輔國公府往京兆尹衙門遞了狀子，狀告良國公府騙婚。狀子上甚至明言，高家的姑娘是亂家之女。」

亂家之女，這不是指著良國公的鼻子，罵高家的姑娘不知廉恥嗎？可高家的姑娘不只高玲瓏啊，還有坤寧宮的皇后，這不是把貴為國母的皇后也一併罵進去了嗎？

若是別人這樣告良國公府，他鐵定在背後看笑話，還得叫聲好。

可如今輪到沈家這麼做，他就有些擔心了。從某種程度上來說，沈家跟自己這個東宮太子可說是一體的，別人會不會以為是他在背後指使，讓沈家去找高家的麻煩？又會不會以為是他這個太子看繼母不順眼，於是刻意找碴？

太子將嘴裡的水吐到一旁的盆子裡，怒道：「胡鬧！沈家這不是胡鬧嗎？誰給他們這麼大的膽子？」

「要不，殿下問問太子妃吧？或許太子妃知道一二呢。」平仁建議道。

想起沈家半夜還往東宮裡遞消息一事，太子火氣越發大了，兩三下便收拾好自己，起身往正院去。

沈懷玉自從接到高玲瓏的警告後，一晚上都沒睡，黑著兩個眼圈，連遮擋的心思都沒有。

沒人比她更清楚，高玲瓏是個為達到目的而不擇手段的女子，而她之所以會認識這樣一個狠毒又狡詐的女子，一切都是由天龍寺開始。

天龍寺，那是自己曾經寄養過的地方。

據說，當年她還在天龍寺沒被接回家裡的時候，宮裡就傳出風聲，說沈家會出一個太子妃。果不其然，及笄之年，她就被指婚給太子。因此她一直認為天龍寺對自己而言，是一塊福地。

四年前，她就是如此虔誠地相信天龍寺能給自己帶來更多的福澤。

那時，已經成為太子妃的她，還沒有子嗣的煩惱，她相信，只要她和殿下恩愛，孩子根本不是問題；可後院的女人接連懷孕，不得不讓她心生惶恐。如果殿下真的愛她，怎會在沒有嫡子之前就允許那些女人懷孕？

她害怕了，害怕還沒得到夫君的真心，就已經失寵了。當時光流逝、容顏不再的那一天，她除了尊貴的身分，還剩下什麼？

不！這不是她想要的。她想要和夫君恩愛長久，她想要她的夫君愛她始終如一。

於是，她想到了天龍寺，她的福地！

那一日，她請了太子一起微服出門，前去天龍寺祈福。在那裡，她遇上了被家裡趕到天龍寺思過的高玲瓏。

高玲瓏看起來溫婉賢淑，嬌俏可人，說話溫聲細語，妙語連珠，且還是良國公府的嫡小姐，出身並不次於她這個太子妃，只不過有個刻薄的繼母，難免受些折磨。她對高玲瓏的第一印象，可說是極好的。

高玲瓏很會察言觀色，沒多久工夫，就看出她的心事。於是，高玲瓏狀似無意地講起苗疆的女子，為了讓情郎對自己一心一意，會給對方服下「癡情蠱」，之後，有情人自會相守並恩愛到老。

如此像是天方夜譚的故事，她卻寧願相信那是真的。

高玲瓏則笑道：「太子妃別當這是笑話，我娘曾經救過一個苗女，她就極為精通此術。」

那一刻，她動心了！

是不是只要給太子服下「癡情蠱」，他們夫妻就能相愛到白首呢？

接下來的，便是一場交易。她付出的代價是自己弟弟的婚姻，而高玲瓏則提供給她「癡情蠱」。

至今想起來，她的後背還汗津津的。幸虧祖父覺得她提議的這樁婚事有蹊蹺，在祖父的逼問下，她才說出了所有事情的經過。

祖父當時怒不可遏，他罵道：「既然有『癡情蠱』，妳就不怕有『忠心蠱』？這種東西，是一個閨閣女子能掌控的？高玲瓏背後站著誰，妳清楚嗎？若下的不是『癡情蠱』而是『忠心蠱』，打算藉此操縱太子殿下，妳想過後果嗎？這種害人的東西，妳以為別人就看不出來？要真被人發現了些什麼，不只妳，連同沈家上下，都得跟著萬劫不復。」

她記得，她當時聽完祖父的話，冷汗淋漓，瞬間就清醒過來。高玲瓏是高家的姑娘，而皇后是她的親姑姑，難道會是皇后要害太子嗎？

「殺了她。」她當時這麼建議祖父。

「殺人容易，一個小小的女子，咱們還不放在心上，但是高玲瓏背後的人，不得不防，難保人家手裡沒有咱們的把柄。得先穩住高玲瓏，再仔細地查一查這幕後之人，斬草就要除根，千萬別留下禍患。」祖父當時是這麼說的。

而真正讓她認識到高玲瓏的狡詐，卻是之後的另一件事。

她想把高玲瓏放在東宮，也就是自己的眼皮子底下看著。

她當時想著，要是高玲瓏成了太子的人，那幕後之人定不會再相信這枚棋子，太子也就安全了。於是藉由宮裡辦花宴的機會，她忍住心裡的噁心，撮合太子和高玲瓏，想讓他們生米煮成熟飯。

但當她把被下了迷情藥的兩人關在房中，算好時間差不多，再進房去看的時候，太子還在沈睡，旁邊則躺著一個不知從哪兒來的姑娘。

太子渾身赤裸，床上也凌亂，但被單上卻無一絲落紅，這讓她非常不解。再看那個姑娘，衣著齊整，根本就不是高玲瓏。

想來是高玲瓏為了脫身，在藥力退去後，就隨便找來一個替死鬼。而這個替死鬼，就是如今的左側妃。

當時，為了應付太子，她只能將所有的錯都推到左側妃身上，但她知道，左側妃還是完璧之身。

果然，等左側妃和太子圓房後，太子對左氏的態度大變，想來也知道當日冤枉了這個女子。不過為了維護她這個太子妃的面子，太子一直隱忍不發罷了。

直到高玲瓏進了沈家，莫名其妙地懷孕了，她就有些明白，為什麼當時床榻上沒有落紅？那是因為高玲瓏在和太子歡好之前，就已不是完璧之身。

高玲瓏所懷的那個孩子，究竟是太子的，還是別人的？她常常惡意地猜想。只怕連高玲瓏本人，也未必清楚吧。

「想什麼呢？叫了妳半天也不應聲。」太子突然出聲，打斷沈懷玉的回憶。

「殿下來了，怎麼不讓人通傳一聲？」沈懷玉站起身來行禮，笑意有幾分勉強。

「都什麼時候了，還講這些虛禮做什麼？」太子擺擺手。「瞧妳一晚上沒睡好，看來已經知道你們沈家的事了。」

「是啊。」沈懷玉心裡有了一絲慌亂。「這件事鬧出來，恐怕不好看……」這話有幾分試探太子態度的意思。

太子對她這點小心思也不計較。「妳別以為因為這件事打擊了高家、打擊了皇后，孤就會覺得心裡舒暢。現在還不是樹敵的時候，老大還在四處招攬人心，給孤添亂呢。如今，好端端地去招惹老六做什麼？妳把家裡人叫來，好好說說，能私底下解決，就別鬧到明面上去。這不是鬧笑話嗎？」

「瑾瑜這孩子是有點執拗，不如把他叫進宮來，讓妾身再好好地跟他談一談吧？」沈懷玉知道了太子的想法，心裡一鬆，恰好她的目的也是要阻止這件事。「不過，他到底是外男……」

「如今，也不講那些規矩了，孤准妳見娘家兄弟。」太子站起身來。「不過，孤不能見他，如今的時機還是太敏感。」

第三十九章 拿捏

沈懷孝在這個家裡，睡得並不安穩，一晚上夢裡都是蘇清河和孩子。早上醒來，第一件事，就是想趕緊把這件噁心事給解決了。

還沒來得及給家裡的長輩請安，宮裡就來人了，此人是沈懷玉的心腹宮女瑤琴。

瑤琴打小就跟在沈懷玉身邊，也是在沈家長大，沈懷孝自然認得她。

「給二爺請安。」瑤琴臉上帶著笑意，語氣透著親近。

沈懷孝呵呵一笑。「是瑤琴姊姊啊。這些年沒見，如今也是宮裡的姑姑了。」

「二爺這是笑話奴婢呢。」瑤琴微微收了笑意。「知道您回京了，太子妃很高興，昨兒一晚上都沒睡，念叨到天明，半夜還把御廚折騰起來，給您做了您最愛吃的點心呢。今兒一早，又特地跟太子殿下請了恩旨，准您進宮相見呢。」

沈懷孝聽著瑤琴的話，心裡冷笑不已。此時沈懷玉倒是打起了親情牌，要殺他妻兒的時候，怎麼不見她想起這分姊弟情？

他臉上露出幾分適時的感動和懷念之色，悵然地道：「姊……太子妃，她還好嗎？太子殿下對太子妃可還尊重？」

瑤琴臉上的笑意越發真摯起來。「太子妃一切都好，只是時常惦記二爺呢。」

「一轉眼就六年了，物是人非。」沈懷孝感慨道：「我是沒臉見太子妃啊！家裡的事情我已經聽說了，居然又送個沈家女進宮，這讓太子妃何其尷尬？昨兒晚上為了這件事，我還和母親起了爭執。但家裡心意已決，我人微言輕，說的話也不管用，妳讓我還有什麼臉面去見姊姊？」

他站起身來。「瑤琴，妳先回宮，妳的來意我已經知道了。我這就去想想辦法，總得給太子妃一個交代才行。」說完，不待瑤琴反應過來，就喊道：「沈三，送瑤琴姑娘出去。」然後，他快步返回內室，一副要換衣出門的架勢。

瑤琴莫名其妙地被沈三給請了出去。等出了門，這才反應過來，她方才想說的，根本就不是那一回事。太子妃如今哪裡還有心思管太子納妾的事。

剛要轉身去說清楚，她才猛地醒悟過來。這位二爺真是這麼一個好弟弟，為了姊姊要忤逆長輩嗎？別看人家把話說得漂亮，一副為姊姊可以兩肋插刀的架勢，其實壓根兒就是在糊弄人。說明白點，就是不想進宮。

這位二爺可不是個莽夫，他手段圓滑，處事靈活。就拿這件事來說吧，不管別人想怎麼說閒話，也不能說出他半句不好的話來。二爺是好弟弟，只是她這個奴才辦事不力，連話都說不清楚。從頭到尾，這位二爺沒有一絲能讓人詬病的地方。

瑤琴想到自己主子的打算，就不由得嘆了一口氣。二爺可不是個會任人拿捏的人，主子雖然身分尊貴，但二爺也是駙馬，誰又比誰差了？

下人正在書房，向輔國公和世子稟報著方才沈懷孝的一言一行。

「不出父親所料，那小子果然兩三下就把瑤琴給打發出去了。」世子皺眉道。

「我就知道會這樣。」輔國公用茶葉包蓋著眼睛，顯然是一晚上沒睡，熬出了黑眼圈。「懷玉是心比天高，卻沒有與之匹配的心性和手段。她還當瑾瑜是六年前的孩子呢，以為兩三句好話就能糊弄住的。」

「這小子……」世子搖搖頭。「就連我這個當父親的，也拿不住他。」

輔國公笑道：「拿不住才好呢。」說著，就是一嘆。「這些年，或許我一直錯了。」

「父親好端端的怎麼說起了這種話？」世子有些惶恐地道。

「你還小的時候，我正在戰場上拚殺，兩、三年也不一定能見上你一面，所以回京後，對你也是溺愛非常，從不捨得你去軍營裡受苦。記得那時候，你的武藝還是不錯的，卻硬生生地被我給養廢了；你雖然沒養成紈袴的性子，但多少還是有些嬌氣的。當年，你跟我在瓊州練水師的時候，我就看出來了，你性子綿軟，拿捏不住人，要真把你放在軍營，那些兵痞子還不得把你生吞活剝嘍。

「到了忠兒身上，隔輩親，再加上他打小身體就不好，我更捨不得讓他去歷練。因為咱們家勢力過大，皇上多有不喜，也就更歇了這些讓你們上進的心思。所以，忠兒也就是守成有餘，但魄力不足。

「倒是瑾瑜這小子，我當初怕他的風頭太盛，擋住了忠兒的光彩，狠心讓他去了遼東，沒想到這倒讓他闖出了自己的一片天地。更要緊的是，如今也算是歷練成熟了，端看他做事的手段，就能知道幾分。堅毅果敢，有膽識、有謀略。」

輔國公的聲音裡透著愉悅。「哪怕咱們在京城這邊出了什麼意外，沈家也倒不了！有這個麒麟兒孫在，咱們沈家倒不了。」

沈中璣無奈地笑了笑。「他把您氣成這樣，您還誇他？要是讓這小子知道了，還不得變著花樣來氣您啊。」

「我不是生氣，只是琢磨了一晚上，在想著這件事該怎麼了結。」輔國公取下茶葉包，站起身來。「良國公府，為父還得走一趟。」

東宮

「妳說什麼？」沈懷玉以為自己耳朵出了問題。

「二爺彷彿是不願意進宮來。」瑤琴低頭，還是照實說了。

「大膽！放肆！」沈懷玉站起身來。「誰給他的膽子？敢違抗本宮的旨意。」

「太子妃，您今兒沒說是旨意，只是說接二爺來，敘一敘姊弟之情的。」瑤琴勸道：「您不該這麼大動肝火。如今正是用人的時候，不如把態度放軟一些，興許，二爺心裡一軟，順勢就答應下來了。」

「呵呵……本宮貴為太子妃，還得看他的臉色？」沈懷玉冷聲道。

「此一時、彼一時。二爺已經在外六年，早就是呼嘯邊塞、威名赫赫的將軍了，哪裡還是當年那個淘氣的孩子。」瑤琴扶住沈懷玉，讓她坐在榻上。「要不然，奴婢再去一趟，此次先去見國公爺和世子，只說您掛念二爺，這些年姊弟又不曾相見，不見到他，實在心裡難安，夜裡也不能安枕。想必二爺也不會違拗了國公爺的話。」

沈懷玉運了半天氣，才壓下心底的不適。「就按妳說的辦吧。」

瑤琴這才暗暗吁一口氣，心想如今只能過了一關是一關吧。

良國公府

「你說誰來了？」良國公問世子高長天。

「輔國公沈鶴年。」高長天又重複了一遍。

「這個老小子，怎麼突然登門了？」良國公問道。

自高家出了皇后，他就把權力讓給兒子了。要不是皇上不准他把爵位也傳下去，他連爵位都想直接給兒子承襲。

「昨兒晚上，就遞了帖子過來。但今兒一早卻收到消息說，沈家把咱們給告了。」高長天面色有些難看。他是高玲瓏的父親，這會子丟人都丟到家了。

良國公倒是嘿嘿地笑起來。「這老小子一輩子都在想著左右逢源，這一邊告了咱們，另一邊又登門拜訪，唱的是哪齣戲啊？」說完，又問道：「他告咱們什麼？謀反？」

「父親！」高長天急忙喊道：「都什麼時候了，您還有心情開玩笑。」

「怕什麼，在自己家裡隨便說說而已。」良國公不以為意。「除了謀反，還有什麼事能奈何得了咱們？愛告就讓他去告唄，有什麼大不了的？」

「這事本身不大，但是，卻讓人反感。」高長天皺眉，把事情簡單地說了一下。

「我當初就說，玲瓏那丫頭還是關在家裡養一輩子的好，嫁到別人家去是不行的，可你非得心疼自己家的姑娘，還鬼迷心竅地跟沈家聯姻。要是真為她好，你就該找個寒門出身的或是軍中的粗漢，不計較那些個過往，就連她生下的丫頭，也可以養在咱們家裡，又不少她一碗飯吃。

「呵呵，沈家那小子要是在遼東真把命丟了，她在沈家，還能過一輩子輕省日子。可人家好端端地回來了，運氣還特別好，被韓素救了。韓素是誰？那是皇上託孤的人，這倒讓人家結了個好姻緣。別說玲瓏本就一身污點，讓人詬病，就算是個什麼都好的姑娘，還能跟公主爭駙馬？是你的閨女尊貴，還是皇上的閨女尊貴啊？你心疼你閨女，就不想想皇上也心疼自個兒的閨女。」

高長天後悔得腸子都青了。「爹，這件事頗為蹊蹺，沈家究竟為了什麼而答應這樁親事，我也沒能查明白。玲瓏這丫頭手裡好似握有沈家的短處，所以我也不敢做得太過，要是真把這丫頭逼急了，她把沈家的隱秘給捅出去，這黑鍋可得咱們良國公府來背啊。人家還不以為是咱們高家居心叵測，硬要扳倒沈家，那不就等於要跟太子翻臉嗎？兒子也是投鼠忌器啊。」

「她敢拿捏沈鶴年的短處？我看她是活得不耐煩了。那老東西看著糊塗，其實精明著呢。要不是這分糊塗，皇上早容不下他了。我都不敢輕易去拿捏他的短處，你的好女兒倒是膽大包天，她就不怕偷雞不著蝕把米？」良國公佝僂的身子，瞬間就挺直起來。「走，咱們去會會這個老冤家！」

「有些日子沒見了，沈家兄弟還是這般硬朗。聽說又納了一房妾室，哎喲喲，不是老哥我說你，重孫子都要進學了，你可得悠著點。」良國公坐在書房中，一邊品著茶，一邊笑呵呵地打趣著輔國公。

輔國公也不惱，瀟灑一笑。「兄弟我就這點樂趣了。等到二十年後，我也會跟老哥似的，拿著釣竿在自家的池子裡，釣那些傻魚玩。」

兩人一般年紀，相互都不服老，使著勁地損對方，讓站在一邊的高長天聽得大汗淋漓。

輔國公笑道：「我常說我家兒子不濟事，沒想到你兒子，也沒有出息到哪裡去。」

良國公哈哈一笑。「如今，他好歹算是能撐起一個府了。總比那些有了孫子，還在依靠老子的人強上一些。」

誰不知道輔國公世子沈中璣不主事，事事都由輔國公作主。這不是指著和尚罵禿驢嗎？

高長天悄悄地退出去，趕緊離開這兩位國公爺的戰場。

屋裡只剩下良國公和輔國公，當門關上的那一刻，兩人同時收了臉上客套的笑意。

「說吧！你是無事不登三寶殿，有話就直說。」良國公清瘦的臉上布滿了皺紋，但眼裡的冷光一閃而過。

「我這次親自前來，是要跟你攤牌的。」輔國公抬起頭，直視良國公。「本來，我打算自己悄悄地查下去，可是我那小孫子卻突然回來了，原先的計畫也就被打亂了。」

良國公端起茶，抿了一口，他在掂量輔國公話中的真假。這老小子可不是什麼老實人，指不定前面挖了坑，正等著他往裡跳呢。

「怎麼？怕我害你？」輔國公嘴角翹起，露出幾分嘲諷的笑意。「四年前，你的孫女高玲瓏，因不滿你兒媳婦孫氏欲將她嫁到自己娘家之事，衝撞了你兒媳婦。繼母和原配之女發生了衝突，你兒子一氣之下，將高玲瓏送到天龍寺思過。這期間，她常一個人出沒於天龍寺的後山，經常早出晚歸，但無人得知她在後山都做了些什麼。直到兩個月後，太子攜太子妃微服去天龍寺祈福，太子妃巧遇令孫女，從她嘴裡得知，這天下有一種蠱，名曰『癡情蠱』，可使男子對下蠱女子情根深種，終身不改。」

輔國公說到這裡，就頓了一下。只見良國公瞳孔一縮，端著茶盞的手劇烈地顫抖起來。

就聽輔國公繼續道：「太子妃當時年輕，就有些心動。不承想，你那孫女卻主動提出要嫁給我那小孫子，而作為促成這件婚事的報酬，便是她會為太子妃提供『癡情蠱』。等太子妃回去後，左思右想，還是覺得不妥。高玲瓏畢竟是高家的人，她哪裡敢輕信？又唯恐自己多心，誤會了高家，於是，就把這件事告訴我。我聽完後大吃一驚，知道你這人雖說平時老奸巨猾，但這種可能要了全家性命的事，你是不會幹的。所以，我便不敢聲張，打算偷偷地查證。

「我不知道高玲瓏的背後是誰，我只知道，天龍寺的後山絕對有『鬼』。我派了幾批人暗中查看，如今已過了好幾年，卻連一點蛛絲馬跡都沒找到。老哥，你說這怪不怪？你那孫女在去天龍寺之前，雖然嬌慣了一些，性子有些跋扈，可沒有其他出格的地方。到底她在後山見過了什麼人、發生了什麼事，讓她轉眼之間就像變了一個人似的？

「憑著輔國公府的勢力，尚且查不出來，這後面的坑有多深，你心裡應該清楚。她到底受了什麼人的蠱惑，要誘導太子妃對太子下蠱？這蠱真的是『癡情蠱』，還是別的什麼見不得人的東西？比如『忠心蠱』。這人又是否想藉此控制太子，進而掌控朝堂？說來慚愧，查了這些年，如今我還是一無所知。」

輔國公看著良國公青白的臉色，心裡吁了一口氣，繼續道：「說起來，你那孫女很有幾分你的真傳。她以為這是沈家、是太子妃的把柄，想憑藉這一點威脅沈家。不過老哥哥，我那小孫子，可不是個任人拿捏的人。之前為了查明真相，我不得不讓那孩子受委屈，但如今，眼看你的孫女就要把底牌翻出來，我也不能不站出來說話了。」

良國公心裡驚濤駭浪。如果高玲瓏在他跟前，他一定親手掐死她。

他知道，輔國公的話粉飾了不少，至少將太子妃的所作所為美化許多，這是要把太子妃弄出這渾水啊！當然了，這可以理解，換作是他，也會這麼做。太子妃可是皇家的兒媳，她的臉面就是皇家的臉面，可這些話哪怕只有一半是真的，也會要了高家的命。

正如輔國公所說的，高玲瓏不過是個閨閣女子，從哪裡知道這些陰毒的東西？這背後肯定有人指使。那麼指使的人，輔國公府查了幾年都沒有查出來，別人就會問，究竟有沒有這個人？不會是良國公府故弄玄虛，杜撰出這麼一個幕後黑手，好方便自己行事吧？

哼！高玲瓏實在是犯傻了，憑這一點把柄也想拿捏別人。太子妃年輕，可能還受她要脅；但輔國公這隻老狐狸，與其說是被拿捏，不如說是想把高玲瓏捏在手裡，只要高玲瓏在沈家，就相當於捏住了高家的命門。

枉他精明了一輩子，差點被一個孫女毀了百年基業。

太子妃有錯，但並沒造成嚴重的後果。按這老東西的說辭，即便事情被揭開來，太子妃頂多受點責罰，但還不至於被廢，況且即使太子妃被廢了，可沈家又有什麼過錯？只要沈家不倒，太子就不會放棄太子妃。

而與之相反的高家，結果肯定比沈家慘上許多。

如今，他還得感謝輔國公口下留情，沒有把孫女在天龍寺後山可能跟人野合、懷上孽種的事，掛在嘴上。

他知道，他到了不得不表態的時候了。高玲瓏這個孫女，不能留了。

「我知道了。」良國公看了輔國公一眼，端起茶盞，卻沒有喝。

這就是要端茶送客了。

輔國公站起身，拱拱手便離開。他知道，這老東西已準備要出手。他冷笑一聲，想拿捏他，小娃娃還是嫩了點。

第四十章　託孤

沈懷孝要去給輔國公請安，在正屋中卻只見到自己的父親。

「父親，怎麼只有您在？祖父還沒起嗎？」他有些詫異地問。在他的記憶中，祖父可從不會晚起的。

沈中璣搖搖頭。「你祖父什麼時候晚起過？他是一大早便出門了。」

「去哪兒了？什麼時候回來？涼州的事，兒子還想聽聽祖父的意見呢。」沈懷孝語氣隨意。

沈中璣也沒多想，直言道：「去良國公府了，估計也花不了多長時間，畢竟那兩老頭一見面就互掐。」

沈懷孝心裡咯噔一下，他打了個哈欠，笑道：「要知道這樣，兒子就不急著起來了，正睏著呢。要不是怕祖父罵，還能多睡一會兒。」

「那就回去接著睡。」沈中璣擺擺手。「家裡沒那麼多規矩，去睡吧。這趟路最累人，得歇個幾天才好。」

沈懷孝這才笑嘻嘻地退出來。

一進到自己的院子，他的臉就拉了下來。

「主子，怎麼了？」沈大問道。

「祖父去了良國公府。」沈懷孝瞇著眼睛道。
「主子擔心什麼？」沈大遞茶過去，問道。
「擔心他們讓高玲瓏死得不明不白。」沈懷孝低聲道。
沈大嚇了一跳。「不會吧……那好歹是親孫女。」
「有什麼不可能的？兩隻老狐狸！」沈懷孝站起身來。「你以為他們會談什麼？不過是相互妥協罷了。拿高玲瓏的命，把一些不該洩漏的事遮掩起來罷了。」
「那個女人也不是好東西，死就死了唄。」沈三不以為意。
「她什麼時候都能死，偏偏這個節骨眼上，不能這麼簡單地死了。」沈懷孝聲音有些苛刻。「她死得不明不白，一了百了，世人卻會把逼死一條人命的罪過，扣在清河身上。人總是健忘的，他們會忘記誰才是犯錯的那一方，只會記得清河是公主之尊，還逼死了人，甚至更難聽的話都有可能說得出來。比如，為搶別人的夫婿，逼死原配髮妻。」
「主子打算怎麼做？」沈大低聲詢問。
「以高氏的執拗和瘋狂，若是知道自己將被誅殺，你覺得她會做什麼？」沈懷孝問了一句。
沈大打了個冷顫。一個瘋子的邏輯，他還真不敢去想。
而此時榮華堂中，也得到了消息。
「要是良國公府真要高玲瓏的性命，就讓咱們的人，在暗處伸手幫一把。」世子夫人江氏低聲吩咐紅兒。「這兩天，所有人的眼睛都盯著輔國公府，妳行事小心些，和天龍寺那邊，先掐斷聯繫吧。」

「是。」紅兒悄悄地退了下去。

只剩下江氏一個人，看著窗外的雪花發呆。

良辰院

高玲瓏濃妝豔抹，顯得有幾分鬼氣森森。

「嬤嬤，沈懷玉還沒有傳消息過來嗎？」她的聲音飄忽，讓李嬤嬤心裡直發涼。

「回小姐的話，今兒一早瑤琴姑娘就來了，去了二爺的院子，想來是叫二爺進宮的。」

李嬤嬤挑了能說的說了。

「哦？那夫君是已經進宮了？」高玲瓏嘴角翹起，神情柔和下來。這表情讓李嬤嬤心裡更加發毛。

「想必約的時間是午後了。」李嬤嬤解釋道：「太子妃早上要向皇后娘娘請安，還要打理東宮的事物，只怕不得閒。」

「看來，沈懷玉還是不夠著急。」高玲瓏眼裡的厲色一閃而過。

「太著急，就顯得過於刻意了。」李嬤嬤小心地道：「小姐放心，她不敢把您的話當成耳旁風。」

「她想坐穩太子妃的位置，就不敢耍花樣。」高玲瓏用帕子擋住嘴，發出幾分怪異的笑聲。「嬤嬤，妳說是不是？」

李嬤嬤點點頭，正在陪笑和主子說著話，紅葉便從外面進來了。「小姐，有人送了一張紙條來。」說完，她臉色蒼白地將紙條遞過去。

高玲瓏漫不經心地打開紙條，然後哈哈大笑。「好、好、好！既然你們不仁，就別怪我不義。」

「把慧姊兒抱過來吧。」高玲瓏吩咐李嬤嬤道。

李嬤嬤看了紅葉一眼。雖然不知道紙條上是什麼內容，但多少能感覺得到，絕不是什麼好事。

她趕緊退出去，在園子裡找到了正在堆雪人的慧姊兒。

「姊兒跟嬤嬤回去，少奶奶正在找姊兒呢。」李嬤嬤打發了陪著姊兒玩耍的小丫頭，笑道。

「娘又想我了。」慧姊兒嘻嘻地笑。「可有白糖糕吃？」

李嬤嬤心裡一酸。孩子哪裡知道大人的愁苦，勉強笑道：「有梅花糕吃，好不好？」

「我愛吃桂花糕。」慧姊兒嘟著嘴，嬌俏的模樣，不免讓人心生憐愛。

「秋天桂花開的時候，才有好的桂花糕吃。」李嬤嬤哄著孩子。其實只是廚下不捨得用桂花蜜做桂花糕給良辰院罷了，只拿當季易得的東西交差了事。

「那芳姊兒、明姊兒怎麼有桂花糕吃？」慧姊兒皺眉問。

芳姊兒和明姊兒，可是大爺沈懷忠和大少奶奶方氏的掌上明珠，這府中的人，誰不捧在掌心上啊？

被孩子的稚嫩話語一問，李嬤嬤的眼淚差點掉下來。每個人一生下來，命運就是不一樣的，可這個道理，要怎麼跟一個孩子說明白？

不待李嬤嬤回話，她們便已經到了屋門外。兩人說的話，隱隱約約，還是被高玲瓏聽見了。

「娘。」慧姊兒撲到高玲瓏懷裡，扭著小身子撒嬌。「娘是不是想我了？」

高玲瓏的身上，此時才算有了活人的氣息。她語氣溫柔，笑意盈盈。「是啊，娘想我的寶貝閨女了。」

「我也想娘了。」慧姊兒仰起頭，笑得無憂無慮。「還是娘好，她們都不跟我玩。」

高玲瓏心裡第一次出現了後悔的念頭。她當初是不是不該那麼執拗？不該那麼想要逃離魔掌？如此一來，慧姊兒就不用受這些苦楚。

「慧姊兒，娘的寶貝，是娘對不起妳。」高玲瓏把孩子小小的身子摟進懷裡，眼淚撲簌簌地落下來。

想要她的命嗎？可以！只是，在這個世上，她還有放不下的人。她的女兒，她生命中唯一美好的事物，叫她怎麼割捨得下？

那個男人，不過是年少時的執念，到了如今真要抉擇之時，她才恍然，唯一捨不下的、不放心的，就是這個還稚齡的女兒。她可以下地獄，但她的寶貝不可以。

「娘不能陪著妳的時候，要乖乖聽話，好好長大，將來嫁個老實的夫婿。」她在孩子的耳邊念叨，即便孩子聽不懂、記不住，她也要完成一個母親最後的囑咐。

「娘要去哪兒？」慧姊兒眨著眼睛，有些迷茫。

孩子的眼神那般清澈，讓高玲瓏的心揪得疼了起來。沒有母親庇護，這孩子的眼睛，遲早要被污穢不堪的世界給玷污了吧。

她使勁抱了抱孩子。「娘要去一個很遠的地方，等到慧姊兒懂事的時候，娘就會回來。娘的慧姊兒一定會乖乖地等娘，對不對？」

「要很久嗎？」慧姊兒眼裡有了不捨，淚珠一滾一滾地就落了下來，彷彿滴在高玲瓏的心上，滾燙滾燙的。

「嗯，要很久。」高玲瓏臉上的妝容被淚水沖花了，有些狼狽。但看在李嬤嬤的眼裡，才覺得她的小姐又回來了，不再是那個執拗得近乎瘋狂的女人。

「慧姊兒等娘。」孩子癟了癟嘴，到底將嗚咽之聲吞了下去。

高玲瓏擦了臉上的眼淚。「喝點蜜水，好不好？」

慧姊兒馬上露出笑顏。「要玫瑰的，放兩勺鹵子。」

高玲瓏眼裡露出寵溺的神色。「好，就兩勺。」

李嬤嬤雖然覺得小姐看起來有些奇怪，但到底沒說破，取了蜜水遞過去。

就見高玲瓏的手指在碗口上輕輕地彈了彈，好像有什麼粉末落進碗裡，這讓李嬤嬤神色大變。「小姐！」

高玲瓏笑了笑。「嬤嬤稍安勿躁。」

李嬤嬤只能看著那碗加了料的蜜水，全部進入孩子的肚子，緊跟著，孩子就像是睡著一般倒在高玲瓏身上。

高玲瓏將頭埋在孩子的懷裡，發出讓人心碎的哭聲。

李嬤嬤鼻子一酸，眼淚也跟著落下來。她聽得出來，小姐的哭聲裡有太多的不捨。

好半天，高玲瓏才抬起頭，將慧姊兒放在炕上，取了一枚玉珮掛在孩子的脖子上，然後，又拿了一個匣子出來。「嬤嬤，我將姊兒託付給妳，妳帶著她去……」她附在李嬤嬤耳邊，說了一個地方。「憑著姊兒脖子上的玉珮，自有人會接納妳們，到了那裡，一切聽人家的安排。別的事情妳不用管，只要專心看顧姊兒就行。匣子裡放的是銀票，妳全帶上，將來，給姊兒找個家境殷實、老實本分的莊戶人家嫁了，我也就能安心了。」

「小姐，妳這是……」李嬤嬤不敢相信，怎麼小姐如同在安排後事一般。

「嬤嬤，我要做一件大事，這件事不管做不做，我都得死，而這件事做得成不成，可能也影響不了我的結局。我想通了，即便我活著，慧姊兒也未必就能有個好歸宿。她是姦生子，就連小戶人家，都嫌棄這樣出身的媳婦，為了孩子的前程，還是跟我這個母親撇清關係的好。妳帶著孩子隱姓埋名，好好地活下去，把姊兒當成妳的親孫女，讓她給妳養老送終。嬤嬤奶了我一場，我沒孝順嬤嬤，讓嬤嬤跟著擔驚受怕，如今還要嬤嬤為了慧姊兒操心……」說著，她跪下來。「嬤嬤，請受我一拜。」

李嬤嬤用手攥住胸口。「小姐這不是要疼死我、要我的老命嗎？」

「嬤嬤……」

輔國公府，書房

「大冷天的，辛苦您冒著雪跑一趟了。」世子服侍輔國公更衣，關切地說了一句。

「人活在世上，哪有不為了兒孫著想的？」輔國公一嘆。「都不是省心的孩子。」

「都是兒子不會教養。」沈中璣貌似羞愧地道。

輔國公擺擺手。「那倒不至於，跟別人家的孩子比起來，咱們家的孩子都是有主意的人。」

沈中璣微微一笑。「良國公，怕是很生氣吧？」

「生氣？」輔國公搖頭。「那是驚怒。」他嘆了一口氣。「有高氏這樣的孫女，夠這老傢伙少活十年的。」

「良國公真下得了手？」沈中璣神色有些恍惚。「到底是親的……未免太狠。」

輔國公閉上眼睛，沒有說話，心裡不免有些遺憾。這個兒子，什麼都好，寬仁又厚道，但就是太過婦人之仁了。他沈默良久才道：「不這麼做，能怎麼辦？是讓一大家子跟著冒險，還是乾脆一點，一勞永逸？」

沈中璣搖搖頭。「看來，兒子還是不適合繼承爵位。」他第一次認真地提出來。「還是把爵位直接給忠兒，更好一些。」

輔國公搖搖頭，拍了拍兒子的肩膀。「如今，還不到考慮這件事的時候。」

話音剛落，大管家就來報信。「良國公府來人說，良國公身體欠安，請二少奶奶回去侍疾。」

沈中璣身子一僵。沒想到，良國公動作可真快。

輔國公頭都沒抬，只吩咐道：「知道了，去傳話吧。」

不一時，從輔國公府出來一輛馬車，高玲瓏坐在馬車裡，嘴角掛起涼涼的笑意。此時的馬車裡除了高玲瓏，還有紅葉和李嬤嬤。馬車的中間擺著一個大箱子，高玲瓏的視線黏在箱子上，似乎要看到天荒地老。

李嬤嬤嚥下已經湧到喉嚨口的嗚咽聲。小姐這幾年都做了些什麼，沒有誰比她這個貼身嬤嬤更清楚，她不止一次地想，這是不是就是報應？如今，也輪到她們母女生離死別了。

馬車在一家點心鋪子門口停下來，高玲瓏打發車夫道：「進去買幾斤棗泥糕，祖父喜歡吃。現做的最好，多等一會兒也不妨事。」

那車夫接過紅葉遞過來的一兩金子，喜孜孜地去了。

李嬤嬤打開箱子，高玲瓏趕緊把慧姊兒從裡面抱出來，在孩子的臉頰上親了親。「孩子，娘作的孽，娘一個人擔了，願佛祖保佑妳，一生康泰。」她壓下心頭萬般的不捨，將孩子遞給李嬤嬤。「拜託妳了，嬤嬤。」

李嬤嬤鄭重地接過孩子。「老奴發誓，只要有老奴在，就不讓姊兒受一點委屈；即便老奴不在，也一定會把姊兒安置得妥妥當當。」

高玲瓏點點頭。「這孩子的父親，會在暗中看護的。若遇到難處，自會有人助妳。」說完，她看了李嬤嬤懷裡的孩子一眼，將頭扭向一邊。「快走吧。」

李嬤嬤深深地看了自己奶大的姑娘一眼，就抱著孩子下了馬車，快速地消失在巷子裡。

高玲瓏從車窗看著李嬤嬤的背影消失，心彷彿被摘下來一般。

「紅葉，妳說，這人是不是就不能作孽？不管怎樣，總會有報應的。」

紅葉擦了眼淚，勸道：「要不然咱們也走，跟李嬤嬤一起走吧，現在回頭，還來得及。咱們主僕帶著姊兒，去一個沒人認識的地方，好好地把姊兒養大，再招個老實本分的女婿入贅，然後小姐就能含飴弄孫、安享晚年了。」

高玲瓏抬起頭，不讓眼角的淚水流下來。「晚了，一切都來不及了。從我入了人家的局，就知道不可能脫身。當年雖是迫不得已才把孩子生下來，可當我看見姊兒的第一眼，我就覺得值得。妳以為，我要是不做下去，李嬤嬤和姊兒能順利離開嗎？」

紅葉不可思議地看向高玲瓏。「小姐不是說，姊兒的爹爹會照看姊兒嗎？」

高玲瓏露出幾分淒涼的笑意。「他……他也不過是一個比我更可悲的棋子，自己尚且自身難保，如何保護姊兒？不過，那些人也不會讓姊兒出事，只有姊兒好好的，他們才能更好控制姊兒的爹。」

「那小姐怎麼會……」紅葉想問，怎麼會委身給那樣一個人。

「呵呵……怎麼會……因為當今的太子妃出自輔國公府，只有我這個良國公府的小姐才能匹配……」

高玲瓏的話還沒有說完，馬車外就傳來腳步聲，顯然是車夫回來了。

「少奶奶，買好了。」車夫站在外面回稟。

紅葉出去接了過來。「剩下的銀子賞你了。」

那車夫這才興高采烈地謝了恩，趕著馬車就要往前走。

「先去京兆尹衙門。」高玲瓏的聲音從車裡傳出來，帶著一絲清冷之色，心中暗想：既然不讓我好過，那就大家都別想好過。

「回少奶奶，京兆尹衙門和良國公府的方向正好相反。」車夫猶豫了一瞬，解釋道。

「主子說上哪兒就上哪兒去，廢話什麼？又少不了你的賞錢。」紅葉掀開簾子。「主子要去辦點事，你別多嘴就行。」說著，又遞了顆金豆子過去。

輔國公府

沈三腳步匆匆，進來回稟。「主子，高氏的貼身嬤嬤抱著孩子進了一個胡同，然後就消失了，而高氏則朝京兆尹衙門的方向去了。」

「抱著孩子消失了？」沈懷孝皺了皺眉。「這個女人倒是行事縝密，已經給自己的孩子準備好退路。」他長長地嘆了一口氣。「舐犢之情，讓人動容，就連狩獵時，都有將母獸放生的規矩，但只要一想到琪兒和麟兒差點就失去母親，我就恨不得將她千刀萬剮。高氏不能留，不過稚兒何辜？傳令下去，一旦找到這個孩子，就報上來，要善待她，讓她平安長大。」

沈三這才點頭。「主子別自責，因果輪迴，誰也躲不掉。那個女人自己造的孽，就得有承受後果的自覺。她要是真心疼孩子，就不會走到今天這一步。」

沈懷孝搖搖頭。「只要保證她走進京兆尹衙門前還活著就好。」

沈三這才退下去。

沈大遞了茶給沈懷孝。「主子，您心裡真的不必介懷。那李嬤嬤帶著孩子在咱們的人面前，玩了瞬間消失的把戲，就知道她背後的人不簡單。誰又能知道，那個孩子是不是也是別人布局的一部分。」

「如果真是這樣，那簡直泯滅人倫。這樣的人不揪出來，誰也睡不安穩。」沈懷孝揉了揉額頭。「一想起琪兒和麟兒，我就心軟得一塌糊塗，看不得孩子受苦啊。」

第四十一章 石破

京兆尹衙門，坐落在京城最繁華的正陽街上。

此時街上人來人往，熱鬧非常。

高玲瓏從馬車上下來，深吸了一口氣，緩步走到衙門口，取下鼓槌，狠狠地敲響了鼓。

戚海泉一晚上沒睡，早上又急著去打探消息，剛回來，閉上眼想歇息一會兒，就被鼓聲嚇了一跳。

在這個敏感的時機，他可是一聽到鼓聲就心驚膽戰啊。

京城中的氣氛有些異樣，他這個京城的父母官怎麼會不知道？大街上的紈袴公子就是最明顯的指標。

要是京城裡氛圍鬆快，這些公子哥兒自會三五成群地找樂子，酒後滋事者、打架鬥毆者不知凡幾。要是京城裡氛圍緊張，各家自會約束子弟，街上頓時就安靜不少。

如今這般安靜的氛圍下，不出事則已，一出事，肯定是大事。

輔國公府和良國公府的案子還沒斷呢，這又是哪個祖宗來找不自在了？他認命地起身，整理好官服，帶著師爺朝前衙而去。

大堂上，三班衙役已經站好，只等著他這個父母官升堂。

衙門外早就被看熱鬧的百姓擠得水洩不通。

擊鼓的高玲瓏一身富貴逼人的打扮，這讓眾人更加興奮，瞬間腦補出高門大院裡那些見不得人的故事來。

衙門裡面，傳來一陣陣「升堂」的聲音。

高玲瓏抬腳，扶著紅葉的手，一步步邁進了衙門。

戚海泉一見來人的氣度和打扮，心裡就咯噔一下，知道這肯定又是個燙手的山芋。他沒冒失地要求來人跪下回話，只虛張聲勢地問：「堂下站著的可是擊鼓鳴冤之人？」

高玲瓏微微欠身。「擊鼓的是妾身，但此番卻不是為了鳴冤，而是特意來說明案情的。」

說明案情？什麼案情？最近的案子只有一樁，就是昨晚接到的良國公騙婚的案子。

戚海泉心裡就有了數，他掩下心中的慌亂，頭問道：「堂下站著的是何人？姓什麼名誰？所為哪件案子？」

高玲瓏聲音清越，臉上帶著幾分笑意。「妾身姓高，祖父乃是良國公，父親是良國公世子，姑母乃當今皇后，妾身後來嫁給輔國公的嫡幼孫。今日，是為輔國公府狀告良國公府騙婚一案而來。」

外面的人群馬上「轟」的一聲，眾人的情緒瞬間沸騰起來。

「原來是沈家的二少奶奶，下官失敬。」戚海泉擦了擦額上的冷汗。「二少奶奶有什麼冤屈，就儘管說來，本官自會為妳做主。」

「妾身謝過大人。」高玲瓏微微一笑，淡然道：「妾身沒有冤屈，只是來特意說明一件事，輔國公府所告屬實，良國公府確實騙婚了。」

高玲瓏的話一落，戚海泉險些從凳子上摔下來。「大堂之上，不可妄語。」他提醒高玲瓏。「還請妳三思而後言。」

「妾身在嫁給沈家二爺前，就已經不是完璧之身，更在成親半年之後就產下足月的孩兒，而沈家二爺自從六年前出京，直到昨日才回到京城。妾身所言是否屬實，大人一查便知。」高玲瓏像是沒聽到門外的嘲諷聲。「但妾身騙婚是不得已，因為妾身想要保住的孩子，是皇家的骨肉。而妾身只有待在沈家，才是安全的。」

戚海泉的身子瞬間就向一旁歪過去。怎麼又扯到皇家骨肉了？他深吸一口氣，強自鎮定地問道：「皇家血脈，何其尊貴，不是妳信口開河說是就是的。」他站起身。「來人，這位夫人神志不清，先遣送回家……」

「大人，妾身的孩子是太子的！」高玲瓏打斷戚海泉的話，直接喊道。

戚海泉恨不得把她的嘴堵住。他真的一點也不想知道這些有關皇家的隱秘之事。

「本官自會去東宮核實，妳先回……」戚海泉擺擺手，就要起身離開。

「大人，妾身的孩子是當朝太子的，而太子卻不在東宮，如今東宮的太子是假的。」

一句話，彷彿石破天驚，讓戚海泉愣在當場，耳邊一直響著她的話。

如今在東宮的太子是假的……

東宮的太子是假的……

太子是假的……

假的！

大堂外的人群像是炸開了一樣，鬧哄哄的猶如菜市場。

太子是什麼？那可是儲君啊。他和皇上一樣，是百姓們朝拜尊敬的對象，現在卻告訴他們，你們所叩拜的太子是假的，這讓百姓們怎麼不驚訝？

戚海泉被外面的吵嚷聲驚醒，他第一時間反應過來，知道今天這件事要是處理不好，他就死定了。

他額上的汗滾滾而下。「關閉大門，疏散人群，把這個女人護好了。」說完，他的身體一晃，就朝旁邊倒去。

師爺也從驚嚇中回過神。「大人、大人！」

戚海泉拽了拽師爺的胳膊，要他別再叫了。沒錯，他就是裝暈，他要是不裝暈，誰知道這個瘋女人還會說出什麼更驚人的話？

師爺一愣，覺得自己又學了一招。這應該就叫做「病遁」吧。

「一定要把這個高氏給保護好，她要是死了，咱們就說不清楚了，到那時候，咱們除了給她陪葬，可能也沒別條出路了。」戚海泉閉著眼睛，小聲吩咐。

師爺連連點頭。

看見京兆尹倒在地上，高玲瓏的嘴角，露出幾分嘲諷的笑意。

最重要的話，她已經說了，這樣就夠了。不過看著這些衙役個個如臨大敵，她還是出言提醒道：「放心，不會再有人輕易對我出手了。誰現在想殺我，誰就要背上意圖構陷太子的罪名，為了一個我，不值得。」

假裝暈過去的戚海泉聽到這些話，恨得咬牙切齒。這女人簡直就是個瘋子！

師爺親自揹了戚海泉去後院，問道：「大人，現在怎麼辦？」

「怎麼辦？」戚海泉往炕上一躺。「我病了，暈過去了，沒醒。明白嗎？」

師爺搖搖頭。「可是這個消息瞞不住，只怕如今已有人到各處報信去了。要是大人不出面……」

「我出面？出面幹什麼？去告訴別人太子是假的？去炫耀這麼了不起的事情是我審出來的？那不是找死嗎？既然消息瞞不住，該知道的人自然會知道，而得到消息後，心中著急的自會上門討人，等有人上門，你把人移交了就完事。總之我已經暈過去，醒不了了，就這麼著吧。」

戚海泉腦袋一歪，就這麼又「暈」了。他打定主意，就算是拿把刀架在他的脖子上，也絕對不醒。

皇宮，乾元殿

福順腳步匆匆地進來，讓明啟帝一愣。他有多久沒看到福順失態了？

「這是怎麼了？」明啟帝聲音帶著笑意，他朝窗外看了看。「天塌了還是地陷了？」

皇上居然還有心思開玩笑！福順強笑了一下。「皇上，有您在，天自然塌不了。只是外面，起風了。」

「什麼風這麼邪乎？竟讓你也變了顏色。」明啟帝放下手裡的摺子，往後一靠。「說吧，這些年，已經很少有什麼事能驚著朕的大總管了。」

「高家嫁到沈家的女兒，去京兆府陳述案情，說她的孩子是皇家血脈，而且還是太子的，但這個太子不在東宮，因為東宮的太子是假的……」福順的聲音有一絲顫抖，面色也略微惶恐。

明啟帝眼裡閃過了一絲詫異之色，只是「哦」了一聲，然後淡淡地點頭，沈默了良久，才輕聲道：「看來，是真的起風了。」

東宮

正院裡，太子正在問太子妃關於請沈懷孝入宮一事。

「妾身一早便去向母后請安，耽擱了不少時間，回來又有雜事要打理，想著上午只怕不得空。即便叫他來了，殿下也不好見他，妾身又暫時騰不出手，反倒冷落了他，就讓人傳話，讓他下午過來。」沈懷玉嫣然一笑，自說自話。請不來娘家兄弟這麼丟臉的事，她自然不會拿出來說給太子聽。

太子皺了皺眉。「事情總有輕重緩急，妳做事一向穩妥，最近是怎麼了？越來越糊塗了。」

沈懷玉差點沒被這話給氣死，還要解釋，就聽見外面傳來急促的腳步聲。不難聽出來，是跑步前來的。

「出了什麼事？竟這般沒規矩。」沈懷玉心裡正不爽，不免有些遷怒。

平仁掀開簾子衝進來，繞過太子妃，直接來到太子跟前。「太子，出事了。」

沈懷玉見是平仁，便壓下心頭的不滿，沒有出聲責問。

太子卻是一驚，不知什麼事把平仁嚇成這樣？

平仁不等太子詢問，就輕聲道：「有人在京兆尹衙門，說東宮裡的太子是假的。」

「你說什麼？」太子以為自己幻聽了。「誰是假的？」

平仁嚥了嚥唾沫。「說您是假太子。」

「荒謬！」太子瞬間站起身來，怒道：「孤是假的？他們以為父皇是傻子？孤若不是父皇的兒子，父皇會把太子之位讓孤占著？這話真是幼稚、可笑、惡毒至極！去查一查，是誰在陷害孤？給孤查清楚了。想來不是老大，就是老六。當然了，老四也不能排除在外，否則怎麼沈懷孝剛從涼州回到京城，就出了事。」

說到這裡，他瞪了沈懷玉一眼。「看看妳的好兄弟，都幹了些什麼。」

沈懷玉卻已經嚇傻了，她有些磕磕絆絆地問平仁：「去……去京兆尹衙門的是……是什麼人？」

平仁眼神有些複雜地望向太子妃。「是沈家的二少奶奶，高氏。」

沈懷玉眼前一黑。要不是布棋手快扶住了她，早一頭栽下去了。

高玲瓏這個狠毒的女人！雖沒把她供出來，可高玲瓏拉下太子，那她就是無根的浮萍，又能好到哪裡去？

她有些憤怒，神色也猙獰起來。「這是陷害。高家想要幹什麼？」

太子猛然意識到，高氏的身分十分特殊。她既是沈家的媳婦，也是高家的女兒，那背後豈不是站著兩大國公府？

一個女人的話不可信，但若是兩大國公府的話呢？也不可信嗎？

沈家當初為什麼會娶失貞的高玲瓏？難道就是看中她肚裡的孩子？想著要是生下男孩的話……這個想法讓太子嚇得冷汗淋漓。

他腦子有些亂，決定不再胡思亂想，直接去找皇上。「走，去找父皇，這件事想必沒人比父皇更清楚。」

乾元殿

明啟帝笑咪咪地看著趕來的宗室和王公大臣們，還有他的幾個兒子。

「今兒來得倒是齊整。」他看了眾人一眼。「不光老大來了，老六也來了，就連小七、小八都來了。」

「父皇，是兒子在母后那裡碰到正在向母后請安的七弟、八弟，就順便邀請他們過來的。」六皇子榮親王笑道。

明啟帝微笑著點頭。「老六有心了。」

良國公垂下眼瞼。榮親王是皇子，也是他的外孫，可看到榮親王如今這番作態，他在心裡罵了一聲愚蠢。

那指證太子為假的人，是高家的高玲瓏。

榮親王此刻不避嫌就罷了，還巴巴地跳出來，就不怕別人把懷疑的視線轉移到他身上嗎？

太子之所以能被封為太子，就因為他生得好，一出生就是原配嫡出。只要拉下太子，皇子中的嫡子就只剩下繼后所出的他——六皇子榮親王。

也就是說，他是這件事的最終得益者，也是最有動機做出這件事的人，而跑去揭發的女子又恰恰出自他的母家，還是他嫡親的表妹。

要說這件事跟他沒關係？呵呵，誰也難以相信。

雖然事實上真的跟他沒關係，可架不住他自己犯蠢啊！他這番動作，可是把眾人的視線都吸引過來了。

此時此刻，坐在一旁的大皇子誠親王，心裡一樣不輕鬆。他和太子鬥得如火如荼，怎麼看都是有動機做這件事的人。

雖然人們一開始習慣性地會懷疑老六，但是一琢磨，就有人會疑惑了。榮親王難道真這麼蠢，讓自己的表妹親自上陣，這不是此地無銀三百兩嗎？

而這件事不但拉下了太子，還掃進去一個榮親王，可不就是大皇子得利了？

一想到這種可能，誠親王就頭皮發麻。他雖然跟太子鬥，但從沒想過讓太子折在自己手上。

儲君也是君，拉下儲君是個什麼樣的壞名聲，他可不想背。

感覺到眾人的視線在他和老六身上遊走，他重重地放下茶盞。「父皇，此事太過惡毒，一定要徹查到底。今日有人敢說太子是假的，明日就有人敢說皇子們都是假的。這樣隨意造謠之人若不揪出來，讓兒臣寢食難安。」

第四十二章　天驚

良國公心裡暗嘆。不愧是人稱「大千歲」的皇子，只這分心性和手段，就不是六皇子榮親王能比的。

六皇子也不傻，不過是剛得到消息，有些驚喜，不免一時得意忘形了。他連忙補救道：「兒子也是這個意思。叫了七弟、八弟來，就是想跟父皇說說，再這麼下去，兒子們都有些害怕呢。他們連身為太子的二哥都敢編排，更別說我們了。」說到後來，聲音就弱了下去。聽起來像是在跟大人撒嬌的孩子。

良國公眼裡終於閃過一抹亮色。這才對嘛！六皇子的年紀正是說大不大、說小也不小的時候，平時沒事時看著是個大人，其實根本就撐不起事，遇事第一個想到的自然是跟皇上告狀，尋求安慰和保護。

明啟帝心裡一笑，不知道有這些個兒子，自己是該欣慰還是傷心。「怕什麼，假的真不了，真的也假不了。」他擺擺手，轉頭看向良國公。「這樣吧，那個說知道內情的孩子，是愛卿的孫女吧？你去把人好好地帶到宮裡來，咱們再細細查問。」

良國公心裡一緊。「老臣有罪。」

明啟帝笑道：「起來吧，什麼有罪沒罪的。良國公府，朕還是信得過的。把人叫來也就是問問，看看是不是有什麼咱們不知道的隱情，你別多想。」

良國公謝恩，起來的時候有些踉蹌。「臣領旨。」

看著良國公退出大殿後，明啟帝才笑著看向輔國公。「沈卿，那個高家的姑娘是嫁給了你的孫子吧？」

「不，這件事是個誤會。」輔國公馬上矢口否認。高玲瓏若是瑾瑜的媳婦，那麼該把皇上的閨女往哪兒擺？他心裡如今後悔了不下一萬遍，為何當初自己沒有早點除了高玲瓏這個禍患。「這件事情另有隱情，牽扯甚大，等那高氏來了，老臣自然要與她對質，分辯明白。」

「有隱情啊？」明啟帝露出恍然之色，隨即又道：「看來，朕不知道的事情，還不少嘛。」

這句話成功地讓輔國公面色大變。自己知道的事，皇上卻不知道，這不是欺君之罪是什麼？他立刻跪下。「臣有罪。」

明啟帝隨意地擺手。「行了、行了，朕也就是那麼一說，別總是有罪、有罪的。這個有罪，那個也有罪，你們都有罪了，這天下得成什麼樣子？起來吧。」

皇上越是這般輕描淡寫，越是讓人心存畏懼。

大皇子和六皇子都面露沈思之色。跟父皇比起來，他們還有得學呢。

就聽明啟帝繼續道：「據說這件事情起因是騙婚，既然這麼著，就去輔國公府把當事人也給叫來吧。」說完，就看了福順一眼。

福順立即退了出去，親自安排出宮宣旨的人。

輔國公面上不動聲色，但心裡難免一緊。繞來繞去，這件事還是跟沈家扯上了關係。在大殿中的人，一時陷入了沈默。只有皇上翻動摺子的聲音，清晰可聞。

這僵局被外面的通報聲打破了。「太子請見。」

眾人這才恍然。為什麼剛才老覺得缺了點什麼呢？原來主角一直都不在。

「讓太子進來吧。」明啟帝拿著摺子，手都沒有頓一下，無比的自然。

太子一進門，就被這陣仗唬得一愣。來了這麼多人，倒像是三堂會審。他站著沒動，那些人也沒動，就這樣彼此僵持著。

福順回來後，掃了大殿一眼，見太子也來了，隨即規矩地行禮。「給太子殿下請安。」

眾人這才回神。不管心裡怎麼想，以後又會如何，迄今為止，這個人還是太子啊。見了太子，自然得行禮，站著不動，可是大不敬。

眾人連忙拱手行禮道：「給太子殿下請安。」

「免禮吧。」太子這才想起自己剛才為什麼會一時僵住了。從自己有印象以來，所到之處除了皇上、皇后之外，還沒人敢不向他行禮。所以，方才大殿中的情形，讓他格外不習慣。

「謝殿下。」眾人謝恩起身。

太子吁了一口氣，這樣才是常態嘛！他走過去，向皇上請安，叫了一聲「父皇」，聲音裡有些哽咽、有些委屈。

明啟帝嗔怪了一句。「多大的人了，還當著這麼多人的面，做出一副小兒之態，羞也不羞？好好說話。」

太子心裡一鬆。從皇上的語氣裡，聽不出什麼異樣的情緒來。

「吃過午飯了嗎？」明啟帝突然問道。

太子一愣，自然而然地道：「回父皇，急著過來，還沒來得及吃。」

「那就先用膳吧，朕也沒吃呢。」明啟帝抬起頭，看了眾人一眼。「都餓著肚子來的？」

氣氛頓時一鬆，殿中傳來笑聲和應答聲。

「天大地大，都沒吃飯的事大。」他站起身，拍了拍太子的肩膀。「就算天塌下來，也得先把肚子填飽再說。」

太子眼眶頓時有些潮濕，他點點頭，垂下眼瞼遮住自己的情緒。

對他來說，今天這短短一個時辰發生的事，讓他有種「人在家中坐，禍從天上來」的感覺。面對父皇，他所有的惶恐和委屈，似乎才找到了宣洩的口子。

明啟帝吩咐福順。「午膳簡單點就好。給太子添一道藕片，他一到冬日，就不愛沾葷腥；給老大添一籠蝦餃，用最新鮮的蝦，他嘴刁，不新鮮的不沾牙。今年冬日這樣冷，新鮮的海鮮可不多，他估計也饞了。」說著，看了誠親王一眼。

誠親王有幾分不好意思地低頭。他確實有挑食的毛病。

「給老六添一道豆腐羹，再給小七、小八拿一罈鮮果子汁來，但只能有一道甜食，要不然，牙都要吃壞了。

「另外呢，今兒上了年紀的大人們來了不少，讓御膳房把菜做得軟爛些。」

福順躬身領命，出去傳旨了。

眾人心裡則揣摩了起來。

皇上這是什麼意思？對每個孩子，皇上都能清楚地說出他們的喜好，就連飲食習慣，也知道得一清二楚。這樣一個父親，比他們在座的眾人，可能都還要合格。

那麼，一個細心的父親，一個手握天下、權力頂天的父親，會認錯自己的孩子嗎？答案肯定是否定的。

午膳端上來的時候，眾人都有些吃驚。他們發現每人桌上的飯食都是不一樣的，但偏偏都是自己愛吃的、吃得順口的。

這些皇上沒特意吩咐，自然都是福順辦的。

福順跟了皇上幾十年，最清楚皇上的心思。這些細節，連福順都知道，那麼，皇上肯定也是一清二楚的。

一個連臣子喜歡吃什麼都瞭若指掌的皇上，他們憑什麼懷疑皇上會糊塗到連兒子都分不出真假？

一時間，眾人又沈思起來。

「你們兄弟幾個都在，就差了老四和老五。」明啟帝嘆了一聲，吩咐福順。「一會兒打發人去老四府上一趟，跟老四的媳婦說一聲，讓她帶著孩子安心待在家，外面亂糟糟的，她一個婦道人家，難免心慌；再給幾個孩子送些點心過去，天冷，就別讓孩子進宮謝恩了，等開春，朕再命人去接那兩個小子進宮小住吧。

「再讓太醫院派一個專治小兒的大夫，常駐老五府上，等老五家的閨女身子好了，才准離開。另外，再送幾簍鮮果子過去，尤其是南邊來的那個芭蕉，老五愛吃那個。」

明啟帝的話音一落，就聽一旁有人道：「皇兄對幾個姪兒，那可真是一片慈父之心。說實話，臣弟家中那幾個兔崽子愛吃什麼、不吃什麼，臣弟就記不住。」

說話的是明啟帝的弟弟——恒親王，掌管宗室。

「朕也是人，舐犢之情都是一樣的。別說是這幾個兒子了，就連朕的幾個女兒，朕也是同樣掛心啊。前幾天，還有人跑到朕這裡，跟朕抱怨大公主如何跋扈，居然不允許駙馬納妾，說公主不夠賢慧。朕是一國之主沒錯，但也要允許朕做個普通的父親吧？你們都是有閨女的人，將心比心，就能體會朕當時的心情了。朕當時就說了，朕也是個父親，要是你們覺得朕的閨女不好，那就和離吧，萬萬沒有讓朕委屈自家閨女的道理。」說到這裡，他看了輔國公一眼。「你說是吧，沈卿。」

輔國公總算知道這皇上的話繞來繞去，要說的另一層意思是什麼了，不就是在警告他嗎？

大駙馬連睡個丫頭都不敢，可沈家倒是膽大，放著那麼一個女人在府裡，就算有再大的苦衷，也逃脫不了藐視皇家的罪責。

皇上已經明明白白地說了，他是皇上，但也是個普通的父親，沒有讓自家女兒受委屈的道理。

輔國公嚥下嘴裡的飯，回道：「皇上說得是，天下父母的心，都是一樣的。」

明啟帝這才滿意地點頭。

而另一邊沈懷孝一接到皇上的旨意，就起身進宮了。

他剛得知「假太子」事件時，也嚇了一跳，心想自己當初把消息透露給高玲瓏，不知道是不是正確？他怎麼也沒有想到，這個女人瘋起來還真敢捅破天。

來到皇宮門口，沈懷孝遇見了親自押解高玲瓏的良國公。

良國公印象中的沈懷孝，還是個長相漂亮得過分的孩子，根本無法和眼前這個沈穩內斂、氣宇軒昂的年輕人聯繫在一起。所以，他沒認出沈懷孝。

而沈懷孝即便只是在少年時見過良國公幾面，卻印象深刻。

良國公點點頭，帶著人先一步進宮，走沒幾步，不由轉身問一旁的隨從道：「剛才那個年輕人是哪家的孩子？」

隨從一頓，小聲道：「那就是沈家的二爺，沈懷孝。」

「什麼?!」良國公一驚，之後卻不免酸溜溜地道：「沈家還真是歹竹出好筍。」他看了一眼身後的轎輦。「玲瓏倒是好眼光，可惜時運不濟。」

這話讓隨從不敢隨便往下接。

「皇上，良國公回來了，沈家的公子也進宮了。」福順在明啟帝耳邊輕聲稟報。

「來得倒是不慢，那就讓他們進來吧。」明啟帝吩咐道。

大殿裡的眾人馬上打起精神，知道好戲要開場了。

「是。」福順出去傳旨。

隨後，就見到三人依序走進來。

「老臣已奉命將高氏玲瓏押解進宮，特來交旨。」良國公面上鎮定自若，好似高玲瓏跟他沒有半點關係。

「辦得索利，去坐著吧。」明啟帝淡淡地道。

「參見皇上，臣沈懷孝奉旨進宮。」沈懷孝提著十二分的心，今日可不能出什麼岔子。

明啟帝沒叫起他起身，而是看向跪在一邊的女子。「這就是高家的姑娘吧？」

一句高家的姑娘，又把良國公府給拉了回來。血緣關係，可不是想撇開就能撇開的。

高玲瓏不管嘴上有多硬，這樣的場合還是有些害怕，好半天才鎮定下來。「臣女叩見皇上。」

明啟帝點頭，這才看向沈懷孝。「這件事既然由你狀告良國公府騙婚一事而起，就由你來說吧。」

沈懷孝收斂心神，靜下心思。他明白皇上是用心良苦。

遞狀子告狀，本就是為了維護清河，皇上自然心知肚明，可事情突然脫離掌控，讓他有些措手不及。本來該人人關注的騙婚案，完全被假太子的消息所掩蓋，這跟他預想的偏差太大。如今出了這麼大的事，皇上還是堅持讓自己把想做的事做完，他不得不說，皇上真的算是一位好父親。

「臣遵旨。」沈懷孝明白了皇上的心思，即便跪著也安然。

「這件事得從明啟十四年的遼東大戰說起。遼東大戰如何慘烈，臣就不多說了。當時臣身負重傷，被當地的一個郎中所救，才得以保命。而那個郎中為了救臣，被敵軍的殘兵所傷，不久後就不幸離世，他留下遺言，要將他的女兒蘇清河許配給臣為妻。臣當時只是個小小的百戶，化名沈念恩，為了報答救命之恩，便與蘇清河在遼東衛所結為夫妻，成親的日子，是三月初三。」他說到這裡，就頓了一下。

明啟帝點頭，問輔國公道：「沈家與高家結親，是什麼時候？」

輔國公低頭道：「三月初五。」

「晚了兩天。」明啟帝看向良國公。「你說呢？」

良國公點頭。「恩人之女，自當珍之、重之，結髮之情，豈可兒戲？先來後到，自古如此。」

明啟帝這才點頭。「你們都是明白人啊！」

兩人不約而同地垂下眼。皇上這話多少有些諷刺的意思，要真是明白人，早幹麼去了呢？

明啟帝也不再多說，繼續問沈懷孝。「之後呢？」

「之後，臣不止一次送信回家裡，說明情況。但家裡以父母之命，媒妁之言為由，拒絕承認臣的妻子為沈家婦，並且告訴臣，只有家中所娶的女子，才是臣的妻子。」

輔國公嘴角抽了抽。這個混蛋小子！怎麼什麼話都往外倒？

眾人看向輔國公的眼神，頓時有些意味深長。

良國公嘴角一翹，心中快意。別以為只有他們高家出了不肖子孫，瞧瞧你們沈家，又能好到哪裡去？不一樣把你這個老東西給賣了。

此時，明啟帝的嘴角輕輕一抿。太子和幾個皇子都知道，這是皇上生氣的表現。

就聽沈懷孝繼續道：「臣既無法面對妻子，也無法認同家裡的做法，於是去了西北，在安郡王麾下效力；而臣的妻子，在臣離開後才發現有了身孕，為臣生下一對龍鳳雙生子。直到三個月前，臣接到消息，說臣的妻兒有危險，臣這才趕緊向安郡王求助，藉著安郡王要北巡的契機，跟著北巡的隊伍，返回遼東。」

聽到這裡，知道內情的人都不由得多看了沈懷孝兩眼。這小子是真聰明，明明是他請了安郡王，打著北巡的幌子，特意趕去救人的，可話一到他的嘴裡，竟然成了他搭了北巡的順風車。

「幸而臣及時趕到，才救下妻兒的性命。可即便如此，臣的妻子還是受了傷，肩膀被箭射傷，腹部也中了一劍。經過追查，發現有兩批非常專業的殺手前去行刺。當時臣便懷疑，是不是因為他們母子擋了別人的路，才招來殺身之禍？」

話音一落，輔國公和良國公都是一驚。他們兩個完全不知道還有這檔子事，看來高玲瓏已經不是膽大包天這麼簡單了。

明啟帝點點頭，對沈懷孝這小子的讚賞又多了兩分。「起身吧。那麼你這次回來，就是要把這樁婚事解決掉，以防你的妻兒遭遇不測是嗎？」

「正是。」沈懷孝俐落地起身。這一關算是過去了。

既然有刺殺一事在前，那麼不管高玲瓏是不是婚前失貞，他不惜遞狀子也要解除這樁婚事，也就在情理中了。

「高氏，」明啟帝問道：「去刺殺沈懷孝妻兒的人，可與妳有關？」

高玲瓏點頭。「是犯婦找的人，要殺了那個女人和兩個孩子。」

明啟帝雖然早就知道，但聽到這些話，還是暗自攥緊拳頭。「妳一個女子，能上哪兒去找人？」

這話一出口，所有人都看向良國公。

良國公只覺得冤枉。他是真的不知道內情。

高玲瓏笑道：「別人辦不到，太子妃卻辦得到。犯婦找的，正是太子妃沈懷玉。」

大殿中頓時傳來一陣陣吸氣聲。

太子妃是誰？是沈懷孝的親姊姊啊！一個親姊姊為了一個外人要殺自家的姪子、姪女，這也未免太過狠毒。

太子也瞪圓了眼睛。之前沈懷玉偷偷調動他的人，他是知道的，但怎麼也沒想到，她竟然是為了眼前這個女人而大動干戈。他不由得問道：「妳的話簡直可笑，沈懷玉貴為太子妃，為何會聽命於妳？」

輔國公閉了閉眼。他不知道該恨高氏的狠毒，還是自家孫女的愚蠢。

良國公卻是被嚇著了，他從來不知道高家還有這樣的孩子。玲瓏這孩子要是能善加引導，必成大器，只可惜了這樣一根好苗子，竟然被養歪了。

高玲瓏看了一眼眾人的表情，咯咯一笑。「這有什麼好奇怪的？因為犯婦握著太子妃的把柄，太子妃不敢不從。」

太子一愣。「把柄？這就更可笑了。太子妃長年待在宮中，能有什麼把柄在妳手裡？」

「太子殿下，您對自己的枕邊人真的瞭解嗎？」高玲瓏臉上的笑意一收。「太子殿下要是不信，就請太子妃出來對質吧。」

這話倒是讓太子猶豫起來。沈懷玉是什麼樣的人？那也是個為了自己的利益，而費盡心機的女子。

此時，輔國公站了出來，給太子一個稍安勿躁的眼神。「皇上，太子妃出自沈家，臣不敢包庇，還是把太子妃請出來，解了大家心中的疑惑才好。」

明啟帝看向輔國公的眼神，有些意味深長。「那就按輔國公的吩咐去辦吧。」

第四十三章　對質

沈懷玉早就知道高玲瓏不會放過她，但想要把她拉下來，也不是那麼容易的。此時被叫到大殿中的她，穿著一身禮服，看起來高貴嫻雅、端莊威嚴，一點也沒有慌張之態。有假太子這齣戲擺在前頭，沈懷玉如今的心境，十分坦然。

要是太子不是假的，大家自然忙著找幕後黑手，考慮到太子所受的委屈，她這一點事，誰好意思追究？況且還是在沒有絲毫證據、只是空口白話的情況下。

唯一能證明自己確實派出過人的就是太子。但夫妻從來都是一體的，太子能背後罵她、冷落她、厭棄她，唯獨不會在外人面前拆她的臺。她的臉面，就是太子的臉面！

但若太子是假的，太子都沒有了，自己這個太子妃又算什麼？既然什麼都不是了，那還有什麼好在乎的？

「不知父皇宣兒臣前來，所為何事？」沈懷玉謙卑而恭敬地詢問。

「那個高家的姑娘，妳認識嗎？」明啟帝問道。

沈懷玉眼裡閃過一絲厭惡，語氣也同樣帶著不屑。「回父皇的話，兒臣認識，幾年前見過一面。不過，後來她想方設法要嫁給兒臣的兄弟。哼！她倒是打的好算盤……」

話沒有說完，好似有許多未盡之語，要怎麼接下去都可以。眾人頭一次發現，太子妃在詞鋒上這般伶俐。

「哦。」明啟帝看了沈懷玉一眼，又問：「她供出妳曾派人刺殺沈懷孝的妻子、兒女，妳怎麼說？」

沈懷玉臉上露出幾分詫異之色，隨後搖頭。「兒臣自四年前出過宮，之後就再也沒有踏出宮門一步，哪來的人手可以派給她？更何況還是要刺殺兒臣的姪兒和姪女，簡直荒謬。」

高玲瓏眼睛一瞇。本來以為太子妃是個蠢貨，沒想到還有些棘手。「太子妃別忙著否認，犯婦敢這麼說，自然是有人證的。刺殺那個女人和孩子的刺客出自東宮，是個叫梅香的女人。這個女人也不聰明，在刺殺時，竟被蘇清河用毒藥給迷倒了；如今她身中奇毒，全身僵硬，不能言語，一直藏在某處養傷。不過，僥倖的是，有人找到了她，為她壓制毒性，雖說手腳仍不能行動，但說話還是可以的。」說著，她從懷裡拿出一張紙條來。「人就在這個地方。」

沈懷玉一愣。她雖然拿了太子的印信發號施令，卻不知道派出去的人到底是誰？她不由得看向太子，見太子微瞇著眼睛，就知道可能要壞事。

就這麼一恍神的工夫，福順已經接過字條，出去安排了。

沈懷孝也確定了一件事，就是當日救走梅香的那個斷臂白衣人，跟高玲瓏應該是同一個主子。

沈懷玉眼睛一瞇，淡淡地冷笑。「東宮可沒有一個叫做梅香的女人，這一點，宮裡的許多人都能證明。高姑娘，只怕是妳弄錯了。」她就不信高玲瓏敢揭開太子府暗衛一事。

高玲瓏微微一笑，眼裡透著惡劣，緩聲道：「就連良國公府都養著死士，堂堂東宮，沒有幾個暗衛，誰信呢？」

良國公府養死士，還被自家人給爆出來，那可信度就是百分百啊！有根基的大戶人家，誰家不養死士？關鍵是別拿到明面上來講。

良國公此刻恨不得能暈過去。要是知道兒子會給他生出這麼一個孫女來，他就連兒子也一起溺死算了。高玲瓏這個禍根啊！想要一家人給她陪葬不成？

明啟帝還是頭一次碰到如此奇葩的孩子，居然揭開自家人的隱秘。他的臉上不由得掛上了似笑非笑的神情。

只見良國公大冷天的，頭上卻直冒熱氣，跪下不停地叩頭，一句狡辯之詞也沒有。「臣有罪。」

「行了，起來吧。難為你這麼大把年紀……」明啟帝厚道地沒有把話說完。他是想說：難為你這麼大把年紀，還被自家孫女坑得要死不活的，也是不容易。

像良國公如此精明的人，一輩子沒出過岔子，他的老奸巨猾可是出了名的。偏偏這麼一個誰也抓不到把柄的人，卻被自家孫女揭了老底，還真是夠悲催的。

沈懷玉此刻對高玲瓏的惡毒，有了更深一層的認識。她不敢相信世上怎會有這樣的女子，為了取信別人，竟先從自家身上動刀子。

「不能因為自家有賊，就懷疑所有人家中都有賊。高姑娘，妳的想法跟妳的人一樣，有些偏激呢。」沈懷玉看向明啟帝。「父皇，兒臣想請太醫來給高姑娘瞧瞧，她的神志似乎不怎麼清楚。」

說完，她又看向良國公。「良國公，您老人家是她的祖父，您也說句話啊，她這個樣子可不像是正常人。當然了，要是太醫說她正常，本宮也無話可說了。但對於這樣一個拋棄家族之人的供詞，本宮也是心存懷疑的。羊羔尚知跪乳，烏鴉亦有反哺，如此一個不孝不義之人，她的話實在難取信於人。」

眾人不禁在心中暗讚，太子妃這話說得好！

高玲瓏肆意攻擊自己人，肯定是腦子有問題，一個不正常的人，那說的話就是瘋話，不能相信。可她若是個正常人，就證明這姑娘的品德有問題，連畜牲都知道感恩的道理，她卻不懂。這樣一個人，她的話可信度又能有多高呢？

輔國公嘴角不由得翹起。他就說嘛，他的孫女怎麼可能被高家的給比下去。

太子藏在衣袖中的手，不由得鬆了一鬆。太子妃這番話可是把高玲瓏堵死在裡頭，還真沒看出來，她居然有這種本事。

高玲瓏此時不得不正色看待沈懷玉。她不敢相信，眼前的女人，會是那個曾經被她威脅的沈懷玉。

沈懷玉心裡則冷笑不已。瓷器從來不會冒險去跟瓦罐相碰，但若真要玉石俱焚，瓦罐可未必就是瓷器的對手。

「太子妃說犯婦的話不可信，一是懷疑犯婦的神志。」高玲瓏嘴角翹起，瀟灑一笑，有些肆意的風采。「如今在天子面前還能侃侃而談之人，若算是神志不清的話，那還有什麼人敢說自己是頭腦清楚的呢？」說到這裡，她語氣一頓。「至於品德麼，這點我承認，我是私德有虧，但太子妃就人品無瑕了嗎？不過，要證明太子妃品德有瑕疵，不是件容易的事。原因很簡單，沒人敢出來作證啊！但有一個人的話，還是要聽一聽的。」她語氣一頓，看向沈懷玉，露出嘲諷的笑意。「這個人就是輔國公府的世子夫人江氏。她曾經在參加各大府邸的宴請場合中，當著一眾女眷的面，說過太子妃品行不端，這一點許多夫人都能作證；而且，親生母親的證詞，應該是最可信的。不是有句老話嗎？知子莫若父，知女莫若母。」

高玲瓏這話一說完，眾人都是一愣。

今兒真是奇了！良國公府的孫女掀了自家祖父的老底，而輔國公府則是親娘拆了親閨女的臺。這一齣一齣的戲，真是讓人眼花撩亂，又百思不得其解啊。

沈懷玉怎麼也沒想到，自己的親生母親竟會是自己的弱點。這麼突如其來的一擊，讓她幾乎崩潰。她面色一白，有些搖搖欲墜，彷彿受不了這個打擊，但心裡卻強迫自己儘快冷靜下來。

難道她要回說天下父母，偏心的何其多嗎？不！不能！從她嘴裡不能說出半句非議父母的話。真要說出來，可就上了高玲瓏的當了。

心念電轉之間，她一言不發，跪了下去。「父皇，兒臣無話可說。」

好一個無話可說！這一句抵得過千言萬語。究竟是女兒不孝，還是母親不慈，已經顯而易見了。女兒萬般委屈，沒有說半句母親不好的話，而若是母親慈愛，又怎會在外人面前敗壞女兒的名聲？

輔國公此時站起來，鄭重地跪下。「皇上，老臣有罪。」

這倒讓眾人一愣。好端端的請什麼罪？只有沈懷孝身子一僵，似乎猜到了什麼。

明啟帝覺得事情越來越有意思了。他挑了挑眉，問道：「何罪之有？」

「老臣以庶充嫡，有欺瞞之罪。」輔國公伏在地上。「太子妃並非江氏所生，她的生母，只是一個侍妾。」

沈懷玉此時完全愣住了。她竟然是個侍妾所出的庶女?!

沈懷孝看向祖父輔國公的眼神，透著幾分了然。

世子夫人江氏作為太子妃的親生母親，她所說的那些不利於沈懷玉的話，就已經就把太子妃釘死在「不孝」的石柱上了。沈懷玉瞬間就被逼到了死角，儘管她的反應夠機靈，沒有掉進別人設好的陷阱裡，但身上沾染了污泥，怕是再難洗淨了。雖然也有人懷疑江氏不慈，但同樣，人們都更相信「虎毒不食子」。

若想把沈懷玉身上的泥巴拍下來，唯一能做的，就是否定沈懷玉的出身。但這一點，又恰好就是事實。

沈懷玉成了庶女，就會被廢掉太子妃之位嗎？不會！因為皇上的原配妻子，也就是先皇后白氏就是以庶充嫡。白氏原是文遠侯的庶長女，臨出嫁前才被記在已亡故多年的嫡妻名下，充作嫡女，搶了原配嫡女，也就是賢妃的后位。

有這個先例在前，輔國公雖然認罪，但心裡比誰都清楚，這不會對孫女沈懷玉造成什麼實質上的危害，就連太子，都不能以此為藉口嫌棄她。畢竟太子的母親，就是這位庶女出身的白氏。

即便是輔國公府，也不會因此被處罰。因為白家就是個例子。

然而，良國公和輔國公這兩隻老狐狸之所以認罪認得如此乾脆，最大的原因還是身上有鐵帽子爵位。只要不造反，就掉不了腦袋，頂多被皇上罵個幾聲，打上幾板子，這兩人還真不放在心上。

明啟帝看了跪在下面的輔國公一眼，呵呵笑了兩聲。「你這是知道朕不會因為這一點責罰你，是吧？」

輔國公不敢答話，跪著一直磕頭。

「你很會揣摩聖意。」明啟帝嘆了一聲。「起來吧。」

輔國公不禁冷汗直流。揣摩聖意，可是犯了大忌。

明啟帝看向沈懷孝。「你這個孫兒，不會也是庶出的吧？」

沈懷玉不敢置信地抬頭看向沈懷孝，心中已有了答案。母親是如何漠視他們姊弟，她怎麼會不知道。

沈懷孝臉上一點多餘的表情都沒有，顯然是早就知道了。

明啟帝從安郡王那裡，也已經聽說了這個猜測，今天不過是藉著這個機會把它挑明，也省得沈懷孝做事，總要顧忌著母子的名分。

輔國公看向沈懷孝，見他一臉坦然，心裡就咯噔一下。這孩子是從什麼時候知道的？居然可以沈得住氣，一點也沒有顯現出來。

「你的家事，朕不管。」明啟帝眼神一閃。江氏身後牽扯甚大，如今還不到動的時候。

所以，輔國公府，他暫時也沒打算動。

他不搭理輔國公，而是重新看向高玲瓏，把話題又拉回來。「妳聽見了？江氏不是太子妃的生母，她的話不足為信。太子妃是好是歹暫且不論，咱們還是回到刺客身上。如果真像妳說的，刺客是妳讓太子妃找的，那麼，太子妃被妳握在手上的把柄是什麼？」

高玲瓏不甘心地看了看沈懷玉，又看了良國公一眼，這才道：「這得從四年前說起。」

「犯婦的母親，是繼母，她姓孫，出自臨安伯府；孫家的爵位，到如今的臨安伯身上，是最後一代，之後就是平頭百姓。本來這也沒什麼，像良國公府和輔國公府這樣的鐵帽子勛貴，本就是鳳毛麟角。爵位沒了也就沒了，只要子弟爭氣，不管是學文習武，總要長進才好，即便不能建功立業，但至少要能養活妻兒。

「我出身良國公府，是家裡的嫡小姐，可繼母並不喜歡我。但以我這樣的出身，僅僅只希望找個能養家餬口的夫婿，這樣的要求過分嗎？然而於我而言，卻是奢望。繼母想把我許配給她的娘家姪子孫安。孫安這個名字，許多人都不陌生，他是京城裡有名的紈袴子弟，吃喝嫖賭，無一不精。還常常出沒於煙花巷，更不堪的是，他還包養戲子，褻玩孩童。

「繼母為了迫使我答應，竟敢私自放孫安進後院，想要讓他毀了我的清譽。幸而那天我多留了個心眼，沒有喝下繼母送來的蜜水，才沒有出事。為了這件事，我跟繼母起了衝突。她是個表面溫柔、內心狠毒的女人，我的話，全家沒一個人相信，連我的奶嬤嬤也不信，更何況是我的父親。因此父親不問緣由，便將我送到天龍寺，這才是我噩夢的開始。」

良國公聽了這番話，連呼吸都頓住了。怪不得這孩子對家裡這般憎惡，原來，一切都是有原因的。

「原以為去了天龍寺，好歹是佛家淨土，就能清靜了，沒想到孫氏還是不肯放過我，讓孫安緊隨著我也去了天龍寺。負責看守我的嬤嬤，都是孫氏安排的人，她們私底下偷偷放孫安進來，讓他接近我。那時我才知道，孫家早已落魄，他們看中的，是良國公府嫡小姐的嫁妝。人為財死，鳥為食亡，有這麼一大筆錢放在眼前，孫家和孫安更不會放過我。

「那天，孫安乘機溜到我住的院子裡，想欺負我。但他早被酒色掏空了身子，我奮力反抗，他也奈何不了我。但過了不久，我發現身體越來越熱，很不對勁，於是不得不拔下頭上的簪子，狠狠地刺在腿上，疼痛能讓我清醒。我咬牙逃跑，一路往後山而去。不知道跑了多久，等醒來的時候，就在一間密室裡。

「密室裡，除了我之外，還有一個年輕男子，我們……行了周公之禮。我這才知道，自己中了極為厲害的春藥，若沒有他……我也只能是死路一條，而給我下藥的，就是繼母孫氏所安排的婆子。」

大殿裡的人聽了這些話，難免都有些動容。一則痛恨孫氏的手段惡毒，二則可憐這個姑娘的遭遇。說到底，直到現在，這姑娘都是受害者。

沈懷孝這時候插話道：「妳的故事講得不錯。我相信，前面那部分，應該是真的，但密室中的事，就不那麼真實了。還有春藥，未必就是妳繼母所為，難道不會是妳背後之人算計妳的嗎？我倒覺得，後一種可能性更高。若如妳所說，是極為厲害的春藥，那一般人可弄不到，妳繼母高夫人也不大可能會有。這個漏洞太明顯。

「還有，在這個故事中，妳的貼身嬤嬤、貼身丫鬟，怎麼都不見了？即便妳被送到天龍寺思過，這些貼身伺候的人，也都是該跟著妳的。我相信妳在家裡可能受到一些不公正的待遇，也相信妳的繼母動過歪心思。但孫安麼，說實話，這個人我認識，是沒什麼出息，但有一點，妳肯定不知道。孫安若是見了姑娘，說話都結巴，而且身上會起疹子，京城裡把他傳得如此好色，那都是孫安自己放出來的話，他是死要面子的人；實際上，他到現在房裡連個丫鬟都沒有。對妳用強之類的話，不是我不信，除非那人壓根兒就不是孫安。」

「這個孫安我也知道。」七皇子接著道：「我聽我的伴讀說過，他表哥跟這個孫安關係可好了，還說孫安連讓丫鬟伺候梳洗都不成。」

如此，更證實了高玲瓏的話中摻雜了不少假話。

第四十四章 真假

高玲瓏眼睛一睒，耍賴道：「別管我是怎麼進密室的，總之我就是進去了。之所以那樣說，是因為我什麼也想不起來，便自己推測了一番，覺得那種情況最合理。既然沈家二爺說不是，那便不是。真確的，我還是想不起來。」

看來，高玲瓏隱瞞了最關鍵的一部分事實。沈懷孝相信，若不是背後之人跟她達成某種協議，她一定不會委身給密室中的人。更何況，所謂密室中的人，還只是她的片面之詞，是不是真有這麼一個人，誰也說不清楚。

沈懷孝挪到福順跟前，低聲說了一句。

福順點頭，轉述給皇上。「駙馬說，高玲瓏把孩子送出去了。孩子得靠她背後之人撫養，她有顧慮，從她嘴裡恐怕掏不出實話，還不如看看，她究竟想幹什麼？」

明啟帝看了沈懷孝一眼，點點頭。「這些暫且不說，說說妳委身的那個男子，他是什麼人？」

「他是真正的太子，在襁褓中便被人換出宮，他才是先皇后所生的嫡子。」高玲瓏看著坐在皇上身側的太子。「而這個人，他不是。」

當面被指控是假的，太子粟遠淩瞬間就要暴怒。

明啟帝伸出手，在他的手上拍了拍，示意他稍安勿躁。太子這才壓下心頭的火氣，用想殺人般的眼神看著高玲瓏。

「這些話，又是誰告訴妳的？」明啟帝向後一靠，整個人顯得越發輕鬆愜意起來。

「犯婦在密室和那個男子行了周公之禮後，就打算以後要嫁給他。可他說，他是個不得自由之人，讓我離開，之後，我就沒有了知覺，再醒來，已經身在天龍寺的後山。我把後山翻遍了，想要找到他，可一天又一天過去，卻什麼也沒找到。直到我發現自己可能有了身孕，怎麼也要找到孩子的父親才行，於是，我就賴在後山不離開，我不信他會讓我一個人在後山過夜。半夜，我果然又不知怎的來到了密室，他給了我這個……」說著，她從懷裡取出一枚玉珮。

當她將玉珮舉起的時候，一些老臣同時倒吸一口冷氣。

這是一枚九龍珮，是歷代儲君所持有的玉珮，而在粟遠凌手中，卻是沒有的。

太子和幾位皇子都沒見過這個玉珮，於是同時看向坐在上面的明啟帝。

明啟帝微微一笑。「這枚玉珮，好些年沒見過了，別說太子沒有，就連朕當年也沒佩戴過。朕的長兄，也就是被廢的端慧太子，他是這個玉珮最後的持有者，在這之後，玉珮就不知所蹤。」他示意福順將玉珮接過來，然後摩挲著把玩，接著對恒親王道：「沒錯，是這枚玉珮。小時候，二哥和大哥掙過這枚玉珮，朕當時還小，就在角落裡看著。兩人爭執之下，玉珮掉了下來，就掉在朕的腳跟前，朕當時撿起來，才發現這個角上被磕掉一點皮。」說著，他指給恒親王看。「這一點，除了當時在場的幾位皇兄和我，就沒人知道了。你們當時還沒出生，哪裡見過？」說著，他把玉珮遞給恒親王，對僅剩的三個弟弟道：「你們也見識、見識吧。」

恒親王有些心驚膽戰。他上面的哥哥們，除了皇上以外，都不在了，且全都死得異常慘烈，說是相互殘殺而死的。可只有他們這些皇子知道，哥哥們八成都是被先皇殺死的。豫親王和果親王將玉珮拿到手裡時，都有些顫抖。他們是真害怕啊！害怕當年那些如狼似虎的哥哥們回來。相比之下，皇上這個哥哥，其實對他們真的不差。

果親王年歲最小，只比皇長子誠親王大兩歲，他看了玉珮後又遞回去。「皇兄，這東西咬手，還是您收好吧。」

明啟帝看了三人的臉色，就知道他們在怕什麼。要說持有玉珮之人是先太子餘黨，還是有些牽強的。畢竟，很多事情只有他心裡有數，並不適合讓這幾個弟弟知道。他微微一笑，看向高玲瓏。「東西是真的，也是皇家之物。妳接著往下說。」

「他告訴我，他只是被偷出來的質子，跟著他，也只有被圈養的分；而我一個良國公家的嫡小姐，若突然失蹤，肯定會引人注意的。於是他勸犯婦回去生下孩子，可又擔心我和孩子被滅口，就讓我想法子進入沈家。一是要借助沈家的勢力，二是為了躲避太子。輔國公府中，還沒有誰敢撒野，我和孩子就不擔心囚禁孩子父親的人對我們動手。沈家跟太子親近，即便哪天太子聽到了什麼風聲，要斬草除根，他也不會想到我們就在沈家，如此才能護著孩子安然長大。我要殺了蘇清河那個女人，只是因為這個位置對我來說太重要了。」

沈懷孝嘴角露出嘲諷的笑意，聽著這女人在一本正經地胡說八道。

那個質子既然得不到自由，他是怎麼知道她在後山的？又怎麼讓她進密室的？還能毫不保留地對她說出秘密，再安然地放她離開。如果說，當時是守衛鬆懈才讓她有機會離開，那麼這幾年過去了，竟然還能讓她好好地活著，活到站在這裡訴說著所謂的「秘密」。

這些漏洞顯而易見，就連孩子也會有這樣的疑問，更何況坐在大殿裡這些人精了。他們只不過都在從高玲瓏的話中過濾掉假話，尋找有用的訊息罷了。

而幕後之人似乎也是刻意如此，沒打算讓人相信，只想留著一個對太子不利的種子。

高玲瓏彷彿也不在乎別人是不是懷疑，繼續道：「可是該怎麼進入沈家呢？我終於找到了機會。在天龍寺，我碰上了前來祈福的太子和太子妃。一聊之下，沒想到太子妃對我說過的『癡情蠱』格外感興趣，我就以這個為條件，要她想方設法讓我進入沈家。剩下的事情，想必大家都知道了。」

高玲瓏說完，對沈懷玉嘲諷地一笑。

沈懷玉跪下。「當時，兒臣確實是有些動心，但是回來後就察覺到不妥，一切怎麼會來得如此巧合？我更懷疑有人要借兒臣的手，謀害太子，所以就將此事告訴了祖父。因而祖父才答應讓高氏進門，想看看她背後的人是誰？」

輔國公站起身來。「確實如此，皇上。只是老臣能力有限，一直沒能查出幕後黑手，還讓他們如今如此誣陷太子，都是老臣的罪過。當時若是及時告知皇上，就不會有今天的事了。老臣有愧於皇上，有愧於太子。」

沈懷孝嘆了口氣，真不知道該怎麼說。如今已不是太子妃的問題，而是太子的問題。假太子的事，鬧得人盡皆知，今天不管審出什麼結果，都挽回不了太子地位搖搖欲墜的事實。

因為這件事是從根本上動搖了太子的根基。

那枚玉珮是真的，就證明幕後之人跟皇宮、跟皇家有著千絲萬縷的聯繫。如此一個跟皇家淵源頗深的人，在二十多年前皇宮大亂的時候換走太子，有沒有這種可能？雖然可能性很小，微乎其微，但不能說根本做不到。

其實，不論是真是假，有了這個疑團在，太子基本上算是完了。太子都完了，拚命保住太子妃又有什麼意思呢？

但太子這個時候還不能完蛋。並非因為太子妃是他姊姊，也不是因為沈家跟太子綁在一起，而是安郡王還在涼州，安郡王還只是一個郡王！

太子下臺，大千歲乃長子，榮親王乃嫡子，安郡王卻兩者都不是，爵位還低了一層，根本沒有一爭太子之位的實力。所以，留著一個搖搖欲墜的太子，比直接拉他下來，對安郡王更有利。只要太子這個靶子還在，安郡王才能安然回京，從容布局。

所以，太子不能倒。至少，他現在還不能倒。

更何況，皇上似乎也不想要太子就這麼倒下去。如果現在讓太子倒了，人們更會肯定，太子果然是假的。一個假太子占了二十多年的儲君之位，這不是鬧笑話嗎？皇家可鬧不起這樣的笑話。

如今，需要有個人順著皇上的心意來保住太子，起碼也要暫時洗清太子身上的污水。

沈懷孝沈吟了一瞬，就站了出來。「皇上，臣有話說。」

明啟帝看了沈懷孝一眼，眼裡就有了笑意。「是跟你祖父一樣，想為你姊姊開脫嗎？」

沈懷孝搖頭。「臣有些疑問，實在想不通，想要問問這位高姑娘。」

明啟帝點頭。「那就問吧。」

高玲瓏看向沈懷孝的眼神有些複雜，也不知道自己心裡在期待什麼。

沈懷孝卻兀自說道：「高姑娘的話，真真假假，模模糊糊。大家都是聰明人，之所以不問妳，就是知道問也問不出個所以然。妳的貼身嬤嬤帶著妳的女兒慧姊兒去了哪兒？說實話，我的人跟著她，但是跟丟了。我帶著的人，可都是在戰場上出生入死、幾次深入敵營的斥候，他們的本事毋庸置疑。這樣的一隊人馬，跟著手無寸鐵的女人和孩子，在這天子腳下的京城，竟然還能跟丟了，妳說奇不奇怪？那麼，我就要問，她們去了哪裡？投奔了誰？帶走她們的人跟妳又是什麼關係？妳的這番作為，是不是受人指使？

「這些妳若回答不了，那麼可以肯定，妳背後一定有人。這個人是誰，我也不問。我知道妳顧慮妳女兒的安全，一句實話也不會說；但是，既然肯定了有幕後黑手，是不是可以斷定，這就是一個陰謀呢？如果太子是假的，是被人調換的，那麼這個調換孩子的人，就是這隻黑手。可問題又來了。

「既然二十多年前，他費盡心思也要調換孩子，那麼這個假太子在位，對他來說不是更有利嗎？他為什麼要揭露？他完全可以拿著證據，私下找太子，並要脅太子，透過太子的手才好行事，也才是上上之策。可為什麼自己精心佈置的棋局、費心安排的棋子，如今卻要親手毀掉呢？這說不過去。

「唯一的可能，就是他憑著一塊不知從哪兒偷走的玉珮來誣陷太子。哪怕咱們都知道太子是真的，但太子在民間的名聲也毀了。動了太子，等於是動了儲君，也會在朝堂引發一連串不可預知的後果。朝堂大亂、人心不穩，這才是他想要的。有了這個契機，他是不是就要趁亂而起呢？」

沈懷孝說到這裡，鄭重地道：「皇上，臣以為，現在最要緊的就是安定人心，不讓對方的奸計得逞。」

太子長長地吁了一口氣。

榮親王站起身來，像是急切地要撇開與高玲瓏的關係。「父皇，這個女人說話遮遮掩掩，真假難辨，不如讓人先帶下去，關押後再好好地審問，相信大理寺的牢房中，有的是辦法讓她開口。」

端坐著一直沒動的良國公猛地睜開眼，不敢置信地看向榮親王。

高玲瓏再不好，那也是他的親表姊，讓她死得體面，這不過分吧？沒想到他竟要動用大理寺的手段，怎能不讓自己心涼？今日，他能這麼對待高玲瓏，那麼高家的其他人呢？在沒有用之後、在拖累他的時候，是不是也會被同樣對待？那這些年自己對他的扶持又算什麼？高家已經富貴至極，還有為了這位榮親王冒險的必要嗎？

高玲瓏站起身來，身子還有些打晃，諷刺地看了良國公一眼，彷彿在說：這就是你一心想要扶持的人。

她轉過身來，伸手理了理頭髮，點點頭。「好啊，我也想見識一下大理寺的手段。」說著，當真就朝外走去。

沈懷孝卻暗自警惕起來，他微微側身，擋在皇上的御案前。

福順略微心驚。因為他看見高玲瓏在整理頭髮時，拔下了頭上的簪子，他相信皇上也看到了，但卻沒有出聲提醒，想來就自有他的道理。

在眾人還沒有反應過來時高玲瓏突然衝向沈懷玉，手中的簪子隨即刺向沈懷玉的腹部。緊接著，沈懷玉慘叫一聲，彎下了腰，鮮血染紅了杏黃色的太子妃禮服。

「我要用妳的鮮血，清洗妳帶給我的恥辱。」高玲瓏喊了這麼一句，嘴角就流下黑血，顯然是咬破了嘴裡的毒囊。緊跟著，侍衛的刀劍才刺到她的身上，而那時，人已經氣絕。

高玲瓏就這麼死了。她最後喊的那一聲是什麼意思？恐怕只有太子妃清楚。

沈懷玉知道，高玲瓏所說的恥辱，是指那時中了她的圈套，而被太子強暴的恥辱。想必那時候，高玲瓏已經懷了身孕，卻被她設計，讓神志不清的太子給凌辱了。

她感受著腹部的疼痛，這一生，只怕再也不能有屬於自己的孩子了。高玲瓏沒有殺她，因為有時候，活著比死了更痛苦。顯然，高玲瓏報復成功了。

對於高玲瓏的行動，沈懷孝自始至終都看得清楚明白，他也有機會阻止，但他什麼都沒做。沈懷玉要殺自己的妻子和兒女，這個仇，他片刻也不敢忘。

看著沈懷玉被宮人帶下去療傷，沈懷孝默默地退了回來。

輔國公看向沈懷孝的眼神，多了點不明的情緒。沒人比他更清楚這個孫子的本事，但是孫子卻沒有出手。不知道從什麼時候起，這些孩子之間生了嫌隙，弟弟竟然能看著姊姊命在旦夕而袖手旁觀，這怎能不讓人心灰意冷？

明啟帝將沈懷孝的作為看在眼裡，心裡也多了一分認同。他可不欣賞什麼以德報怨的君子！

大皇子誠親王看著有些嚇住的榮親王道：「六弟，你還是太年輕。沈將軍剛才就說了，問也沒用，做父母的寧願自己死，也不會將孩子置於險地。那母獸為了幼崽，都會跟人拚命，更何況是人呢？高氏即便再可惡，但她同樣是一個愛孩子的母親。這個道理，等你當了爹，就能明白了。」他上前拍了拍愣在原地的榮親王，才對明啟帝道：「父皇，人死如燈滅，看在母后和六弟的面子上，也看在良國公白髮人送黑髮人的分上，就讓高家把屍首帶回去，好好安葬了吧。」

這話聽起來仁義，可還是把皇后和榮親王，跟高玲瓏拉在了一起。可即便知道，榮親王也不能再說什麼反對的話，咬著牙道：「謝謝大皇兄。」

明啟帝點頭。「准誠親王所奏。」

大殿裡的人都散去了，只留下明啟帝和太子兩人。

太子粟遠凌跪在皇上腳邊道：「父皇，兒臣……兒臣……究竟是真是假？」

明啟帝摸了摸太子的頭。「你是父皇的兒子，這點毋庸置疑。」還不待太子高興，就接話道：「至於是不是真太子，有那麼重要嗎？」

「兒臣……不明白父皇說的是什麼意思？」太子有些懵。「兒臣是您的兒子，那自然就是真太子，不是嗎？」

「你是朕的兒子，卻不是皇后所生的嫡子。」明啟帝眼神有些悠遠。「這麼說，你明白了嗎？」

「什麼？父皇……這怎麼可能？」太子站起身來，不敢置信地道：「兒臣一生下來，就因為是中宮嫡子才被封為太子的，您現在卻說，兒臣不是母后所出……」

「朕確實是封了中宮嫡子為太子，但那個孩子，夭折了，於是，朕將你們調換……」明啟帝看著太子，輕聲道。

「那麼，兒臣本該是那個已經夭折的老三嗎？」太子覺得無力。鬧了半天，他還是假的。

「這事說來可就話長了。」明啟帝陷入了回憶。「那時候，你的皇祖父仍是當朝皇帝，你的王伯們對太子之位爭來鬥去，好不熱鬧。等到你皇祖父突然病發，他們哪裡還忍得住，紛紛跳了出來，兵變、刺殺、下毒，各種招數都使盡了。當時你皇祖父斷然退位，將皇位傳給朕，朕可是戰戰兢兢啊！被一群如狼似虎的兄弟盯著，連睡覺都要睜著一隻眼。朕沒有絲毫勢力可以依仗，唯一能做的，就是小心地侍奉太上皇，做個聽話的皇上。」

太子心裡一緊。這段經歷對於父皇而言，一定是刻骨銘心的，他都能想像得到，即便身為九五之尊，也要卑躬屈膝的樣子。他也聽過關於先皇的傳聞，先皇並不是個合格的父親。

「朕看著父皇躺在病榻上，毫不留情地剷除你的王伯們，更是心寒；都是親生的兒子，父皇的手段未免也太狠。今日，父皇能對你的王伯們出手，那麼明日，是不是也會對朕下殺手？後來，你皇祖父的身體一天天好了起來，也開始插手朕的事務，比如，你大哥的母親，黃貴妃。她的父親黃斌，就是你皇祖父的心腹重臣，你皇祖父將心腹的女兒給朕送來，其意不言自明，就是要讓她生下皇長子，你大哥，就是在這樣的情況下出生的。原本你皇祖父，想立你大哥為太子，再加上黃斌的配合，就能輕易地架空朕這個皇上。

「朕該怎麼辦呢？你大哥是長子，無嫡子的情況下，立長子完全站得住腳。若真是朕退一步，他們便能善待你大哥，讓他平安長大，讓他繼承這江山天下，朕也就不爭了。可是先皇連自己的親兒子都容不下，指望他善待你大哥，朕可是從來都不敢那麼想。你大哥雖是朕在迫不得已之下才讓他出生的，但也是朕的兒子。朕沒有一個好父親，所以，朕希望自己是個好父親。

「只要朕強大起來，你大哥作為棋子，對他們才是有用的，只要有用，就可以暫時保證他的性命無憂。可朕要怎麼阻止他們的企圖呢？除非朕有了嫡子！有了嫡子，長子就名不正、言不順了。所以，朕雖然非常厭惡先皇后白氏，但還是不得不和她同房，為的就是生一個嫡子。

「可是，算計得再好，也得有聰明人配合才行。先皇后白氏偏偏就是個愚蠢又自以為是的女人。她看著黃貴妃生了長子，一時心急，想了個餿主意，決定李代桃僵。她選了一個看起來好生養的宮女，趁著朕醉酒的時候，送到朕的房裡……」

太子已經明白了。「這個宮女，就是兒臣的生母！」

明啟帝點頭。「兩個月後，這個宮女被診出有兩個月的身孕，很不巧，先皇后白氏也診出了一個月的身孕。白氏不能保證自己肚子裡的就是皇子，便想著萬一要是個公主呢？這才生了偷龍轉鳳的心思。因此不僅沒有對你們母子下手，還把你生母安置在坤寧宮的偏殿，妥善地照顧起來。

「若是兩人都生了公主，只當是時運不濟；若是她生了皇子，你生母生了公主，這也無事，又不妨礙什麼；若是都生了皇子，那就麻煩了。你生母比她懷胎早，注定要早些生產的，萬一你生母先生出皇子，她肚子裡的卻還是未知數，要是她懷的是女兒，就連偷龍轉鳳的機會都沒有了。

「於是，在你出生的那個晚上，白氏也服下了催產藥。可到底，還是你先出生，在子時之前；白氏的孩子，出生在子時之後。只相隔半個時辰，卻是隔日。白氏知道自己生的是皇子，可偏偏晚了一步，哪裡能願意？已經有個長子了，難道她的孩子，連次子也排不上？於是她就交換你們的生辰八字。你本來就排行第二，她硬要將你排成三皇子。可命運呢，就是這麼奇妙，兜兜轉轉，你還是老二。」

第四十五章 後手

粟遠凌一直以為父皇和母后……哦，不，是和先皇后白氏，夫妻情深，如今才知道，原來這一切都是假象。

「白氏這個女人，以為只要孩子能討得太上皇的喜歡，就能多一分依仗，就是這個念頭，害慘了她的孩子！」明啟帝說到這裡，眼中透出一股沈痛。「當時太上皇正想著要找藉口把孩子抱過去，但朕怎麼可能將還是襁褓中的孩子抱給太上皇？而且，那孩子是白氏服了催產藥產下的，本來就不大康健。朕便以孩子體弱為由，將孩子抱到朕的身邊撫養，並且馬上頒布了冊立太子的聖旨，徹底打亂了太上皇的計畫。

「本來，事情發展到這裡都很順利，只要朕用心經營，慢慢地、一步一步的蠶食太上皇的勢力，不過是時間問題。可人算不如天算，朕完全低估了白氏的愚蠢。

「朕當時焦頭爛額，忙著前朝的事，對後宮的注意力自然就少了一些，要不然，她催產的事情，朕也不會在事發後才知道。那時候，朕在前朝不停地折騰太上皇留下的舊人，就是為了牽制太上皇，不讓他注意到後宮，藉此來保全你們。

「可白氏卻認為，自己的兒子已經是太子了，而朕卻將他們母子隔開，是不想讓他們母子親近，意外就是這麼來的。她貴為國母，又是孩子的生母，趁著朕上朝時去看孩子，宮人也不敢攔著。於是，她便抱著孩子去巴結太上皇了。

「那時候，你們倆都剛滿月，你的身體康健，但那孩子，哭聲都跟小貓似的。那天風很大，下著雨，福順收到消息，趕緊稟報給朕知道。等朕帶著人趕去的時候，白氏抱著孩子，已經在太上皇的宮門外跪了小半個時辰了。外頭可是風雨交加，一個本就體弱的嬰兒，早被雨澆透了。」

粟遠凌能夠感受得到明啟帝心中的悲憤。別說那是親生兒子，就算是個棄兒，也讓人不忍心啊。

「朕當著太上皇的面，強行帶走了孩子，甚至不惜和太上皇撕破臉。朕將孩子帶回來的時候，那孩子只剩下一口氣了。朕將那小小的身子，抱在胸口摀著，叫來了有神醫之稱的金針梅郎韓素，可還是沒能救下他。那孩子就在朕的胸口一點點地變涼，朕再怎麼努力，也沒有暖熱他。」

粟遠凌聽得鼻子泛酸。他沒有孩子，還不能體會一個父親看著自己孩子慢慢死去的心情，卻能感受到那份悲傷。

「朕就那麼抱著他一個晚上，太子就這樣沒了。如此一來，朕，還有你大哥以及襁褓中的你，還有賢……先前就已經站在朕這一陣營裡的人，該怎麼辦？要任由太上皇扶持一個傀儡太子，出來跟朕打擂臺嗎？不，不能！那時候需要有個太子，要不然，朕連同你們，都得下地獄。正當朕不知道該怎麼辦的時候，你的哭聲傳來了，彷彿天籟一般。

「你本來就是朕的次子，於是，朕將你們調換回來，留下韓素繼續照顧你，對外宣稱太子養病。韓素的名聲天下皆知，你再次健康地出現在人前，便沒有任何人懷疑。緊接著，朕就對外宣稱三皇子病逝了。你的生母一看見那個死去的孩子，就知道是怎麼一回事，為了讓你的身世不被揭開，當晚就投繯自盡了。世人都以為她是痛失愛子，朕卻知道，她是為了你！她去了，朕讓伺候過你的人也都跟著殉葬了。這個世上知道此事的，就只有朕、福順和韓素。

「韓素和朕的生母有些淵源，所以朕十分信任他。而今，他已經去世好幾年，這個秘密，就剩下朕和福順知道。如今，還包括你。」

粟遠凌點點頭。韓素若是不值得信任，父皇當初就不會把那個妹妹託付給他。

他相信父皇說的這些話都是真的，只是其中有一些不該讓他知道的隱秘，父皇並沒有說出口。比如，白皇后真的是病逝的嗎？比如，冷宮裡的賢妃；比如，不得不送出宮的公主。

父皇告訴他的，可能只是冰山的一角，只跟他有關的一角。

可這一角，也足夠他震撼的。這裡面不知藏了多少勾心鬥角、爾虞我詐，埋藏了多少愛恨情仇。

父皇真的很不容易。

他不再多問，嘆道：「正因為這樣，所以宗牒上的三皇子即便沒有名字，夭折的時候也非常小，父皇還是給他在我們兄弟中序齒了。」

明啟帝點頭。「他占過你的位置，你也占了他的位置，你們倆的命格，可以說是淵源頗深。」

粟遠凌知道了真相，對於自己究竟是真的還是假的，也越發糊塗了。按理說他這個太子是假的，可這個假的太子，也是父皇親手換的。

這真假該怎麼算？

「你心中有底氣，你就是真的；你若覺得心虛，那就是假的。」明啟帝揉揉額頭。「去吧，孩子。該幹什麼就幹什麼去吧。」

太子不知道自己是怎麼走出乾元殿的，他回到了東宮，就一頭栽在床上。他覺得自己需要靜一靜。

片刻，突然想起他還有一件事沒問，卻不知怎地就被請出來了。

既然真太子早就死了，那麼高玲瓏所說密室中的人，又是誰？他手裡的九龍珮又是從何而來？

越想就越覺得，這幾年他只顧著跟老大相互折騰，有一些宮中的傳言，他一點也不明白是從何而來，甚至也沒想過要去深究。

但他卻隱隱覺得，所有的事，父皇一定都知道。

明啟帝倒在榻上，福順遞了熱帕子過去，給他敷在額頭上。這是緩解頭疼用的。

福順低聲道：「看來，那一位到現在也不知道，那個孩子其實是……」

明啟帝冷笑一聲。「難道只有他會留後手嗎？朕也會！」

「朕死了一個兒子；朕愛的女人不得不關在冷宮裡，才能保住性命；朕的愛子不得不放逐才能長大；朕的掌上明珠不得不流落在外才能躲過厄運。

「他挖朕的心、朕的肝，讓朕時時刻刻都在煎熬。那就等著看吧，等知道真相的那一天，誰會更疼！」

福順點點頭，又問：「遺詔的事……」

「遺詔？只要他還活著，就會有數不完的遺詔，那就是個屁！」明啟帝忍不住爆粗口。「他敢豁出去，但朕不敢，朕要護著的人太多了，朕損不起任何一個心愛的人，這才是他肆無忌憚的原因。

「不過沒關係，孩子們都大了，也都有出息了。等他們都能自保的時候，朕的顧慮就更少了。」明啟帝把額上的毛巾取下來，遞給福順。「不過，他要的那些都是小把戲，陰謀詭計永遠也統治不了江山。他也只能躲在暗處，幹一些見不得人的勾當。以他殘暴的性子，只怕也憋得很難受。」

福順再度點頭，想了想，又道：「還是得讓四殿下早點回來吧？」

「你多慮了。老四又不傻，他知道該怎麼做。」明啟帝對自己的這個兒子，有絕對的信心。

輔國公府

沈懷忠看著閉目養神的祖父，又看看端坐著的弟弟。

他撓了撓頭，完全看不明白。這樣的對峙，已經有大半個時辰了，祖父跟弟弟之間究竟是怎麼了？

難不成，太子真是假的？那沈家這些年來，還真是做了白工啊。

沈中璣一個人在旁邊看棋譜，手在棋盤上比劃著。他嘆了口氣，道：「瑾瑜啊，是不是又惹你祖父生氣了？」

沈懷孝搖頭。「沒有，大概是宮裡的事，讓祖父煩惱吧。」

輔國公一下子睜開了眼睛。「方才宮裡的事我倒是想管，也有心管，可我沒那份本事。」

沈懷孝在心裡呵呵一聲。這是在指責自己不搭救沈懷玉啊！

他嘴角一翹，無所謂地道：「孫兒有那份本事，就是沒有那份心。」就算祖父再怎麼不諒解，他也不會去救沈懷玉。

「為什麼？」輔國公雙眼如電，盯著沈懷孝。

「祖父，您是真糊塗，還是裝傻？」沈懷孝瞬間怒意滿盈。「您老人家剛剛在大殿上沒聽見嗎？殺我妻兒的刺客是誰派的？是她沈懷玉！憑什麼要我伸手救她？救她幹什麼？讓她再殺我妻兒嗎？」

「不是沒殺成嗎？」輔國公立即道，可話一出口，他就後悔了。這話可不是火上澆油嗎？

果然，就聽見沈懷孝冷笑一聲。「合著沒殺成就不算數了？只有我妻子和孩兒們的墳頭長草了，你們才能看進眼裡是吧？」

「怎麼這樣跟你祖父說話呢？」沈中璣面色一變，趕緊緩頰道：「你祖父不是那個意思，坐下慢慢說。」

沈懷孝心中冷意越深，起身就往外走。

沈大和沈三等在院子裡，一見主子出來，馬上道：「主子，能走了嗎？」

「馬上就走，誰也不要驚動。房裡的東西，一件也不許動。咱們怎麼來的，就怎麼走。」沈懷孝低聲吩咐著。

他們三人就這樣靜靜地換了衣服、牽了馬，便從側門而出，一路往西而去。出了西門，就在十里亭碰到了一個黑衣人。這個黑衣人沈懷孝有印象，今天在乾元殿就見過。

「這是皇上要給你的。」黑衣人說完，就轉身離開。

沈懷孝將匣子收進懷裡，心想這應該就是皇上給安郡王的密旨。

他回頭看了京城一眼，翻身上馬。京城於他而言，再沒什麼特別之處，有他們母子三人在的地方，才是他真正的家。

京城的風，吹不到涼州。

花房裡種的青菜，已經有孩子的指頭長了，嫩嫩的，綠中微微泛著點黃。這是光照不充足的原因。

沈菲琪拿著小水壺，慢慢地澆水。

爹爹已經走了好些天，臘八也已經過了，眼看就要過年，也不知道爹爹會不會趕回來跟他們一起過年？

她的心思飛到了前世。那個輔國公府，煥赫熱鬧。

曾祖父，她很少見到。

祖父倒是很慈祥，也很喜歡她，有什麼好東西，總是記得給她一份，而且肯定比慧姊兒的多、比慧姊兒的好。

祖母很漂亮，漂亮得不像是祖母，誰家的祖母也不會漂亮成那個樣子。她是除了姓高的那個女人以外，最不喜歡她的人，可她偏偏是父親的母親。

上輩子，娘不在了，弟弟也不在了。舅舅……舅舅……她搗著頭。舅舅最後怎麼了？

對了！上輩子她不知道安郡王就是她的親舅舅，她還奇怪為什麼安郡王要選她做世子妃呢。如今才知道，舅舅是想補償她，想把她接到身邊照顧著。

不過那時候，舅舅好像是拄著枴杖的……沒錯！舅舅是拄著枴杖的。他的腿受傷了，臉上還有一道疤。

水壺落在了地上，發出一陣清脆的響聲。她想起來了，舅舅的腿廢了！

沈菲琪面色一下子變得慘白。她就是再傻也知道，舅舅可是他們的依仗，不能出事。她馬上從花房衝出去。

「娘——」沈菲琪快步跑到蘇清河的身邊。「娘，我有話說。」

蘇清河朝丫鬟和嬤嬤擺擺手，把人都打發出去，才抱起她去了暖閣。

暖閣裡，沈飛麟坐在炕上看書，見到沈菲琪，還不免有些詫異。「妳不是在折磨妳那些個菜嗎？」

「要你管！」沈菲琪白了沈飛麟一眼。「我和娘有話要說。」

沈飛麟拿著書就下炕。「我在外間給妳們把風。」順便偷聽。

等沈飛麟出去了，沈菲琪才道：「娘，我作了一個很長很長的夢，跟真的一樣。」

孩子啊，老用一個別人替妳想出來的藉口，真的好嗎？

蘇清河無奈地揉了揉閨女的腦袋，輕輕嘆了口氣。她配合地道：「琪兒的夢一向很靈驗，娘信妳。」

沈菲琪咬著嘴唇，好半晌才道：「夢裡的娘和弟弟都死了，我和爹爹去了西北，就在一個院子裡，每天吃飯、睡覺；我覺得那時候，我像是個傻子，連話也不會說。爹爹每天都會陪著我，就是再忙，也會回來餵我吃飯。別人都偷偷地說我是傻子，只有爹爹不信。他每天晚上教我認字，給我念書，然後再幫我洗腳，讓我睡下。

「有一天晚上，爹爹沒回來，嬤嬤說要抱著我去找，便去了一個地方，門口掛著『海鮮乾貨』的牌子。那時候，我心裡還洋洋得意，覺得自己其實不傻，爹爹教的字，我可都認識呢。

「那嬤嬤把我塞在貨架子後面，沒多久，我就看見爹爹帶了一個人進來，還喚他廖掌櫃，又說死了那麼多人都是他的手筆。然後，我看見爹爹殺了他！

「再後來，我就什麼也不知道了。等醒來的時候，又在同樣的院子裡，只是，再也沒見過那個嬤嬤了。」

蘇清河知道，那個嬤嬤肯定是別人的眼線，把孩子帶去，就是為了嚇住孩子，不想讓這個孩子清醒。後來，那個嬤嬤應該是被沈懷孝發現，所以，可能被他給殺了。

「不久，我又有了兩個丫鬟，叫做采桑和采芹，她們倆比嬤嬤好。

「也許是爹爹每天教我讀書、習字的功勞，我的腦子也慢慢清楚了起來。爹爹很高興，我想要什麼，他就買什麼給我。在涼州，府裡就我和爹爹，過得很自在、很快樂。

「那時候，我只有一個可以去玩的地方，就是隔壁的安郡王府。郡王府裡，不僅有安郡王，還有安郡王妃，還有兩個小王爺。」

蘇清河皺眉。那就證明，哥哥並沒有在明年回到京城；不僅如此，連王妃也被送到了涼州。

「那時候，我不知道那是舅舅。他的臉上有大鬍子，眉角有個很深的疤痕，而且……舅舅拄著枴杖。」

蘇清河手裡的茶杯瞬間落在地上，發出刺耳的聲響。她微微一笑。「娘手滑了，妳說吧，娘聽著呢。」

「等到我十二歲那年，我們回到京城，舅舅他們也回到了京城的安郡王府，就不能再常常見面了。

「然後，輔國公府很大，大得我好像從來沒有看全過。

「祖母很漂亮，但是不喜歡我，我每天去請安，都要被罰站。但是她很喜歡慧姊兒，慧姊兒是高氏那個女人的女兒，說是我的姊姊。府裡的人都說，高氏是爹爹的夫人，但爹爹說，我才是她的嫡女，那個女人什麼也不是。

「有一天，祖母讓人叫我過去，讓我給爹爹送湯，還跟我說，要是爹爹知道這是我自己的主意，會更高興。於是，我就帶著湯去給爹爹了。爹爹果然很高興，全都喝了。

「我出了院子，看見姓高的那個女人朝爹爹的書房走去。我就躲了起來，想聽聽她是不是又要說我的壞話？

「我看見……看見……那個女人脫爹爹的衣服，然後自己也脫衣服。爹爹好似有知覺一般，但又像是沒有力氣。我看見爹爹抬起胳膊，把自己胳膊上的肉咬下來一大片，流了好多血。

「我雖然嚇住但沒出聲，因為我之前看過太多的血，已經不會尖叫了。但是那個女人嚇壞了，大叫一聲，把人都引了進去。

「我也被人發現了，所以那個女人一巴掌打在我臉上，耳朵流血了。」

蘇清河雙手攥緊，疼得不能呼吸。

「之後，我左邊的耳朵就聽不見了。爹爹醒來後，將那個女人的左胳膊給廢了，慧姊兒的一根手指也被削掉了。

「這些事，當時我是不知道的，爹爹不讓別人告訴我。直到後來，我才知道，爹爹只疼我一個人，根本不疼慧姊兒。

「又過了一年，那個女人生了一個兒子，他們說是弟弟。當時我傷心壞了，爹爹說那是野種，不是弟弟。

「我不信，爹爹就告訴我，他最疼我；然後過了不久，那男孩就死了。在夢中的我的記憶裡，對這件事並沒放在心上，因為爹爹那時候恰好也受了傷，我更關心爹爹的傷。

「等爹爹傷好了，就陪我回了一趟遼東，回了咱們家的小院。

「我記得，半夜我醒來，爹爹站在院子裡一個人喝酒，說什麼仇報了……」

第四十六章　回家

說到這裡，沈菲琪早就哭得不能自已。

「娘，夢裡的我很傻，好多事都記不住。我說的這些，原本早就被遺忘在角落裡，要不是現在重新回想了一遍，我都不知道爹爹過得有多苦。

「後來，安郡王要給世子娶妻，看中了我，但是，我感覺王妃不喜歡我。」

蘇清河點點頭。要是自己兒子娶了這麼一個傻白的姑娘，她也高興不起來。若只是當作親戚照顧可以，可要當作媳婦，確實很難讓人滿意。這一點理智她還有，不會因此遷怒安郡王妃。

「後來，爹爹出征了，將我安置在安郡王府。王妃帶我進了一次宮，拜見了一個瞎眼的婆婆。」

這個瞎眼婆婆，應該就是她的母妃賢妃了。

「我還看見了皇上，可瘦了！看見我，還哭了。我一個人坐在外屋，大人在裡面說話，恍惚聽見，說什麼，是不適合……皇太孫的正妃……什麼的。」

皇太孫！如此看來，皇上對安郡王有很深的執念。不能傳位給兒子，便寧願傳給孫子；而且能封皇太孫，證明已經沒有什麼阻力，那麼其他的皇子，應該是被除掉了。這讓她稍稍鬆了一口氣。

沈菲琪眼裡閃過一絲痛色。「有一天，慧姊兒讓人給我遞了一封信，說是爹爹捎信回來了。我很生氣，爹爹捎信怎麼不捎給我，卻偏偏給她呢？因為太氣了，明知道爹爹不讓我出安郡王府，我還是跑了出去，跑回了輔國公府。

「高氏那個女人已經不行了，不停地咳血，慧姊兒說我是掃把星，就讓人抓住我，用簪子劃傷我的臉。

「之後，我就一直躺在床上，我不知道是誰救我出去的。但自那之後，我再也沒有下過床，爹爹也沒有回來。我一直待在安郡王府……直到嚥氣。」

蘇清河知道，沒有回來，就意味著再也回不來；而這孩子沒有了父親護著，早點離世，未嘗不是福氣。說到底，她是自找死路的。

她小時候受過刺激，半大的孩子了，還跟個失了魂的傻子差不多；後來正常了，沈懷孝高興還來不及，哪裡敢管教？只覺得孩子正常了就是僥倖，還奢求什麼呢？所以，她清醒之後活得單純，就連一點兒不好的事情都不敢告訴她，就怕她再受驚嚇。

沈懷孝作為父親，真的盡心了，在最後也安排了退路，只要她在安郡王府好好地待著，亦能平安康泰。可她偏偏作死，誰又能奈何呢？

高氏年紀輕輕便吐血，肯定是中了暗招。那慧姊兒就算是國公府的小姐，也已經是個殘廢了，端看最後她對閨女的暴力發洩，就知道過得並不順心。

蘇清河發愁的是，這樣一個心中滿是瘡痍的閨女，她該怎麼教？看著閨女傷心的臉，她什麼話也說不出來。

過了好半晌，她才想起她所陳述的那些事情中，有一股深深的違和感，不由問道：「琪兒，娘聽著妳的話，總是斷斷續續，有些事情，跳得很遠，中間似乎連貫不起來，這是為什麼？」

沈菲琪有些疑惑，看了蘇清河一眼。「是跳著說的嗎？沒有啊。」

「妳再想想。」蘇清河的眼裡閃過一絲憂慮的神色。

沈菲琪捣住頭，一臉的痛苦之色。

蘇清河趕緊制止。「還是別想了。」

她覺得，這孩子很可能因為幼年見到自己母親和弟弟的慘死，刺激太大，記憶出現了障礙，很明顯地選擇性記憶。

凡是她經歷過的可怕的、不願記住的事，她會選擇性忘記；除非某件事對她來說，有特殊意義，她才會記憶深刻。

比如，她從不曾忘記母親和弟弟的死。她潛意識裡知道，這對她很重要，雖然慘烈可怕，但失去的痛苦比起恐懼，要來得更多。又好比，她自己生命裡的最後時光，她是因何而死，這一些對她來說是有特殊意義的，所以她不曾忘記。

而其中凡是讓她感覺不好的，她都選擇性地忘記了。除非硬逼自己去回想，要不然，她就當自己沒經歷過。

蘇清河覺得，上輩子沈懷孝一定也發現了這個問題，所以才把她放在玻璃器皿裡，小心地看護著；甚至，最後把孩子託付給安郡王，而沒有為她選擇一門婚事。因為他知道，這孩子應付不來。

這讓蘇清河心疼的同時，有些擔憂。

怪不得覺得這孩子總是傻樂，她還以為孩子是神經粗大，其實不是。她應該是淡化了腦子裡可怕的、不好的記憶。

門外的沈飛麟也皺了眉頭，他也是有些不解的。比如，姊姊說到她收到一封信，那麼，這封信是誰送來的？能在安郡王府把信送到她跟前，肯定是她的心腹。可最後出了那樣的事，就能看出這個送信的人，肯定是別人的眼線，但她卻一語帶過，彷彿送信之人就是個再普通不過的人。這就不對了！

蘇清河沒有隱瞞孩子，她道：「每個人都有自我保護機制的，就好像是，我的手指伸向妳的眼睛，妳本能地就會閉眼躲避；或是妳馬上要摔倒時，本能地會去抓住自己能抓住的一切東西，這個，就是本能的自我保護。妳的記憶也是如此，就跟個篩子一樣。妳不想記住的，或可對妳的情感有傷害的，它幫妳篩掉了；會留下來的，都是對妳的情緒沒太大影響的。」

「可是，我記得我是怎麼死的，也記得娘和弟弟是怎麼死的。」沈菲琪還是不願意承認自己有問題。

「因為這對妳來說，太重要了。妳潛意識裡知道，妳得記住這些事。」蘇清河指了指孩子的腦袋。

「所以，我才會覺得很多事的細節，在記憶中都好模糊，若不去深想，根本就記不起來發生過什麼事？」沈菲琪難以置信。她總算明白上一世爹爹為什麼每次看她，都又是心疼又是無奈，爹爹一定也知道她不大正常。

「娘現在擔心，如今的妳還跟夢裡一樣，見了可怕的事情，就選擇逃避，覺得忘記了就好。」蘇清河看著沈菲琪，鄭重地道。

沈菲琪臉色一白。「不會的、不會的，我有娘，也有弟弟，不一樣了。」

「對，就是這樣。妳要告訴自己，這跟夢裡已經不一樣了。有爹、有娘、有弟弟，咱們都會護著妳，這世上再沒什麼事情能傷害妳。」蘇清河低聲道：「妳爹爹快回來了，他的信已經先到了。他說，那個姓高的女人死了，那個慧姊兒也消失了，再也不會回來；連對妳不好的祖母，都不是妳爹爹的親生母親。所以，真的不一樣了。」

「死了嗎？就這麼死了？」沈菲琪不敢置信地看向蘇清河。

蘇清河認真地點頭。「沒錯，妳看，是不是全都不一樣了？」

沈菲琪的眼淚瞬間就落下來了。「死了就好……死了就好……」

蘇清河從沈菲琪方才的陳述中，沒聽到多少她和高玲瓏的衝突，只有耳朵被打而失聰一事。但看她的樣子，明顯潛意識裡還留著一股恨意，而且恨得刻骨銘心，才難以忘懷。都說冰凍三尺，非一日之寒，顯然，她雖然忘記許多事，但感覺卻在。

「好了，不說了。」蘇清河將閨女抱在懷裡，搖著她。「咱們不說了，那就是一個夢，琪兒只是作了一個噩夢。夢醒了，就好了。」

「那就是個夢……」沈菲琪瞇著眼睛，喃喃地道。

「對，就是個夢，一個可怕的夢而已。」蘇清河的聲音輕柔。她哼起了童謠，不一會兒，閨女就睡著了。

沈飛麟這才進了屋子，有些憂慮地看向睡著的沈菲琪。「娘，她這樣要緊嗎？」

蘇清河搖搖頭。「也沒什麼要緊不要緊的，慢慢來吧。」

「以後，多讓她認識一點人，應該就好了。」沈飛麟建議道。

「回京以後再說吧。到時候，想不認識人都不行啊。」蘇清河低聲道。

「娘，爹爹不是嫡子啊？」沈飛麟試探了一句。

「嗯，姨娘生的。」蘇清河點頭。

這才對嘛，沒有哪家是為了嫡長子來壓制嫡次子的。可若是庶子，就解釋得通了。

蘇清河知道他要打聽什麼，就道：「等你爹回來，聽你爹說吧。」說完，又瞪了沈飛麟一眼。「還有你，別整天讓人盯著你爹。將軍府是你爹的地方，你想幹什麼，光明正大的去就是了，做什麼偷偷摸摸的？即便將軍府有別人的眼線，那也只是遞消息的，還能刺殺不成？別真把你爹當傻子了，覺得你爹連一個將軍府都料理不乾淨嗎？」

沈飛麟一愣。他怎麼忘了？他這輩子的老子又不是皇帝，沒什麼好忌諱的。而他是爹爹目前唯一的兒子，而且還是嫡長子，這個身分如此方便行事，他做什麼還要偷偷摸摸的？

慣性啊慣性。上輩子作為皇子，可不都是偷偷打聽皇上的事嗎？才剛剛說沈菲琪有問題，其實在娘的心裡，只怕他也是個蠢蛋。娘一定在默默地看著他犯蠢，如今實在是蠢過了頭，才出言提醒的。

沈飛麟看著蘇清河的眼神有一股幽怨，蘇清河給了他一個「就不慣著你」的眼神。「睡午覺去。」不由分說，將他塞到被子裡。

這樣的生活其實也挺好。沈飛麟在心裡這樣對自己說。然後默默地踹了下把腿搭在他身上的沈菲琪，不一會兒也睡著了。

蘇清河看著兩個孩子，嘆道：「都是冤家。」

另一頭，沈懷孝在天黑前就趕到了涼州城外。看著熟悉無比的城門，竟然瞬間覺得親切起來。

「總算回來了。」沈懷孝有些感慨。

「到家了，還能趕得上吃晚飯。」沈三摸摸肚子。「以前不覺得有什麼，可連吃了這些日子的乾糧，就覺得還是在家好啊。」

沈懷孝一樂。「那就快點回去，看看晚上家裡吃什麼？」

南苑

「晚飯想吃什麼？反正不給你們吃肉了。」蘇清河搖頭，對著兩個剛睡醒的孩子說：「晚上不好消化。」

「那明天醬豬蹄吃。」沈菲琪喜歡啃這個。但自從有了宮裡的嬤嬤在身邊，這些東西都被禁止得差不多了。一是宮裡的嬤嬤覺得這樣的東西髒；二是，一個姑娘家抱著蹄尖啃，十分不雅。

沈菲琪說完，還小心地瞄了一眼在旁邊伺候的萬嬤嬤。

萬嬤嬤笑咪咪地福身道：「要不然，明天讓廚房燉豬蹄給姊兒吃，對皮膚好。」

沈菲琪皺眉。燉的能和醬的比嗎？燉得湯湯水水的，還只給喝湯，哪有抱著啃來得自在啊。

蘇清河還沒說話，就聽見外面有腳步聲，緊跟著沈懷孝的話就傳進來。「爹爹的閨女想吃什麼？」

「爹爹！」沈菲琪瞬間就從凳子上跳下去，直往外衝。

萬嬤嬤看得直皺眉。

就見沈懷孝掀簾子進來。「爹爹身上髒，也冰得很，可不能抱妳。」

沈飛麟上前，拱手行禮，叫了一聲「爹」。

沈懷孝摸了幾下兒子的腦袋，才對蘇清河道：「孩子他娘，我回來了。」

蘇清河一直看著他，見他滿臉都是笑意，也不由得翹起嘴角。「回來啦。」她迎上去。「沒想到回來得這麼快。」

「要過年了嘛，不回家怎麼行？」沈懷孝笑道。

「先去洗洗。」蘇清河推他。「換身衣裳好吃飯。」

沈懷孝見蘇清河一身家常裝扮，豆青的小襖，深紫的長裙，頭上只有一支珍珠簪。她笑盈盈的，眼裡滿是歡喜，讓他心頭不由一熱。「去溫泉院子洗吧。」

「也成，正好泡一泡，祛祛寒氣。」蘇清河趕緊讓人準備洗漱的東西。

沈懷孝拉了拉她的衣角，使了個眼色。

蘇清河悄悄地把他的手扒開，臉上不動聲色。「你先泡著，我去找點凍瘡藥，估計腳上有凍瘡了，馬上給你送去。」

沈懷孝這才一本正經地揉了揉兩個孩子的頭，轉身出去了。

沈飛麟暗地裡撇了撇嘴。別以為他不知道自家老爹在搞什麼鬼。

蘇清河一進溫泉木屋，就被沈懷孝一把抱住。他逗著她道：「藥呢？」

「促狹鬼！」蘇清河由著他。「方才那麼多人在，你也不怕露餡兒，丟死人了。」

「小別勝新婚，人之常情。」沈懷孝兀自揉搓著她柔軟的腰肢。「那兩個小鬼頭晚上肯定賴著不走，我還不得想想別的辦法啊？」

瞧這理直氣壯的！

沈懷孝的歸來，讓兩個孩子很興奮。雖然沈飛麟看起來淡淡的，但眼裡的笑意還是洩漏了真實心思。

因為沈懷孝疲累，飯桌乾脆擺在炕上，一家四口圍坐在一起吃飯。

沈懷孝看著自己面前的一大碗麵，問道：「我吃的，怎麼跟你們不一樣？」

「你一路上沒好好吃飯，胃得養一養。本來想給你喝粥的，想了想又覺得不頂餓。那麵條是用鯽魚湯燴的，煮得軟爛，又滋養、又解餓。」蘇清河又推了兩樣小菜過去。「快吃吧。」

沈懷孝心裡覺得舒坦。看來，她對他是用了心的。

蘇清河從閨女的話裡，知道了這個男人上輩子做過的努力，儘管不是為了她，她也覺得難得。

一個大男人帶著個不大正常的閨女，活在詭譎的風浪裡，能做到那一步，已經很不容易了。她心裡還是有些心疼的。

沈菲琪看著沈懷孝的碗，口水直流，真跟個孩子似的，覺得別人碗裡的飯更香。

沈懷孝笑得寵溺，對一旁的丫鬟道：「給姊兒也盛一碗麵。」

那丫鬟是剛分到身邊的葡萄，她看了蘇清河一眼，蘇清河搖搖頭，她也就不敢動。

蘇清河給沈懷孝挾菜，一邊道：「有嬤嬤在呢，孩子晚上能吃什麼、不能吃什麼，嬤嬤們比咱們有經驗。她晌午吃了半盤子的烤羊肉，若再吃這湯麵，該不消化了。牛奶粥挺好的，就喝那個。」

沈懷孝遲疑了一下，看了一眼閨女可憐兮兮的眼神，不由得對萬嬤嬤道：「要不然，給孩子嚐嚐味道就好？」

萬嬤嬤有些無奈。這閨女馬上就四歲了，還能看著人家的碗吸溜口水，規矩都成這樣了，爹娘還捨不得讓她被管教。

沈菲琪配合著點頭。「我就是嚐嚐，一點就好。」然後特別有理地對萬嬤嬤道：「我就在家裡這樣，在外面肯定不丟嬤嬤的人。」

萬嬤嬤都要暈倒了，合著她還知道她這樣子挺丟人的。「那就舀一點嚐嚐。」

總算開恩了！沈菲琪立刻笑逐顏開。

蘇清河暗暗焦慮。這個樣子，應該就是這孩子上輩子的常態了。

葡萄給沈菲琪遞了個小碗過去，想了想，也給沈飛麟舀了一份。

兩孩子看著碗。呵呵……這是什麼鬼？

沈菲琪：「……」這有兩口沒？

沈飛麟：「……」打發叫花子哪。

兩人看著葡萄，葡萄一臉無辜地回應。

緊接著，沈飛麟就特別有姊弟愛的，把自己那份推向了沈菲琪。

沈菲琪面色一窘。她能說她一點都不想感謝他的這份心意嗎？瞥了弟弟一眼，她默默地把兩個碗底的湯喝了。

沈懷孝都不忍心看了，好半天才以商量的口吻跟蘇清河道：「這規矩是死的，人是活的。孩子還小，咱們慢慢教，對吧？」

蘇清河點頭。「你放心，嬤嬤們心裡有數。」可不能讓他無條件地慣下去。

吃完飯，沈懷孝起身。「我得去一趟安郡王府，妳要不要一起去？」密旨還沒交付，京城裡的事也得細細地告訴安郡王，這些都是不能耽擱的。

蘇清河搖頭。「我就不去了，回來你再告訴我，也是一樣的。」他的公事上，她儘量不摻和。

沈懷孝點頭，也沒有強求，叮囑兩個孩子。「都早點睡。」

蘇清河替他繫上大氅，送他出門。「等你回來。」

沈懷孝見廊下只有丫鬟和婆子，就抱了抱她。「等我回來。」

他覺得，出了一趟門，蘇清河對他的態度又親近了許多，原本像是堅不可摧的壁壘，如今，已慢慢地鬆動了。

第四十七章 制衡

「殿下，沈將軍來了。」白遠疾步進來回稟。

安郡王一直在等沈懷孝，馬上就吩咐。「快請。」

沈懷孝進來，行了禮，從懷裡拿出匣子。「殿下，這是皇上讓在下轉交的。」

安郡王一愣。這樣的匣子，不懼水火，沒有鑰匙根本打不開。而鑰匙，他自然是有的，不過還是第一次用。他站起身來，疾步去了裡間，吩咐白遠。「你招待瑾瑜。」

安郡王去了裡間，從胸前摸出玉珮來。玉珮是中空的，他打開機關，這才取出鑰匙。他看了匣子裡的密旨，把聖旨收起來，又拆開裡面放著的一封信，將信看完，馬上就燒了，才轉身出去。

前後也就一盞茶工夫，沈懷孝還有些詫異安郡王的速度。

「密旨的內容，你知道嗎？」安郡王彷彿無意地問了一句。

「皇上透過口風，說是准王爺方便行事。」沈懷孝點頭道。

安郡王點頭。事實上那匣子裡，除了密旨，還交代了一處皇上早就著人秘密建好的糧倉，存著夠涼州吃用三年的糧草。這件事極其機密，不能輕易洩漏一點消息。而且，這處糧倉，不到萬不得已，不得動用。

父皇是怕他撐不住，才告訴他這處糧倉。他這才知道做一個皇帝，有多不容易。他一直以為自己在涼州已經營得如鐵桶一般了，可皇上的人是怎麼神不知、鬼不覺地把糧倉建起來的？顯然，他的部將裡有皇上的人，而且不是一、兩個。他暗自慶幸這是自己的父皇，要是別人，那他恐怕連自己怎麼死的都不知道。

見沈懷孝確實什麼也不知道，他轉移話題道：「給我說說京城的事。」

沈懷孝才將在京城所發生的事，詳細地說給安郡王聽。

安郡王聽得很認真，有時候還不時詢問一些細節。在聽到他為太子辯白了幾句時，很平靜地問：「你當時是怎麼想的？」

沈懷孝道：「太子，現在還不能倒。」

安郡王的眼裡閃過一絲讚賞。「那你覺得，本王應該怎麼做呢？」

沈懷孝斟酌道：「證明自己的能力，然後回京，做一個孝子。」

安郡王有些詫異地挑眉，反覆思索著沈懷孝所說的「孝子」。

做個孝子，難道那個皇位就會到自己頭上了？除非，父皇屬意的本就是他！

這個念頭一出，他的心就狂跳起來。會是這樣嗎？他抬頭，就見屋裡只剩下自己，顯然，那兩人沒打擾自己的思考，都退了出去。

「白遠，拿點吃的來，餓了。」安郡王等著沈懷孝過來，晚飯也沒吃。

白遠早就準備好了，提著食盒進來。「姑奶奶花房裡的薺菜長出來了，晌午包了薺菜餃子送來，當時殿下不在府裡，所以晚上才讓廚房煮了。」

安郡王笑道：「瑾瑜回去了？」

白遠點頭。「說姑奶奶和孩子在家等著呢。」

「妻子孩兒熱炕頭，他也就那點出息。」安郡王挾了一個餃子，蘸著醋汁，咬了一口。

「嗯，香！肯定是琪兒那丫頭種的菜，明兒打發人把那個玉馬擺件送過去給她玩。」

「得咧，一把野菜換了個價值連城的寶貝，划算。」白遠跟著笑。

南苑

沈菲琪和沈飛麟脫了衣裳，在被子裡玩，你踹我一腳，我蹬你一下。也許是兩人只有彼此作伴的關係，姊弟倆只要湊在一塊兒，就都幼稚了起來。

「爹爹怎麼還不回來？」沈菲琪把自己的腳伸到沈飛麟的被窩裡撲騰。

蘇清河把兩人分開。「被窩裡那點熱氣全被你們折騰沒了。」她把兩個孩子的被窩壓好。「應該快回來了。快睡吧，你們的爹又跑不了，明日一睜眼就能看見了。」

沈飛麟低聲道：「再等等。」爹肯定要告訴娘京城裡的事，他也想聽聽。

「那就背《湯頭歌訣》。」蘇清河已經開始教孩子學醫。多一門技藝，就多一分保命的手段。閨女在這方面的悟性，似乎比兒子更好一些。她的心性單純，更容易投入。

《湯頭歌訣》是清朝汪昂所撰，在這個自唐朝後就分岔的時空肯定是沒有的。幸好金針梅郎的名頭十分好用，對於一個神醫能夠編纂出來這些東西，沒人會懷疑，況且，他消失在人們視線中二十年，二十年，能做很多的事情。

沈懷孝走到院子裡，就聽見裡面傳來稚嫩的聲音。

「麻黃湯中用桂枝，杏仁甘草四般施；發熱惡寒頭項痛，喘而無汗服之宜。」

沈懷孝聽了一會兒，只覺得奇妙無比。「背的是藥方？」他進門後，出聲道。

背書聲戛然而止，暖閣裡傳來兩聲「爹爹」。只見蘇清河披著襖子迎出來。「回來了？」

沈懷孝應了一聲，趕緊為她把衣裳緊了緊。「這兩個小傢伙居然還沒睡。」說著，便同她一起進了屋。

直到躺下，沈懷孝才跟蘇清河說起了京城的事。「我總覺得皇上對於有人冒出來說太子是假的，一點也不驚奇，好似早有準備，甚至有一種釋然……也不知道是不是我的錯覺？」

蘇清河沒有說話，靜靜地聽著。京城裡發生的事情，全然在她的意料之外。

沈懷孝翻了個身，讓自己躺得更舒服些。「而且，咱們這邊剛把目標對準天龍寺，那邊就把天龍寺給拋出來了，可見，天龍寺一定是有秘密的。」

蘇清河「嗯」了一聲，才道：「有些事情，咱們不知道裡面的內情，就是想破腦袋，也不會猜到是什麼事。但是，我們可以從能查的那部分查起。」

「比如呢？」沈懷孝問了一聲。

蘇清河還沒說話，沈飛麟就接了一句。「輔國公府。」

沈懷孝一愣，扭過身，一把將兒子拽到他被窩裡來。「兒子，你說什麼？」

沈飛麟什麼時候被這麼粗暴地對待過，就要掙扎，但哪裡是沈懷孝的對手。他有些後悔自己剛才接話太快，這會子只能含糊地道：「就是說輔國公府。」

「輔國公府怎麼了？查什麼？」沈懷孝覺得很驚奇，試探著問道。

「輔國公府很奇怪，皇上對輔國公府的態度也很奇怪。」沈飛麟垂下眼瞼，說了一句。然後又道：「就跟娘和院裡的菊嬤嬤一樣。娘給她一個管事做，算是重用了，可是卻從來不讓她近身，別說近身了，就是進屋也不行。菊嬤嬤看著規矩得很，是個好人，可是她看著我們的時候，跟萬嬤嬤、賴嬤嬤和汪嬤嬤給我的感覺是不一樣的。遠遠看見她，我身上的汗毛就豎起來了。」

沈懷孝愣了愣，喃喃地道：「好兒子，你說得對。」

輔國公府中，江氏最有問題，這一點祖父知道，父親肯定也知道。那麼，江氏幹的事情，他們能不知道嗎？不說知道個十成，五成總是有的。輔國公府已經富貴已極，有必要冒險嗎？沒有。那麼，為什麼還要接納江氏，給她一定程度的方便呢？輔國公府是同謀，還是遭脅迫？江氏手裡是不是有輔國公府什麼要命的把柄在？

而皇上對輔國公府，怕是真如同蘇清河對待菊嬤嬤那樣，看似器重，其實比誰都防備。輔國公府表面上是在軍中有不小勢力，可軍職、人事的調動，說到底還是要經過皇上同意。這不僅把底牌亮給了皇上，更糟的是，在皇上手裡過了一遍，誰知道這些人最後是忠於誰了？這些年，估計皇上已經把輔國公府的勢力摸得差不多了。輔國公府的烜赫，都是表面上的，其實已經是被拔了牙的老虎，否則，皇上不會任由江氏在輔國公府中折騰。

那麼，良國公府呢？只怕也好不到哪裡去。

「既然如此，皇上還留著輔國公府幹什麼？」沈懷孝在心中思量著，不由喃喃自語道。

沈飛麟暗暗地翻了個白眼。還能為了什麼？輔國公府的先祖曾輔佐高祖繼位，當時的高祖可是什麼都沒有，只憑著沈家和高家爭得了龍椅，不付出點報酬怎麼可以？因此，這兩個國公府手裡，應該是得到了皇家的某種許諾才對，要不然，不會這樣綿延數百年而不倒。這樣的例子，他在皇家見多了。皇權，其實就是皇上和大臣們之間的合作與妥協。

蘇清河從裡面聽出了一個帝王的艱難，思緒再回到輔國公府的問題上，就更好理解了。鐵帽子爵位，不是想動就能動的，它實質上就是個利益團體。如果不徹底將這個團體瓦解，而是貿然動手，後果恐怕不堪設想。

別動我的乳酪！蘇清河腦子裡冒出這麼一句話。皇上要動別人的乳酪，就得防著別人反撲。因為，他動的不是一個人的利益，而是一群人。

此時沈懷孝也想通了，卻見蘇清河長長地嘆了一口氣，他便問道：「怎麼了？」

「想來，皇上也是身不由己。他不動，別人就會把他吃了，不光把他吃了，就連他的妻兒，也會被人清理乾淨。為了讓大家都活下去，他就得出來拚殺，從一個什麼都沒有的傀儡皇帝，能走到今天，也不容易。」蘇清河低聲道。

沈懷孝「嗯」了一聲，道：「輔國公府也已經是強弩之末了。」

「只是丟了實權罷了。」蘇清河不以為意。「有爵位在，富貴不少，還想幹什麼？」

「這樣也好。」沈懷孝道。「沒有權力，就惹不出大禍。至於他們背後那些見不得人的交易，我也沒興趣知道。」

「但有一件事，還得你辦。」蘇清河低聲將廖平給蓄水池下藥的事說了。

沈懷孝冷笑一聲。「江氏不是我的親娘，我也不用做面子給她，該清理一下她的人了。放心，這件事我來辦，不會被人察覺的。」

「那廖平不好審，我怕打草驚蛇。」蘇清河又道。

「東河胡同第三家，有個韓寡婦帶著一個兩歲的孩子，那孩子是廖平的兒子，偷偷養著的。」沈飛麟又從天外飛來一句。

「你又讓馬文滿大街去打聽什麼了？」蘇清河有些惱火，就怕兒子做得太過招搖，惹來不必要的危險。

「好小子，廖平的老窩都被你摸到了，幹得好！」沈懷孝按下蘇清河，不僅沒說兒子，還誇了一番。沈飛麟也馬上識相地閉嘴。

「那你看著辦吧。」蘇清河閉上眼。「這個人也膽大，幹這種事還把妻兒放在身邊。」

「店裡的庫房就在東河胡同的前面，他常住在庫房那邊，就跟後牆的小寡婦好上了。這件事我早就知道，一直也沒說些什麼，沒想到他倒是條大魚。」沈懷孝解釋道。

「他還一直覺得自己做得神不知、鬼不覺，畢竟沒從正院進過那女人的家，對吧？」蘇清河恥笑。

「像他們這樣的人，是不能有親近的人的，要不然不用咱們動手，他的主子就先要了他們一家的性命。」沈懷孝道：「妳放心，我知道怎麼做。」

屋裡響起輕微的鼾聲，不用問也知道是沈菲琪，正睡得像小豬一樣，對這些話題全然不感興趣。這讓蘇清河眉頭皺得都能夾死蚊子。出身跟皇家扯上了關係，要是不出意外，她將來的婆家必然也十分顯赫，閨女這樣的性子，將來可怎麼辦？不知找個什麼樣的女婿才能包容她、護著她？帶著這樣的思緒，蘇清河作了一晚上的噩夢。不是夢見閨女給婆家欺負了，就是夢見女婿長得醜。一睜開眼，就看見笑得一臉燦爛的沈菲琪，一肚子的培養女兒計畫，瞬間煙消雲散。罷了，只要孩子高興就好。

「娘，今年炸麵果子不？」沈菲琪湊過來問道。

「想吃就讓廚房做唄。天天吃都成，又不費事。」蘇清河不能理解她天天有好吃的，還天天盼著過年的心情。

「今年還沒有包餑餑呢。」沈菲琪眼巴巴地看著蘇清河。

蘇清河點了點閨女的鼻子。「嬤嬤又不讓吃這些對吧？妳帶著妳的秋梨和冬棗，去廚房找啞婆，讓她給妳做。」

沈菲琪這才興高采烈地出去了。不管什麼時候，提到過年，最高興的就數孩子。

蘇清河看了眼兒子。「麟兒想吃什麼？」

沈飛麟看了蘇清河一眼。「炸麻雀。」

呃，這肯定也是被嬤嬤拒絕的吃食。蘇清河無奈地道：「帶著馬文和你的伴讀，自己去捉麻雀。逮著了，再讓廚房做給你吃。記得打賞那些小子，這大冷天的怪折騰人。」

沈飛麟露出一嘴小米牙，笑給她看。

過沒多久，一家人用過早飯，蘇清河正要看看各家送來的年禮單子，沒想到白遠來請，說是安郡王讓她過去一趟。哥哥指名要見她，而且只見她，肯定是有什麼重要的事了。

第四十八章 污穢

「過來坐。」安郡王朝蘇清河招了招手，指了指對面的椅子。「兩個孩子都安置好了？」

蘇清河坐過去。「琪兒鑽到廚房，纏著廚子做吃的去了；麟兒帶了一群小子，逮麻雀去了。都在園子裡，有人看著呢。」

安郡王笑著點頭。「那就好。京城裡的事情，都聽瑾瑜說了吧？」

蘇清河點頭。「真是沒想到啊。這一下對太子的打擊，簡直致命。」

安郡王很是認同，點點頭，緊接著便切入正題。「今兒一大早舅舅過來，說了一件事，讓我覺得挺奇怪的，才想說找妳過來商量商量。」

舅舅自然指的是白坤了。「什麼事？」蘇清河深居簡出，跟白家並沒有多少來往。

「舅舅是舉家過來的。舅媽，還有表弟、表妹都在這邊。但京城裡，文遠侯還活著。」安郡王道。

蘇清河點頭。這個文遠侯應該就是那個不可靠的外公白廣安，按年紀算，如今也已到了花甲之年。

「有長輩在，又是親生父親，所以不管以前如何，舅舅每年送的年禮、節禮都不差。」安郡王抿了一口茶。

蘇清河靜靜地聽著，在心裡思索著白家的人員關係網。

「所以，雖然有些年沒回去了，但舅舅對白家的事情，該知道的還是知道。尤其像舅媽那樣，沒什麼事就愛盯著內宅、相互攀比的女人，可能知道更多細節。」

蘇清河慢慢地聽出來了，這是說從內宅打聽到什麼消息了。

「文遠侯的妾室雪姨娘過世了，就在前幾天。」安郡王說完，就頓了一下。

蘇清河在腦子裡翻了翻。「雪姨娘？不就是先皇后白氏的生母？」

安郡王點頭。對蘇清河可以把京城的皇戚關係捋得這麼順，感到很欣慰。「沒錯，就是她。白榮因為這件事去求見太子，想給雪姨娘求一個誥命，好讓她風光地下葬。」

蘇清河眼睛瞬間睜大。「這個白榮腦子進水了？」一個妾室就想求誥命，還真當皇家的誥命隨手可得。「就這樣的腦子，居然是侯府世子？不知道該說他是自負呢，還是自大？太子若應下，那才真是犯蠢了。」

「妙就妙在太子壓根兒就沒見他。更有意思的是，連祭品也沒打發人送過去。」安郡王說了這麼一句。

蘇清河皺眉。「一個東宮儲君不搭理這些事，也是很正常的。就算是血緣上的親外婆，可到底禮法還擺在那兒呢。」

「妳不知道，東宮給文遠侯府的賞賜，沒有哪一次會漏了這個姨娘，她得的東西，跟文遠侯的繼室夫人得到的差不多。」

對了！文遠侯還娶了個繼室，生了個幼子白環。

蘇清河這才皺了皺眉。初聽下來，是沒什麼問題，一切似乎都很合理。但偏偏太子對文遠侯府的態度，發生了微妙的變化。

這是為了什麼呢？剛出了假太子一事，太子就變了態度，實在不得不引人遐想啊。難道，太子真不是白氏生的？

「舅舅那邊怎麼說？」蘇清河問道。

「舅舅說，白榮一開始是打算派人給太子報喪的，後來，就偃旗息鼓了。想來，太子的變化估計不是一星半點。」

死了個姨娘，是要給太子報哪門子喪？可見之前太子給了文遠侯府多大的臉面。如此看來，太子的態度變化肯定不只是表面上看到的那麼簡單。

蘇清河點頭。但這件事若要查起來，也不是一、兩天就能夠查出來的；況且要查出這些事情的細節，恐怕還得從內宅著手。

她明白安郡王的意思了，是想叫她從內宅查起。她點點頭。「這事我來辦。」

「本來，叫妳嫂子辦最適合。」安郡王皺眉道：「可她在京城的一舉一動，盯著的人太多了。咱們跟文遠侯府關係又十分敏感，不好出面。」

蘇清河理解地點頭。

從王府回到南苑，啞婆已經把餑餑蒸好了。蘇清河突然靈機一動，叫來蘭嬤嬤。

「我記得白大人府上的白夫人是遼東人，咱們家新蒸了餑餑，最是地道了。妳親自去送一趟，就說得閒了，請她來說說話。」

蘭嬤嬤應了一聲。她知道主子剛從王府回來，只怕這件事跟王府有關，也不敢耽擱，趕緊去辦了。

涼州白府

白坤的夫人齊氏正在打理年節要用的物什。雖然兒子已經娶了媳婦，但年輕媳婦哪裡知道家裡的老親戚和一些彎彎繞繞的規矩。

她的閨女白元娘還沒嫁人，明年就該及笄了，她就讓閨女在一旁跟著學一學，把當家理事的一些本事，慢慢地交給女兒。

「夫人，南苑來人了。是蘭嬤嬤。」說話的是齊氏的貼身嬤嬤，自然也知道一些別人不知道的事。蘭嬤嬤更是王府的舊人，自然是認識的。

齊氏一愣，連忙站起身來。「快請。」

白元娘有些好奇。「南苑，就是那位……」

齊氏瞪了一眼，她才噤聲。

蘭嬤嬤笑咪咪地見了禮，才道：「我家主子從遼東來了不久，還是更習慣那邊的口味。今兒，家裡的姊兒想吃餑餑，讓廚下包了。主子說味道還算正宗，想著您是遼東人，必然也是愛這一口的，便打發老奴送來給您嚐嚐。」說著，就讓身後的丫鬟遞上一個籃子。

齊氏趕緊親自接過來。「勞姑奶奶惦記了。」然後讓丫鬟們上茶、拿點心。

「夫人不用忙。」蘭嬤嬤攔住了。「年前想必夫人也事多，老奴就不打攪了。咱們主子說，得空了，再請夫人過去說說話。」

齊氏連忙應下來。「等有空了，一定去叨擾。」

送走蘭嬤嬤，齊氏皺眉，不明白南苑的人來這一趟是想幹什麼？轉過頭，就見元娘已經讓丫鬟取了筷子、碟子，挾了餑餑就吃起來。「還是熱的呢。娘，您來嚐嚐。」

皮薄餡大，確實好吃。齊氏吃了一個。「剩下的給妳爹他們留著，晚上烤餑餑吃。」

白元娘點點頭。「這位貴人還挺和氣的，愛吃的跟咱們沒兩樣。」

真是傻話！齊氏無奈地看了閨女一眼，還在想著蘭嬤嬤臨走前說的話。這是打算請自己去南苑吧？

白元娘小聲道：「娘，您要是去南苑，能不能也帶上我？」

齊氏瞪了女兒一眼。「去給妳嫂子幫忙去吧。」

南苑的這件事，她決定先跟自家老爺商量一下。

晚上，白坤聽了齊氏的話，挑了挑眉。他把一些他知道的皮毛告訴安郡王，結果安郡王卻將事情交代給這位姑奶奶，可見對這位姑奶奶的信任至深。而這位姑奶奶更有意思，竟直接找上門，大有「事情因你而起，你就得給我說明白」的意思。

他抿了一口茶。「那就去吧！知道什麼說什麼，也不用怕犯忌諱。」

齊氏白了他一眼。「這位姑奶奶的身分可不一般，我這不是心裡害怕嗎？」

白坤笑了笑。「這位姑奶奶啊，是個很聰明的人，妳儘管放心，沒有妳想的那麼多事兒。等見到人之後，妳就明白了。」

齊氏記住白坤的話，第二天一早，便叫人遞了帖子過去。然後她就去了南苑，也沒帶什麼貴重東西，不過是自家醃製的酸菜。

蘇清河很高興地親自接過酸菜。「我才來不久，酸菜醃得還不夠味，您送來的這個正好。」說著，就把東西遞給石榴。「送去廚房，今兒包酸菜餃子吃。記得多包一點，給王府送過去，也讓他們嚐嚐。再留一些汆白肉吃。」

蘇清河回頭就拉了齊氏的手，去了暖閣，請她炕上坐了。「要是舅媽家裡還有多的，我就厚著臉皮多要一些。快過年了，到時候大魚大肉的，就這個東西吃了不膩口。」

齊氏聽見她如此親暱地喊自己「舅媽」，不禁鬆了一口氣，對她的好感也多了幾分。「家裡有的是，都是我帶著媳婦和閨女自己做的，改天就差人給姑奶奶送來。」

蘇清河一邊和齊氏說話，一邊打量齊氏。身量有些高，顯得粗壯；濃眉大眼，算不上傳統型的美人。但人到中年，倒看起來多了一些寬厚和爽利。

就聽齊氏道：「怎麼不見哥兒、姊兒？」

蘇清河這才讓丫鬟去叫人。「野孩子一樣，就知道玩。」

「孩子麼，若不玩了，咱們才該發愁呢。」齊氏也打量著眼前的女子，看著不像是二十歲的婦人，倒像是十七、八歲的姑娘家。臉素白，不施脂粉，眉入鬢，眼晶亮，一身家常打扮，素淨極了。沒有盛氣凌人的氣勢，卻讓人不敢小瞧；而且，跟安郡王長得可真像。

等看到沈飛麟來的時候，齊氏更是瞪大了眼睛。「這……這血脈牽絆就是不一樣啊！果真是像極了。」

兩個孩子向齊氏行禮，齊氏送了兩個孩子一人一個金鎖片。

待母親點頭，兩個孩子才收下。見大人有事要談，兩人很快就退了出去。

蘇清河將松子往前推了推。「這是紅松的，油多，吃著也香。」

齊氏一放鬆下來，說話也自在了些。「姑奶奶剛從遼東過來，可還習慣？這邊乾燥得很，跟遼東還不大一樣。」天氣是最安全的話題。

蘇清河點頭。「我也不出門，在家裡又有婆子、丫鬟伺候著，過得倒也舒適。況且這屋裡放著不少有水的東西，就是為了讓屋裡有點濕氣。」

「先這麼著吧。」齊氏又問了一句。「說不定哪天就回京了，姑奶奶說呢？」

蘇清河笑著點頭，也沒有說肯定的話。「是要不了多長時間了。」

「那宮裡的娘娘，她……」齊氏緊跟著問了一句，隨後又覺得自己冒失了。「咱們老爺記掛得很，有時候半夜更是一想起來就睡不著……」

蘇清河笑道：「舅舅也真是的，想知道就問哥哥唄。」她這麼說了一句，才道：「如今看著還好。雖然不得自由，但京城裡正亂，宮裡也不消停，她這樣反倒落了個清靜；再說即便出來，也還是在宮牆之內，不過是從小院子換到大院子的區別。咱們都不在京城，她也沒有要見的人。」接著小聲道：「哥哥家的兩個小子，隔幾天就進宮讓皇上檢查功課，應該是遠遠地讓看了幾回。」

「阿彌陀佛！總算有盼頭了。」齊氏點頭。「姑奶奶的話也對。別人咱們不好說，可真要知道娘娘又起來了，老宅還不得鬧翻天？」

「也對。」蘇清河認同地道：「文遠侯，聽說身體還很硬朗。」

齊氏淡淡地一笑。「他老人家不管是誰，不管什麼事，都不放在心上。啥心都不操，可不就康健嘛。」

蘇清河詫異地道：「我還想著，他愛那個姨娘愛得什麼似的，那姨娘一走，還不得把他半條命給帶走嘍。」

齊氏恥笑一聲。「一個姨娘罷了！年輕的時候，確實是長得鮮嫩，就是我進門的時候，那模樣都不賴，四十的人了，看著像三十出頭的樣子。可到底禁不住歲月啊，老了就是老了，跟水嫩的姑娘比起來，那還能看嗎？再說了，那繼室夫人也不是好欺負的，從南邊買了不少鮮嫩的小姑娘，就放在院子裡籠絡老爺子。那些個姑娘家環肥燕瘦，各有各的好，又都是戲子出身，哄人的本事可不小呢。老爺子也是有趣，還真就跟其中一個姑娘玩起了才子佳人、相見恨晚的戲碼。

「雪姨娘哪受得了這個？她狠狠地鬧騰了幾回，尋死覓活的，說是老爺子變了心，她也沒什麼好留戀的了。結果居然還鬧著要出家，弄得滿京城都在看白府的笑話。」齊氏喝了一口茶，又道：「後來，還是東宮裡來了個嬤嬤，狠狠地說了幾回，估計是太子殿下也覺得丟臉了。雪姨娘也是個狠的，借著東宮的風，把那滿院子的姑娘都賣了。老爺子為這個大病了一場，跟雪姨娘也就淡了。」

蘇清河點頭。太子會插手，就證明對這個外家還是在意的。她適時地遞過話頭。「這些人可是侯夫人買的，她一個妾就敢作主賣了當家夫人的人，東宮就沒說她不講規矩啊？」

「何止是把人賣了，還讓侯夫人把正院的房子騰出來。她倒也識相，沒有自己住，而是供著先皇后的牌位，這下子誰都沒話說了。東宮聽說之後，還賞了一百兩金子呢。」齊氏有些不屑的樣子。

看來太子很護短。蘇清河點點頭，在心中暗暗記下。「這下子，這侯夫人可不得把雪姨娘給恨死？」

「沒錯！」齊氏一拍大腿。「這侯夫人，握緊了侯府的管家權，捏著不鬆手。說實話，侯府這些年只出不進，根本就沒多少家底了。侯夫人只管著家，按著規矩，一點也不多給。長房，就是如今的侯府世子這一房，那是一點積蓄也沒有了。府裡的下人背後說什麼話的都有，丫鬟、婆子的月例銀子，也常常藉由各種名目扣下來，更別提賞錢了。後來，不知怎的，世子便給東宮傳上話了，太子殿下馬上就送來不少銀子，好像還有兩間鋪子，這才又光鮮起來。」

居然用銀兩接濟文遠侯世子，還幫他置產業好養家？不得不說，太子對這個親舅舅真的很好。

蘇清河點頭。「這文遠侯世子，為人如何我還真沒聽說過。不過光是這一回他要進宮請封誥命，我就覺得這人有些糊塗。」

「他可不糊塗。」齊氏搖搖頭。「他家的姑娘今年都十七了，還沒有相看人家呢。」十七歲在古代，真的算是老姑娘。蘇清河就有點明白了。「這是打算往東宮送人？」

「可不是？」齊氏笑道：「那姑娘可是打小叫窯子裡的嬤嬤給調教過的。」見蘇清河一臉的吃驚，齊氏又道：「專門教導怎麼伺候男人的，聽說都是從秦淮河那邊尋來的大家。」

蘇清河被嚇住了。居然還真有這樣的人家，專門把姑娘教育成伺候人的玩意兒。

「姑奶奶可是嚇到了？」齊氏問道。

「咱們都是有閨女的人，實在不能理解這些人的想法。」蘇清河收斂神色。「這要是讓宮裡知道，一個狐媚惑主的罪名是跑不了的。若這姑娘是受過這樣的教養，宮裡可不敢讓這樣的人生育子嗣。」

齊氏左右看看，見確實沒人會聽到，才小聲道：「先皇后在家當姑娘時，就是這麼過來的。」

蘇清河這下子更是驚訝到了極點。

就因為這樣，雪姨娘覺得她的教法是對的？就因為她的女兒已經貴為皇后了，便認為孫女也合該如此調教？

「太子要是知道了，還不得把知道的人都滅口？」蘇清河喝了口茶，遮掩自己的吃驚。

就見齊氏露出一臉「妳怎麼知道」的神情。「還就是東宮派人滅的口，這是白榮的隨從親口說的。太子打發人告訴白榮，人已經料理乾淨了，這隨從當時就在外面，聽了個一清二楚。而這個隨從的妻子，每年都要來涼州幾次，節禮和年禮都是她帶人送過來的，她又最愛銀子，什麼話都敢往外倒。」

蘇清河眼神一閃。「說來說去，太子遇上這樣的娘舅，還真是倒楣。」

「那倒是。」齊氏也有些唏噓。「這次雪姨娘沒了，討誥命是一回事，估計真正的目的就是往東宮送人。以前呢，太子妃管得嚴，如今不知怎的，就像是開了個口子；何況都十七歲的姑娘，也等不得了。再說，雪姨娘不過是個侍妾，又不用守孝。不過，送人這件事，似乎碰了個軟釘子。」

「那這位世子夫人，就由著一個姨娘糟踐自己的閨女？」蘇清河不解地問。

「不願意啊！哪能願意呢？」齊氏嘆了一口氣。「但人家就說了，她都能養出皇后來，還養不了這幾個孩子嗎？劉氏那閨女，如今見了劉氏跟仇人似的，只相信雪姨娘，覺得劉氏根本擋了她上進的路。聽說還用剪刀抵在脖子上，不讓劉氏以後再多管她的事。」

劉氏！蘇清河暗暗地把這個人記住。

兩人又聊了一會兒，就一起用了午飯，吃完午飯，算是賓主盡歡。

齊氏要回去時，蘇清河又遞給她一個籃子。「花房裡種的青菜，回去嚐個鮮。以後常常往來，也把表妹和表弟媳婦兒都帶上，讓我也見見。」

齊氏笑得越發真誠。「行，有空我就來，咱們一起嘮嘮。」

沈懷孝回來的時候，見蘇清河嘴角還翹著，不免好奇地問：「今兒見了客人，有人陪著說話，就這麼高興？」

蘇清河一笑。也覺得身為女人，離開什麼都可以，就是不可以沒有八卦！八一八別人的事，心情瞬間就好了起來。

「聊什麼了？我也想聽聽。」沈懷孝從浴室出來，靠在炕上晾頭髮，沒話找話地問。

「聊了那誰竟是被窯子裡的嬤嬤教養的。」蘇清河脫口而出，說出來就有些後悔。

沈懷孝眸子一深。「哦？都教了些什麼，打聽到了嗎？」

這人真是不正經！蘇清河嗔怒道：「我說的是先皇后。」

沈懷孝臉色馬上變了。「當真？」

蘇清河點頭。「應該假不了。聽說，是太子清理了知情的人。」

沈懷孝點頭。「要是能找到一、兩個知情人，將來或許有用。」

蘇清河的腦子裡不由蹦出一個人來——劉氏。

第四十九章　換子

自從沈懷孝不告而別離開了輔國公府，沈中璣的臉上就沒露過笑意。他跟父親輔國公的關係也一下子微妙了起來。

這時候，才傳出太子妃根本不是江氏所生的話，沈家上下頓時沸騰起來。聯想到江氏生產時，刻意避到了天龍寺，就大致猜出來究竟是怎麼回事。而當時沈懷孝的境況跟沈懷玉何其相似，那麼，沈懷孝必然也是庶子。沈懷孝的不告而別，更加證實了這樣的猜想。

府中的人看向江氏的眼神，就多了些驚懼。怪不得對兩個孩子那麼冷漠，原來不是親娘啊，不光不是親娘，還可能是殺母仇人。這個女人的心思真可怕，竟然隱瞞了這麼多年。

有心機、狠毒，這是江氏身上嶄新的標籤。維護了幾十年的好名聲，瞬間跌落谷底。

「母親，究竟是怎麼回事？」沈懷忠不可置信地看著江氏。「太子妃的事，還有二弟的事，究竟是怎麼一回事？」

「你不是已經知道了嗎？」江氏還是慣常的冷漠表情。「既然知道了，還有什麼好問的？」

「您為什麼要隱瞞呢？」沈懷忠不能理解。「庶子、庶女對我來說沒有絲毫威脅，不是更好嗎？您又是何苦呢？」

江氏冷笑一聲，沒有說話。真以為是她樂意換子的嗎？

「即便您不想給姨娘們養著孩子，那為什麼不光明正大的把他們抱到跟前養呢？」沈懷忠看著江氏，像是在看一個傻子。「您這麼大費周章，根本是多此一舉。」

江氏擺擺手，有些不耐煩地道：「我自有我的理由，不用你來教我該怎麼做。」

母親又是這樣冷淡且不耐的語氣！連沈懷忠都懷疑，自己是不是也是被換來的了？他甩手，掀開簾子大步而去。

方氏正在屋裡教兩個閨女認字，一見沈懷忠氣沖沖地進來，就讓丫鬟把孩子帶出去。

「爺這是怎麼了？」

「太子妃和二弟的事，妳知道了吧？」沈懷忠坐在榻上，大口地喘著粗氣。

「事情鬧得這麼大，想不知道也難啊。」方氏遞了一杯茶過去。「爺是不是去問母親了？」

沈懷忠點頭。「什麼也沒問出來。」

方氏笑道：「母親或許正煩心呢，就怕因為這件事，二弟和家裡離了心。」

沈懷忠皺眉。要說離心，只怕早就離心了。

「有時候我都懷疑，自己是不是母親親生的？」沈懷忠賭氣地說了一句。

方氏卻變了臉色。是啊，到底是不是親生的？

沈懷忠等了許久，不見方氏說話，就皺眉道：「妳不會真懷疑吧？」

方氏收斂了神色，但眼裡的慌亂怎麼也遮不住。

沈懷忠都要惱了。「妳怎麼會這樣想？我就是說說而已，妳還當真？」

方氏拉住他的袖子。「爺是早產生的對吧？之後，還在天龍寺待了整整一年呢。咱們家的兩個孩子，剛生下來的時候，不也跟兩隻紅皮猴子似的，可到了一歲，爺還能看出當初她們是什麼模樣嗎？」

沈懷忠聽懂了。也就是說，即便換了孩子，回來只怕也認不出來了。

這讓沈懷忠冷汗淋漓。「這話可不能瞎說！嫡長子是要繼承爵位的，妳能想到，難道父親想不到？祖父想不到？他們可不糊塗。」

「可是爺不是說過，你出生的時候，祖父和父親都在瓊州嗎？爺還多次跟妾身說過，母親一個人生下你的艱難。」方氏不由得又道：「咱們也是養了兩個孩子的，明姊兒早了大半個月出生，身體就弱了一些，咱們養得不經心嗎？那可都是太醫給調養的。如今呢，還不是三天一頭疼、五天一咳嗽的，哪有那麼快見好？而且一個嬰孩，該如何用藥？連用藥都要謹慎，那當初爺的身子，是怎麼養好的？別說什麼天龍寺佛祖庇佑的話，當時的天龍寺什麼都不是，還不是靠著爺才傳出了名聲。這些年，去天龍寺求神拜佛的人多了，還沒見過哪個有爺這般的造化……」

「行了，別說了！」沈懷忠站起身來。「妳讓我想想、妳讓我想想……」好半晌，沈懷忠才道：「可當時，母親也沒帶別的孩子，也沒什麼有孕的侍妾能給她換子啊？」

方氏臉色一白。她有些害怕會出現另一種可能……

沈懷忠自然也想到了這種可能。若真是那樣的話，自己在沈家就是個笑話。他第一時間的反應，就是一定要把知道這件事的人給滅口了。可是，事情過去那麼多年了，哪裡還有什麼知情人？

沈懷忠有些慌亂起來，頭上的冷汗順著額角往下流。

方氏過去，拉著他的手。「爺，不管真相如何，妾身和孩子，跟爺都是一體的。咱們這些年也攢下了不少家產，到哪裡都能過上富足的日子。」

沈懷忠無力地點頭，又嘆了口氣，道：「妳先讓我靜一靜。」

榮華堂

沈中璣看著眼前的女人。「找我過來，有什麼事？」

江氏冷笑道：「我早就跟你說過，這種把戲根本就騙不了人，被拆穿了吧？」

沈中璣淡淡地道：「本就沒想著要瞞一輩子。」

「那你圖什麼？」江氏問道。

「圖什麼？妳不知道嗎？」沈中璣冷笑道：「總不能等到妳的把戲都被拆穿後，我卻連個繼承家業的嫡子都沒有吧？」

江氏的臉色冷了下來。「什麼嫡子？忠兒不就是嗎？」

「是不是，妳最清楚。」沈中璣冷笑。「從天龍寺養病回來後，忠兒就不是原來的忠兒了。別人認不出來，但我這個親生父親，怎會認不出來？」

江氏嘴角翹起。「今天是要跟我攤牌了？」她坐直了身子，冷聲問道：「我生的那個孩子如今在哪兒，你不需要知道。但我從天龍寺帶回來的孩子，又被你換到哪兒去了？而如今府裡的沈懷忠，是不是你在外面的私生子？」

「妳果然什麼都知道。」沈中璣不動聲色。「妳為了什麼嫁到沈家、嫁給我，這我不管；妳的主子跟父親有什麼交易，我也不管。但是你們不該打孩子的算盤！不管妳的目的是什麼，妳生下來的那個孩子，總歸是我們的親骨肉。但是妳為了妳的目的，又或許是為了配合另一個孩子的出生，竟敢服用催產的藥物……」

「我自有我的道理。」江氏道。

沈中璣沒有說話。

這些年，父親為什麼不看重他，就是因為他曾經當過逃兵，從瓊州趕了回來。因為京城裡有兩個孕婦等著生產，一個是他明媒正娶的江氏，一個是他青梅竹馬的表妹。

他偷偷回來，沒有露面，這才知道江氏竟然對她的主子忠心到了這個程度，連腹中的孩子都敢下手。

他見過那個剛生下來的孩子，所以，當江氏從天龍寺回來後，帶回來的，他確定並不是自己的兒子。

而他的表妹，在外面給他也生了兒子，只是難產去了。只留下一個孩子，他交給下人撫養。

嫡長子何等貴重，血脈怎容混淆？

從那個時候起，他就計畫著，要怎樣才能將自己的孩子再換回來。

又過了半年，江氏帶回來的孩子染了水痘。江氏沒出過水痘，而沈中璣出過，他便順理成章地帶著孩子去外頭住著，以免傳染。然後，再次帶回府的，就是他和表妹的孩子。至於江氏帶回來的那個孩子，他讓人養著，卻也藏了起來。那可是人質。

沈中璣為了不讓江氏懷疑，孩子帶回來後，就以親自教導為由，將孩子帶到自己的院子裡養著。江氏不是個喜歡親近孩子的人，即便這個孩子的身分很重要，但她對這個孩子有心結，畢竟是因為他，才讓她失去了自己的孩子，因此也沒反對。

不過時間一長，江氏也發現了不對勁，她質問沈中璣為什麼不讓他們母子親近。沈中璣可不能讓她知道孩子又被掉包的事，於是乾脆道：「妳若是能保證我的其他孩子都健康長大，那麼，妳帶回來的忠兒也就性命無憂。既然這個孩子不是我的，那麼，沈家依舊需要嫡子，我需要繼承家業的人。」

沈中璣如此籌謀，江氏自然不會想到如今府裡的這個孩子，已經不是當初她帶回來的那一個，只是以為他發現了孩子被她換掉的事。

那時候，正好李姨娘懷孕，江氏被沈中璣脅迫，不得不聽從沈中璣的安排，把孩子換過來，這個孩子就是沈懷玉。可是，李姨娘生的不過是個女兒。那麼這齣戲，就得繼續唱下去，直到沈懷孝的出生。

沈懷忠則一直跟世子待在前院，沈中璣對府中的說法，是說江氏有孕、無暇照看，因此孩子由他親自教養，自然沒人質疑。當然，那時候江氏有孕是假的。就這樣，他一直隱瞞到了沈懷孝出生。

當江氏再次見到沈懷忠，一眼就看出，這絕不是當初自己帶回來的那個孩子。那個孩子左耳垂上，有一個不明顯的胎記。她心裡一驚，面色不由大變，狠狠地看向沈中璣。心念電轉之間，她知道，這件事絕不能揭破。畢竟，當初她生的那個孩子，她的親生兒子，可是交給主子了。若讓主子知道自己把那麼要緊的人給丟了，那後果……她和她的兒子，會怎樣呢？她不敢想。

心裡轉了幾圈，最終，她還是臉上掛上了笑意，嗔怪道：「怎麼讓孩子瘦了這麼多？」就好像方才的不悅，只是因為責怪沈中璣沒有照看好孩子。

沈中璣知道，以這女人的聰明，是不會把這件事情戳破的。不僅如此，甚至還會不得不裝出幾分慈愛來，這是要作戲給她背後之人看的。

這個秘密就在夫妻倆的心照不宣之下，隱瞞了二十多年。

如今，天龍寺已經被大理寺查封了。

江氏如同斷了線的風箏般，頓時沒了依靠。她的那個孩子，當年到底救活了沒？孩子如今在哪裡？過得怎麼樣了？每當看見沈懷忠，她就想，她的孩子也應該這麼大了。他本該過著這般錦衣玉食的日子，他可能不如沈懷忠一般健壯，但絕對是個風度翩翩的美男子。

看見方氏，她更是恨，也更痛苦。她的孩子，也早已到了娶妻的年紀，他是不是能娶到一個賢妻，生兒育女，好好地活著？

沈中璣冷笑道：「妳還是什麼也別說的好。只有我把那個孩子藏好了，咱們的孩子才會有一線生機。所以，繼續裝妳的菩薩吧。願上天保佑，他還活著。」

江氏一時竟無言應答。她慢慢地閉上眼睛。「慢走，不送。」

等沈中璣回到前院書房，沈懷忠已經在等著了。

沈中璣看到兒子，臉上就有了笑意。「怎麼這個時候過來了？事情都處理完了？」

沈懷忠看著沈中璣。「太子妃和二弟的事，兒子已經知道了。兒子記得，當年兒子出生後，也是放到天龍寺寄養了一年……父親，那兒子……兒子……」

沈中璣知道這孩子起了疑心，他臉上露出幾分厲色。

這是沈懷忠從來沒有在父親臉上見過的神色。以往，他的父親總是儒雅的、溫厚的，所以一時間，他竟有些被嚇著了。

沈中璣搖搖頭。「你是我的兒子，這一點毫無疑問。你長得像你的親生母親。」

沈懷忠吶吶地道：「這麼說，孩兒也是庶子?!」他不知道自己是該慶幸，還是失落。

沒想到沈中璣又說：「不，你不是庶子，你是外室子。」

沈懷忠瞪大了眼睛。「您說什麼？」外室子還不如庶子呢。

沈中璣卻沒有解釋。「你不必在意江氏，她不是你的母親。她當年確實把孩子換掉了，但是為父又把你跟那個孩子偷偷地調換了一次，她不敢說出來。所以，你只當什麼都沒發生過，該幹什麼就幹什麼去吧。」

「為什麼？」沈懷忠愣住了。這都是些什麼事啊？拿著孩子偷來換去，圖個什麼？「那兒子的娘……」

「生你的時候，難產去了。」沈中璣的話語裡，沒有任何感情色彩。「至於其他的事，比如江氏，為父也不知道她的意圖，這得問問你祖父，但他不會說的。所以，你也別費勁了。別擔心，萬事有爹在呢！不管誰想算計咱們，都有爹在前面擋著。這二十多年，我也沒閒著，查到了不少有趣的事……不過，現在還不是揭開的時候。」

「祖父他……」沈懷忠看向沈中璣。「他……」

「他不止我一個兒子，也不止你一個孫子。所以……你懂吧？」沈中璣笑道，彷彿在說一件十分平常的事。

這是在說，即便犧牲他們，祖父還有別的繼承人！比如，四叔沈中玨，他是祖父的繼室華氏所生的兒子，也是嫡子，而四叔膝下還有兩個嫡子。認真算起來，比起他們這一房，其實更有優勢。畢竟長房沒有了嫡子，父親的世子之位，就……

他越想越疑心，似乎祖父對四叔的兒子，也沒比他差。以前覺得畢竟都是孫子，祖父才會一視同仁，可現在想起來，卻叫他背後發寒。

父慈子孝的背後，竟然是如此醜陋的相互算計。

沈懷忠都懷疑眼前的這個人，還是不是自己的父親？沒想到，父親的背後，還有這麼一副面孔，並不全然是懦弱的。

皇宮，乾元殿

福順低聲道：「皇上，旨意已經擬好了。」

明啟帝點頭。「那就讓人去宣旨吧。」

福順應了一聲，正要退下去，就聽明啟帝又喊了一聲。「慢著。」

「皇上，您還有什麼吩咐？奴才還沒走呢。」福順躬身問道。

「宜園，現在是不是內務府在管著？」明啟帝問道。

宜園，是前端慧太子在宮外修建的府邸，占地是所有宗室之最。修建得極為華美，堪稱天下第一園。

福順想了想，才道：「是，一直是由內務府著人打理。」

「那你傳話豫親王，讓他儘快修繕。明年四、五月，也許五、六月，就必須要能住人。抓緊吧！」明啟帝囑咐了一聲。

福順心中一琢磨就知道，這是要給小公主的公主府了。那可是塊好地方啊！太子和大千歲都想要宜園，可皇上誰也沒給，原來是準備給小公主的。

福順點點頭。「皇上放心，有奴才親自盯著，誤不了事。」

明啟帝這才嘆了一聲，揮揮手讓他出去了。

輔國公府

「奉天承運皇帝，詔曰：『今令輔國公沈鶴年頤養天年，准輔國公世子沈中璣承襲輔國公爵位。欽此。』」

送走宣旨的使者，輔國公愣住了，沈家眾人也都愣住了。

這個聖旨太簡單，簡單得讓人無所適從。

沈懷忠隱晦地看了父親一眼，見父親還是那般平靜，沒有一絲多餘的表情，跟平時一般無二。

沈家眾人瞬間亂成一團，尤其是沈中璣的兄弟們。

這哥哥當家和父親當家是兩碼子事，尤其是老四沈中玨，最無法接受。「父親，這到底是怎麼一回事？」

沈懷忠詫異地抬頭。世子承襲爵位，本就是應該的，什麼叫做怎麼回事？四叔這話問得頗有深意。

皇上讓沈中璣繼承爵位，這是好事，最起碼爵位又往後承襲了一代。別以為鐵帽子勛貴，就一定能往下傳，這也得看繼承人能不能讓皇家滿意；若是不滿意，完全可以選個旁支過繼。所以說，皇家對這種鐵帽子，也不是一點辦法都沒有。

可放在別人家應該高興的事，在沈家卻如同投入了一枚炸彈，眾人無不驚慌失措。

沈中璣眼裡快速地閃過一絲嘲諷的笑意。一家子人，包括父親的反應都這般反常，怎能讓人不多想呢？

沈懷忠此時才明白父親那天的話是什麼意思。怪不得這麼多年了，祖父從來沒有請封他為世孫。其實，在祖父的心裡，是有兩種準備吧。

「父親，」沈中璣站起身來。「咱們該進宮謝恩了。」

沈鶴年這才反應過來。他收斂神色，臉上露出幾分喜意。「好啊！我還擔心太子妃的事情會影響你繼承爵位，沒想到皇上竟然馬上來了旨意，真是意料之外的驚喜。」

沈中璣點點頭。「父親說得是。」心裡卻想，以前還以為父親維護太子妃，是因為太子妃是沈家的孫女。如今看來，將沈懷玉送入東宮，恐怕是父親另有圖謀吧。畢竟太子妃出事，犧牲掉的只有長房，沈家依舊是沈家，輔國公依舊是輔國公。

沈鶴年笑著拍了拍沈中璣的肩膀，高聲道：「賞！每人都賞三個月的月例。」

滿府這才歡騰起來，不管是真心還是假意。

父子倆換了衣裳，啟程去了宮裡。

沈鶴年問：「怎麼耽擱了這麼久？」

沈中璣摸了摸袖子裡的摺子，才道：「想了想，還是再順便上一道謝恩的摺子，禮多人不怪。如今，還得謹慎些才好。」

沈鶴年點頭。這個兒子膽小謹慎慣了，會這樣做，他一點也不意外。

沈中璣垂下眼瞼，不敢露出絲毫多餘的神色。

第五十章　承爵

「來得倒是不慢。」明啟帝抬起頭。「那就讓他們進來吧。」

福順笑了笑，點頭退出去了，他知道皇上這是想看戲。輔國公一定想不到，自己的兒子才是一個扮豬吃老虎的能人。

看著跪在下面的父子二人，明啟帝嘴角露出幾分笑意。「都起來吧。」

「謝皇上。」兩人站起身來，沈中璣還扶了沈鶴年一把。

「父慈子孝，真是羨煞旁人啊。」明啟帝誇了一句，對沈鶴年道：「這些年，你勞苦功高，為朝廷也是盡心盡力。那天，朕才突然發現，愛卿的鬢角已經白了。這才恍然，愛卿年歲不小，也該頤養天年嘍。好在，這些年你一直把世子帶在身邊，手把手地教導，也算是後繼有人了。以後，該歇著就歇著吧，少操點心，才是保養之道啊。」

沈鶴年嘴角僵硬了瞬間，表面上卻感激涕零地道：「老臣感謝皇上體恤。老臣這兒子歷來謹慎，又沒有獨當一面的歷練過，要是有什麼差事出了岔子，還望皇上寬恕一二。」

明啟帝笑道：「輔國公，被你的父親小看嘍。」

沈鶴年愣了愣，才反應過來。輔國公說的已經不是他了。

沈中璣謙虛地笑笑。「家父也是一片慈父之心，臣心裡明白。為了將來有一日，臣不像父親那般不放心自家兒子，臣想為長子請封世子，讓他也能多些歷練。請皇上恩准。」說著，就拿出懷中的摺子，遞了過去。

福順接過來，遞給皇上。

明啟帝看了看，嘆道：「愛之，則為之長遠計。畢竟是一片慈父心腸，朕准了。」

沈鶴年在一邊看著沈中璣，暗暗著急。

從宮裡出來，父子倆一路無話。他們都知道，大馬路上不是說話的地方。

直到進了書房，沈鶴年才喝道：「請封世子，如此大的事，你怎麼不先跟我商量？」

「為嫡長子請封世子，本就是理所當然的。」沈中璣裝傻充愣。「瑾瑜即便在，也不會有意見的。況且他已經娶了公主……」

誰要說瑾瑜了！沈鶴年皺眉道：「忠兒他根本就不是你的……」

「不是什麼？」沈中璣笑問。他將表妹藏起來，跟表妹生了一個兒子，又將兒子帶回府。這一切的一切，瞞得了別人，卻瞞不了他的父親。他明明知道忠兒是他的兒子，如今竟然打算矢口否認。

「他不是你的嫡子。」沈鶴年收住了話頭，如此說。

沈中璣也不惱，只是淡淡地問道：「那我的嫡子呢？父親！」

沈鶴年一愣，不敢置信地看向自己的兒子。「你……你這是……」

「不蠢！是不是？」沈中璣笑道：「父親不是一直想知道我把江氏帶回來的孩子藏在哪兒嗎？二十多年了，您沒找到吧。」

「你都知道？」沈鶴年像是不認識自己的兒子一般，驚訝地看著他。

「怎麼會不知道呢？」沈中璣冷笑一聲。「等父親哪天想起我的嫡長子在哪裡的時候，自然就會知道你要找的那個孩子在哪兒了。」

「好！」沈鶴年哈哈大笑。「老夫馳騁官場這麼多年，卻栽在自己兒子手裡。老夫不知道是該傷心，還是該欣慰、高興？青出於藍勝於藍，幹得好啊。」

「父親，兒子告退。」沈中璣恭敬地退了出去。

門外，沈懷忠面色慘白。他剛才聽到了一場驚心動魄的對話。

沈中璣見到站在門外的兒子，一點也不意外。他點點頭，示意兒子跟上。

沈懷忠如同神遊一般，跟著沈中璣回到院子。

「父親……」沈懷忠吶吶地喊道。

「給你請封世子的事，皇上已經准了。過幾天，禮部和吏部就會派人來，你負責招待吧。」沈中璣並不打算多解釋。

沈懷忠點頭。「不過，二弟他……」

「瑾瑜這孩子，我知道，他也無意跟你爭，所以你儘管放心。」沈中璣揉了揉額頭。「忙去吧！讓你媳婦把家管起來，別再讓江氏插手了。」

沈懷忠的心這才踏實起來。「兒子告退。」

涼州，安郡王府

安郡王靜靜地聽著蘇清河打聽到的消息。

「太子一向縱容白家，甚至在知道了先皇后如此不堪的往事後，對白家都沒有表現出厭惡，所以這次的事情，頗為蹊蹺。若說是為了請封誥命的事情而惱了白家，那就說不通了，畢竟過去比這更荒唐的事情，白家可是幹了不少，還不都是太子讓人出面擺平的？若說是太子最近心情不暢，那也說不通，只是打發人送點祭祀的果品香燭，總不費事吧？即便太子想不到，他底下的總管明知道太子對白家的態度，那還不得處處安排妥當啊？可是連這一點安排都沒有，不得不說太子是徹底地變了。至於為什麼會有這樣巨大的改變，只能猜測，太子或許真不是先皇后親生的。」蘇清河總結道。說完，就拿起杯子，連灌了兩杯茶。

安郡王點點頭。這種事情，果然還是得由女人來辦，這雞零狗碎的，若不是蘇清河整理後再說給他聽，他可沒工夫打聽這些。白坤肯定也從齊氏那裡聽了不少，不過都是左耳進、右耳出，哪裡會跟外頭發生的大事聯想在一起。

齊氏什麼都知道，但就是沒有政治敏感度，許多事只當是八卦說一說嘴。還是得由蘇清河這樣細膩又聰慧的女子，才能聽出其中隱藏的訊息。

「妳剛剛說，太子可能不是白氏生的。但父皇可不糊塗，再加上瑾瑜說父皇對於有人指認太子是假的，一點也不意外。那是不是說，父皇其實心裡是有數的。說不定這一切，就是他的安排？」安郡王這樣問。

「應該可以這樣斷定。」蘇清河點頭。

「既然如此，那就不要查了。再查下去，就過界了。」安郡王擺擺手道。

蘇清河斟酌著問道：「那先皇后的事情，還要不要往下查？說不定將來……」

將來對於賢妃上位，是有好處的。最好能把先皇后的底全掀了。

「這件事，妳先記在心上。咱們現在身在涼州，鞭長莫及，等到了京城以後，再看看母妃的意思吧。」安郡王回道。

蘇清河這才點頭。「聽哥哥的。」

兄妹倆都以為這件事情就這麼過去了，卻不想，京城裡來了個意想不到的人，為這件事帶來了一個契機。

京城，文遠侯府

「爹，太子殿下還是沒有見你嗎？」說話的是個十七、八歲的姑娘，閨名白春娘，是文遠侯世子白榮和劉氏的女兒。

白榮皺眉。「只怕不行，太子殿下許是心情不好。要不再等等？」

「等？還怎麼等？這一等就是好幾年！」白春娘搖頭。「女兒等不起了，馬上就要過年了，過完年女兒可就十八了，東宮還能讓女兒進門嗎？」

「那妳說怎麼辦？咱們見不到太子爺，而太子下面的人，咱們禮也送了，銀子也打點了，就是沒人給一句確定的話。咱們除了等，還能怎麼辦？」白榮有些煩躁。

「不是太子知道爹要說什麼，故意避開的吧？」白春娘臉色一白。「要不然，太子下面的人吃了熊心豹子膽，也不敢這麼行事。」

白榮一驚，他還從沒往這方面想過，頓時有幾分頹然地道：「看來，妳還是命數不夠。等過了年，讓妳娘給妳找一戶人家，嫁了吧。」

「爹！」白春娘搖搖頭。「女兒命數不夠，進不了東宮，但退一步，王府總可以的吧？總好過嫁到那些小戶人家，為一家子做牛做馬的好。」

「王府？」白榮搖搖頭。「爹可沒那本事讓妳進王府，哪家王府會賣妳爹的面子？」

「爹怎麼忘了？咱們白家的外孫不只太子，還有一個郡王哪。」白春娘提醒道。

「安郡王！」白榮道。

「對啊，雖然只是個郡王，但是手握兵權，府裡的女人也少。聽去涼州給二叔送年禮的人回來說，安郡王不好女色，在涼州的後院乾淨得很。女兒若是去了……爹，你想想，以女兒的本事，有沒有機會？」白春娘因為所受的教養不同，說起這些話來，也沒一點不好意思。

「妳娘不會答應的。」白榮搖頭。他太知道白玫、白坤姊弟是怎麼被自己的母親欺負的。女兒過去，能討得了好才見鬼。

「就說請二嬸在涼州給我找個夫家，娘不會不答應的。」白春娘腦子轉得飛快。「我知道爹擔心什麼，可那都是上一輩的事了，跟我有什麼關係？難道還能遷怒我？」

白榮看著女兒，最終還是點了頭。若是能成最好，若是成不了，在涼州找個人嫁了也好。那邊沒那麼講究，即便被翻出來女兒被如此教養過，想必也出不了大事。

「這事只怕還得找妳祖父幫忙，讓他給妳二叔去一封信。」白榮道。

「祖父愛芸娘那丫頭愛得什麼似的，可惜她是個福薄的，早早便去了。要是爹爹買兩個肖似芸娘的丫頭送過去伺候祖父起居，他再沒有不答應的道理。」春娘有些不屑地說。

這話讓白榮很認同。

果不其然，隔天就拿到了文遠侯寫好的信，白榮讓白春娘收好信，一起帶到涼州去。

白春娘在臨近年關的時候，啟程前往涼州。

涼州，白府

明兒就是除夕了，齊氏看著萬事俱備，才鬆了一口氣。

「娘，明兒除夕，要包什麼餡的餃子？」白元娘湊過去問道。

「韭菜餡的。」齊氏很高興。在這個季節裡能有韭菜，絕對是新鮮玩意兒。

「前幾天是薺菜、小白菜，如今又是韭菜，咱們真有口福。」白元娘樂呵呵的。「這位表姊，人真不錯。」

「去！給妳好吃的，人就不錯了？別瞎說，人家本就和氣得很。」齊氏嗔道。

「是。」白元娘知道自己失言了，就笑道：「那過年的時候，帶我去南苑唄。」

齊氏點頭。「好，也讓妳見見人家園子裡的氣派。」

母女倆正高興著，兒媳婦常氏卻突然匆匆地走進來。「母親，京城來人了。」

齊氏一愣。「這都要過年了……」她心裡一驚，頭一個想到的是文遠侯會不會發生了什麼意外？畢竟人年紀大了，什麼事都有可能發生。

常氏見婆婆變了臉色，才小聲道：「如今馬車停在門外，人還在馬車裡，可也不說是誰，也不說有什麼事。您看該怎麼辦？」

那就不是報喪的，果然禍害活千年。齊氏心裡一哂。「走，去看看誰擺這麼大的譜？」

齊氏出了門，見車轅上坐的是劉氏跟前伺候的婆子，就皺了眉頭。

那婆子姓鄭，人稱鄭婆子。她可不敢在這位二夫人面前拿喬，趕緊行禮道：「給二夫人請安。」

齊氏冷笑一聲。「我當是誰呢？」她也不理，轉身就往回走。「關門，別放不相干的人進來。」

話音剛落，就聽馬車裡傳來一聲嬌軟的叫喚。「二嬸，您這脾氣也太急了。」

緊跟著，車簾被撩起，先出來一個十七、八歲的丫鬟，瓜子臉，大眼睛，婀娜多姿。那丫鬟一身月牙白的衣衫，過年前出現在門口，顯得格外晦氣，也成功地讓齊氏變了臉色。

那丫鬟長了一雙桃花眼，回身一笑，伸手去攙扶馬車裡的人。

只見一隻染著蔻丹的白嫩小手伸了出來，纖巧異常，袖口是精緻的刺繡，滾著白色的邊。等看到來人的時候，齊氏沒覺得美，只覺得晦氣到家了。

過年前穿著白衣、披著白披風，是打算給誰送孝嗎？

「二嬸有禮了。」白春娘見齊氏面色鐵青，想著二嬸就算是不歡迎自己，也不用全表現在臉上吧。於是越發露出幾分委屈之色，眼淚很快就聚集在眼眶了。

穿著白衣，還在別人家門口哭……齊氏暴躁了！

「鄭婆子，這就是你們家姑娘的規矩？」齊氏沒搭理白春娘，而是朝鄭婆子發難。

鄭婆子這點常識還是知道的，趕緊說軟話。「二夫人，咱們家姑娘年紀輕、不懂事，還請您見諒。」

齊氏扭頭就走。「換了衣裳再進門。」

她的話讓白春娘有些傻眼。自己的衣裳怎麼了？

齊氏進了屋子，吩咐常氏道：「既然來了，就不好打發，把西南角那個小院子撥給她住。記得看緊了，還不知道打什麼算盤？」

而換了衣裳的白春娘進了府，壓根兒就沒看見任何一個主子。齊氏只讓下人領著她去了一個只有三間抱廈的院子，院門口還守著兩個粗壯的婆子。

居然沒見到二叔。這跟她預想的可不一樣。

屋子裡的陳設也很簡單，沒缺什麼，但也絕對沒特殊優待。

「鄭婆子，妳去問問，二叔什麼時候回來？我有祖父的親筆信要交給他。」白春娘的臉色有些難看。

鄭婆子心裡一哂。別人叫她鄭婆子，這位姑娘也管她叫鄭婆子，連句嬤嬤都不叫，真是不得人心。

大過年的，白坤能去哪兒？還不是在家待著。

他睡了一覺起來，就聽妻子說了這麼件事。「不管她是幹什麼來的，過完初五就送回去。」白坤不耐煩地道。
「誰知道又在打什麼鬼主意？」齊氏黑著臉。「究竟什麼時候才能跟老宅撇清關係啊？」
白坤嘆了一口氣。「只要文遠侯還活著就不可能。想起他們一家子，我就犯噁心。」
鄭婆子來的時候，兩口子正在說話。她將話轉達到了，一句多餘的好話都沒說。
白坤皺眉。「將信送過來就行了，人我不見。」說完，也不再給鄭婆子說話的機會，便去了內室。
鄭婆子就知道會這樣，也不廢話，原話回給了白春娘。
「這話是二叔親口說的嗎？」白春娘不敢置信地道。
「是二老爺親口說的。」鄭婆子低眉順眼地回了一句。
白春娘不甘心地取出信件。「拿去，務必親手交給二叔。」
而白坤看完信後，只對鄭婆子說了一句「知道了」，然後就打發她走了。
等鄭婆子一出門口，白坤就暴怒。「真是打的好算盤，居然想讓她進安郡王府？還真是什麼香的、臭的都敢拿出來。」
齊氏這才拿過信看了看。「這個禍害，留不得了！」

第五十一章　過年

除夕就這麼在鞭炮聲中來了。

蘇清河繫著圍裙，挽起袖子，拌著餃子餡。

「這個是薺菜的，這個是韭菜雞蛋的，這是是羊肉蘿蔔的，這個是牛肉大蔥的。」沈菲琪在一旁邊指邊認。「娘，我來擀皮吧。」

「小祖宗，妳可別折騰了。」蘇清河要她讓開一點。「娘就包咱們自己吃的，很快的。乖，一會兒就好。」

沈飛麟帶著一群小子，在外面放鞭炮。將鞭炮埋在雪堆裡，再點燃，炸得雪沫飛濺，可有趣了。

沈懷孝還沒從軍營回來，過完年沒多久，說不定就要打仗了，越是這個時候，越要安撫下面將士的心。

本來打算跟安郡王一起過年的，誰知道安郡王說他要在軍營過年。蘇清河想了想也就罷了，畢竟這是在收攬軍心、安定軍心呢。

沈懷孝回來的時候，年夜飯已經準備好了。

「今年我最高興。」沈懷孝喝了一杯溫熱的酒，感慨不已。

沈飛麟給自己也倒了一杯。

「你小子才多大，就饞酒。」沈懷孝一把將沈飛麟面前的酒杯沒收了。「乖，你娘給你備著蜜水，就喝那個。」

沈菲琪不滿地道：「喝點涼的唄，涼的解膩。」

「該咳嗽了。」蘇清河給孩子一人倒了一碗蜜水。「用蜂糖兌過的，嚐嚐。」

兩個孩子只好心不甘、情不願地喝了蜜水。

吃完飯，孩子都開始打盹了。

安置好孩子，沈懷孝才有工夫跟蘇清河單獨說話。

「孩子他娘，謝謝妳。」沈懷孝鄭重地道。

謝謝妳生下兩個孩子，將他們撫養到這麼大，將他們教養得這般好。

蘇清河笑了笑，沒有回話，只是接過他遞過來的酒杯，一口乾了。

兩人都有無數的話要說，卻都沒有說出口，就這麼相對而坐，聽著外面喧鬧的鞭炮聲，你一杯、我一杯。

最後，以蘇清河將沈懷孝撂倒為結局。

蘇清河挑了挑眉，從袖中抽出一塊棉巾，唇角勾起一抹別有深意的笑容。

明知道她酒量不行還想灌她酒，這下子先倒了吧。

沈懷孝第二天一睜眼，就揉了揉額角。「妳昨天搞什麼鬼？」

「趕緊起吧。」蘇清河把衣裳遞給他。「哪有什麼鬼？」

「妳不是一喝酒就倒嗎？」沈懷孝不由得問道，一說完就知道自己失言了。

只見蘇清河似笑非笑地看著他。「明知道還讓我喝，到底誰想搞鬼？」

沈懷孝眸子一深。「妳喝酒……才……」他低聲在蘇清河耳邊說了一句。

蘇清河面色一紅，在他腰上擰了一下。

兩人正鬧著，就見兩個大紅包衝了進來。

沈菲琪和沈飛麟穿著一身的大紅衣進來，納頭就拜。「給爹娘拜年。」

沈菲琪嘻嘻一笑。「爹越來越英武，娘越來越漂亮。」

沈飛麟臉上也露出笑模樣。「爹百戰百勝，平安順利；娘鳳翔九天，重歸舊園。」

夫妻倆對視一眼，閨女的話直白簡單，但兒子的話可有意思了。

這小子在以他的視角觀察時局、預測局勢。他知道年後要打仗，也知道不出意外的話，明年就要回京了。

沈懷孝看著兩個孩子，只覺得心裡暢快，便一人給了一包金豆子。

蘇清河也給了孩子一人一套用銀子做的玩意兒。兒子的是十二生肖，閨女的是各色水果和蔬菜。

待丫鬟、婆子帶著孩子們出去玩了，沈懷孝才跟蘇清河商量。「大年初一，一些同僚和下屬要來拜年，我少不得要回將軍府一趟。」

「那就乾脆把人都請過來唄，沒什麼好遮遮掩掩的。將軍府什麼都不齊備，要怎麼待客？」蘇清河搖搖頭。「這邊什麼都是現成的，也好招待來客。」

沈懷孝道：「就怕有些人帶著家眷來，倒攪擾了妳。有些下屬娶的媳婦，都是小戶人家的女子，行為舉止也較粗鄙，怕妳不好應酬。」

「行了。」蘇清河催他趕緊洗漱。「我知道該怎麼辦。」

沈懷孝明明心裡高興她這樣安排，還偏偏要做出一副擔憂她辛苦的姿態，真是夠了。

「今兒的客人，有沒有要格外注意的？」蘇清河問了一句。

「有兩個人妳照看一下，一個叫陳士誠，一個叫裴慶生。這兩個人跟我是生死之交，都出身將門，咱們打小也都認識。何況，這世上哪有什麼絕對的秘密，在那些大家族裡，隱隱約約總能聽到一點關於妳身世的風聲。因此，妳的身分對他們來說，不算是秘密。他們也隱晦地說了幾次，有上門拜見妳的意思，可我一直沒明確答應。這次，他們估計會帶著家眷和孩子一起上門。」沈懷孝斟酌道。

「至於其他的，大多是同僚，要是帶了家眷來，應付一二也就是了。」沈懷孝有些不放心地道。

蘇清河一一記下，才打發他出門。畢竟他也有要登門拜訪的對象。

兩個孩子就在堂屋裡玩著銀子做的小玩意兒，見沈懷孝和蘇清河從裡間出來，都笑著湊過去。

「爹爹先出門了。」沈懷孝揉了揉兩個孩子的頭，笑著說。走到堂屋門口時，又轉身朝蘇清河說了一句，眼裡有些期盼。「我想帶著麟兒去。」

這是想帶著兒子去，好獻寶吧。蘇清河指了指自己的臉。「麟兒的一張臉……你覺得妥當嗎？」

「唉，我都忘了。」沈懷孝有些失落。「要不我帶著琪兒？」

「大冷天的，你自己去！速去速回，家裡還要待客呢。」蘇清河趕緊推他出去。這人，就一股磨蹭勁兒。

沈飛麟其實也挺想跟著出去的，於是不滿地說：「家裡來客人，還不是一樣會看見我的臉。」

「這個你放心。跟你爹關係好的，差不多都是世家子弟，知道什麼該說、什麼不該說。而你爹的下屬，品級低，在一般情況下見不到你舅舅，更別提皇宮裡的皇上了。再說了，就算偶然遠遠地看見過你舅舅，就那把大鬍子，不是熟悉的人，哪裡認得出來？」蘇清河打發他回自己的小院。「一會兒要是有小孩子來，你也要招待客人的，快去收拾收拾。」

沈菲琪也跟著出去。「我先去把菜澆了水，要不然一會兒可沒時間了。」

閨女的話讓蘇清河有些發笑，但也不得不說這孩子有毅力，真的堅持下來了。

兩個孩子出去後，蘇清河叫了蘭嬤嬤來，說了宴客的事。而這一點事到了蘭嬤嬤這裡，根本就不叫事。

「男客就在園子裡的蘆雪亭，那邊四周都是蘆葦蕩子，空曠，而且只有一條通往前院的路，不怕驚擾女客。」蘭嬤嬤建議道。

「是不是有些小？」蘇清河怕裡面的地方狹小。

「夫人放心，那亭子共三層，親近的、身分高的，可以安排在最上層，不被打擾。」蘭嬤嬤解釋道。

蘇清河點頭。要是這樣，那就再適合不過了。「女客不如就安排在梅花塢，梅花開得正好，也顯得雅致。」

「那裡正好。」蘭嬤嬤肯定地道：「菜色就交給福田定，他有經驗。」

「那麼，各式陳設鋪排，還得有勞嬤嬤。」蘇清河微微欠了欠身。

蘭嬤嬤趕緊避開。「夫人放心，有鍾善在前院支應，出不了岔子。」

賴嬤嬤看著蘭嬤嬤下去了，才道：「夫人，該重新梳洗了。」

蘇清河點頭。正式一些，對客人也是一種尊重。

「記得準備幾份見面禮，要是帶了孩子來的，也不能失了禮數。」蘇清河叮囑道。

賴嬤嬤一一應下來。

大過年的，自然要穿得喜慶。紅的最容易撞衫，蘇清河看了看便放下了。本來賴嬤嬤準備了宮裝，但蘇清河沒有選，覺得太張揚了。

最後，她選了布料是貢緞，還用銀線繡了牡丹的亮紫色襖裙。牡丹的花蕊是用金線繡出來的，既華貴又不打眼。頭上簪了紫玉的簪子，耳墜是紫水晶的。

一番妝扮之後，她整個人顯得高貴典雅。

沈懷孝回來看到蘇清河時，不由一愣。她從來沒有這麼正式地打扮過。

「好看。」沈懷孝看了看。「以後還要這麼打扮。」

沈菲琪帶著冬棗進來，冬棗手裡端著一個盤子，盤子裡放著幾枝藤蔓植物開的花。

「這是什麼？」蘇清河問道。

「水藤。」沈菲琪把盤子遞過去。「爹爹，給我編個花冠。」

「只能在屋裡戴，出去就該把花凍壞了。」蘇清河點了閨女的鼻子一下。

「知道，就在屋裡戴。」沈菲琪催促沈懷孝。「快點，嬤嬤給戴的絨花不好看。」

真是個愛美的小丫頭。

蘇清河仔細地看了看閨女，見她已經換過衣裳，粉嫩的小襖上鑲著金蝴蝶，大紅的裙襬上用銀線勾出水波紋。

這是安郡王妃給的年禮中的衣裳，太奢華了。

沈懷孝這邊剛給閨女把花冠戴上，外院就來人稟報，說客人進門了。

陳士誠還是第一次來到南苑，剛跨進門，便見到匆匆從裡面迎出來的沈懷孝。

「瑾瑜，要不要去給……夫人見個禮？」陳士誠斟酌地問道。

「你老兄也客氣起來了。」沈懷孝笑道。「讓婆子帶著嫂子和孩子去內院吧，不必講究這些虛禮。」

陳士誠這才點頭。「聽你的，客隨主便。」

於是，陳士誠的夫人苗氏便跟著下人來到了內院。

在見到蘇清河的時候，苗氏有些意外。

這位金枝玉葉流落邊疆，本以為看起來會有些小家子氣，上不得檯面，沒想到比之其他公主，卻一點也不差。

她還是姑娘時，在賞花宴上遠遠地見了一回大公主，似乎還沒這位看起來有威嚴。大公主是一身凜然的傲氣，這位則是氣質內斂。

苗氏不由自主地行禮問安。「給夫人拜年了。」

蘇清河沒避開，卻親自扶她起來。「陳夫人請起。」然後讓丫鬟們把幾個孩子扶起來，落坐看茶。

「這是陳夫人家的哥兒、姊兒吧？快過來。」蘇清河把幾個孩子叫到跟前，誇了又誇，還給了見面禮，這才叫沈菲琪和沈飛麟進來。

苗氏一看，心裡就有數了。

那小姑娘頭戴鮮花冠，看起來頗為嬌慣。

那哥兒看著穩重老成，說話一板一眼，竟然跟自家的大小子能說在一塊兒。自己的老大可都已經九歲了。

再看了看那兩個孩子身上的衣物，都是貢品，精工細作出來的。她暗暗慶幸，還好自己準備給孩子的見面禮，還拿得出手。

緊接著，又是裴慶生的夫人莊氏帶著孩子過來。

莊氏比苗氏爽朗，有些大剌剌的。「夫人，不瞞您說，起初我是不敢來，怕見著您露怯。可如今一見，得！咱們能聊得起來。以後得空了，少不了來叨擾您。」

苗氏微微皺眉。心想莊氏也太不把自己當外人了。

蘇清河笑道：「有空儘管來就是。」她讓嬤嬤帶著孩子們出去玩。「梅園大，可別迷了路，小心跟著。」

苗氏和莊氏兩人的眉眼官司她看見了，只裝作不知。這兩人的娘家也都是京城裡的大戶人家，誰知道她們之間有過什麼嫌隙呢？

她只把觀察到的，一點一點記在心裡。京城就是一張巨大的網，如今認識的人脈，說不定將來都會有用處。

那些下屬家的女眷，也來了不少，都在大廳裡坐著，有二、三十個之多。

有些人甚至穿著半舊的襖子，頭上簪著銅簪子。在小戶人家，這已算是極其體面的了，可在這南苑中，就覺得連家裡的粗使婆子也比不上。

好在蘭嬤嬤對下人管教嚴厲，並沒對任何一個客人露出鄙薄之色。

莊氏見蘇清河的注意力在這幾個小戶人家身上，就道：「他們也不容易，本就是寒門出身，男人拚死拚活，才換來一官半職。可老家有一大家子的人要養，日子難免過得艱難了些。」

蘇清河點點頭。「家家有本難唸的經，世人莫不如是，各有各的難處啊。」她想了想，又叫了賴嬤嬤來，低聲囑咐道：「看著哪些人家艱難，將回禮直接換了米麵和肉，再包了銀封，別弄得花裡胡哨的，一點也不實用。」

她見莊氏和苗氏豎著耳朵聽，就笑道：「這兩位夫人是財大氣粗的，就把花房裡那些野菜一人包上兩斤吧。」

莊氏聽了哈哈大笑。「這便宜您儘管占，我是極樂意的。」

苗氏跟著笑。「這大冷天的，吃什麼都沒味兒，可一想起那新鮮的菜蔬，就有胃口。以前在京城，還有個水蘿蔔啥的，如今在涼州，您這兒可是頭一份。」

這邊正說得熱鬧，大廳的一角卻鬧了起來。

就聽一個女聲，有些刻薄。「真丟人，在這裡也敢偷點心。」

一旁的女人手裡，正拿著一條素白的帕子，帕子裡，有一塊咬了一口的點心。那女人約莫二十來歲，面色有些黃，此時正手足無措。

蘇清河站起身來，朝吵鬧的那一頭走去。

上輩子，她在農村見過很多老人，在外面吃到好吃的，也都會把自己的那一份留起來，帶回去給家裡的孩子。

這份感情質樸得讓人動容。

蘇清河走到那個看起來不知所措、羞憤欲死的女人面前，輕聲問道：「可是家裡有孩子？怎不帶孩子來玩？」

她又親手把女人拿在手裡，不知道怎麼處理的點心拿出來。「父母愛子女，定是時時牽掛。想必妳是吃到了好吃的點心，想著也給孩子嚐嚐。」

那女人的眼淚在眼眶裡打轉，連連點頭。

可不就是這樣嘛！在老家都是這樣，也沒人說什麼。要是只顧著自己吃，不顧著孩子，才該挨罵呢。

「這有什麼？」蘇清河笑道：「前些日子，我吃著白將軍家中的酸菜好吃，還特意給孩子討要了一些呢。」

莊氏也在另一頭接話道：「就在剛才，咱們還從夫人那裡，給家裡的孩子討要青菜呢。這值得大驚小怪嗎？」

蘇清河朝莊氏笑了笑，然後對那女子道：「我也是才從遼東過來，在那邊吃宴席的時候，大家都會把自己的那一份，能帶走的就都給孩子帶回去，不知道妳們老家是不是也是這樣呢？」

「可不是嗎？哪個女人只顧自己嘴上享福，就該被婆家休了。」那女子忙道。

蘇清河的態度這般明顯，還有哪個不識趣的敢再說三道四？一時間，眾人都出言安慰。

倒是方才在旁邊嚷嚷的那個苛刻女子，蘇清河連理都沒理。這種人，決計再也不讓她進門。

安撫完這個婦人之後，蘇清河交代賴嬤嬤。「打聽一下她是哪家的？」

賴嬤嬤點頭。「在邊上叫嚷的女人，也要打聽嗎？」

「嗯。不管她是誰，她男人得不得用，再不許她登門。」蘇清河眼裡閃過一絲厭惡。

賴嬤嬤臉上有著欣慰。公主要招待駙馬的同僚家眷，做一些必要的應酬，也不是不行；但公主自身是獨立的，可不能為了駙馬，就刻意遷就。

「夫人心善。」苗氏笑著讚了一聲。

蘇清河搖搖頭。「都是窮鬧的。」

莊氏豪爽地說：「銀子是人的膽氣啊！」

蘇清河笑笑，轉移了話題。接下來，也就沒再出現什麼岔子。

第五十二章 顯擺

沈懷孝將人請上了蘆雪亭的頂層，這一層只招待陳士誠和裴慶生二人。

「前幾年看你形單影隻，可真是沒想到，如今孩子都……」

「四歲了，過了年就四歲了。」沈懷孝道。提起自家的寶貝，整個人都柔和起來。

裴慶生笑道：「也沒見你帶出去過，是不打算讓咱們見見了？」

沈懷孝打發沈三道：「跟夫人說一聲，帶琪兒和麟兒過來一趟，該給客人見禮了。」

沈三趕緊應了一聲，便去通知蘭嬤嬤到內院告訴夫人。

蘇清河聽了蘭嬤嬤的回稟，吩咐道：「讓嬤嬤們跟著去吧。」

沈菲琪和沈飛麟並肩走著，也不要嬤嬤抱。

在亭子口的時候，沈飛麟喊住嬤嬤。「嬤嬤在外面等吧，坐在裡面的都是一些將領，要是跟個奶娃娃一樣離不開嬤嬤，該讓爹爹丟臉了。」

萬嬤嬤和汪嬤嬤點頭應是，心裡卻都覺得好笑。可不就是奶娃娃嗎？還當自己有多大。

「帶路吧。」沈飛麟瞪了一眼有些發愣的沈三，總覺得爹的護衛親隨都不怎麼可靠。

沈三一本正經地道：「少爺請。」

沈菲琪先是對弟弟的作態撇撇嘴，隨後也跟著裝起了淑女，提著小裙襬，款款而行。

一進亭子，就萌翻了一屋子人。

最下層坐著的，都是一些官階不高的將士，自家也有孩子，家裡的小子整天折騰得灰頭土臉，哪裡見過這般精緻的娃兒？

沈三向小主子們介紹道：「小姐、少爺，這些都是將軍在軍中的下屬。」

沈飛麟雙手抱拳，團團作揖。「家父常道，在軍中全賴各位叔父鼎力扶持，今日得見，真是三生有幸。在這裡給各位叔父拜年了，一會兒請多飲幾杯水酒。」

沈菲琪福了福身。「給各位叔父拜年了，來年一定建功立業，步步高升。」

沈飛麟拱拱手。「一會兒再回來給各位叔父敬酒，失陪了。」

沈菲琪也欠欠身。「失陪了。」

沈懷孝陪著陳士誠和裴慶生，在三樓把大堂的情形看了個一清二楚。不說下面的人懵了，就連陳士誠和裴慶生也懵了。

沈懷孝的嘴角不由自主地翹起。這兩個孩子，真是給他長臉，就連平時在家那麼愛撒嬌的閨女，也一副老成穩重的樣子。

兩個孩子爬到三樓，也不用大人抱，這讓陳士誠挑挑眉。「你家小子已經習武了？」

沈懷孝謙虛道：「骨頭還軟著呢，習什麼武？不過是帶著他們跑跑跳跳的瞎胡鬧罷了。」

裴慶生呵呵直笑。「瞧他那一臉得意。」

鍛鍊身子的效果是顯著的，兩個孩子自己爬上來，卻臉不紅、氣不喘。沈三也只是跟在身後，怕他們不小心摔著了。

等兩個孩子走近了，陳士誠和裴慶生不由得站起來。像！太像了！他們見過皇上，也見過年幼時的安郡王，所以一見沈飛麟的長相，就沒法安坐在倚子上。

「見過兩位世伯。」沈飛麟恭敬地道。

沈菲琪跟著行禮。「給世伯們拜年。」聲音軟糯，把眾人的目光都吸引了過去。

這丫頭真是漂亮。兩人不由得把視線落在沈懷孝的臉上。貌若好女，絕不是吹出來的，瞧瞧人家的閨女就知道了。

他們趕緊掏出準備好的見面禮。「拿著玩吧。」

兩人道了謝才接過來，之後就站在沈懷孝身邊，一點也不多話。

「都去坐著吧。」沈懷孝摸了摸閨女的頭。

沈菲琪順勢爬到沈懷孝的腿上坐了；沈飛麟讓沈三抱著自己坐在椅子上，聽大人說話。

裴慶生看著沈飛麟的臉，見他一本正經裝大人的樣子，想知道他說的話是不是大人教的，於是不免有些惡趣味地道：「賢姪如今學到哪兒了？」

沈飛麟想了想，謹慎地道：「回世伯的話，剛讀完《孫子兵法》，背完了《論語》。」

「哦？已經學了《孫子兵法》了？」陳士誠有些詫異。

沈飛麟點點頭。「粗通皮毛而已。」

這話又讓裴慶生忍不住問道：「你既然學了《孫子兵法》，可有什麼領悟？說來聽聽。」

沈飛麟看了沈懷孝一眼，見沈懷孝點頭。「沒關係，在這裡的都不是外人，說吧。」

沈飛麟跟著點頭。「我就領悟到一句話，打得贏就打，打不贏就躲，躲不掉就跑。」

裴慶生瞬間把嘴裡的酒給噴了出去。他現在相信這孩子的話，絕對不是沈懷孝教的。他壓下笑意問：「可是因為那句『三十六計，走為上計』嗎？」

沈飛麟嚴肅地搖頭。「自然不是。」

「《孫子兵法》中的計是計算，不是詭計。計不是謀，不是出主意、想奇招，而是全面準確地計算敵我雙方實力的差異。孫子從五事七計的角度，把戰爭之前需要計算的事項一一列出，從實力計算中判斷戰爭勝負的可能性，由此算出這場仗能不能打？不能打就要躲起來，不可有僥倖心理。

「『兵者，詭道也』，書中是這麼說的，可這句話誤了很多人，以為《孫子兵法》就是三十六計，就是詭詐取勝。但詭詐畢竟只是詭詐，若是人家不入套，你再詭詐也沒用。詭詐在兵法裡，不是主要部分，只是一些技巧補充。這就如同陽謀和陰謀，光明正大者才能成事，陰謀詭計者，成就十分有限。」

陳士誠和裴慶生不由對視一眼，這番見識可不簡單。他們見沈懷孝也一臉詫異，想來，他也不知道孩子會說出這樣一番話。

陳士誠試探著問：「那照你這話，『以正合，以奇勝』這句話也錯了。奇，不就是奇謀嗎？」

沈飛麟解釋道：「這句話的奇不是奇謀詭計，而是分而戰之。就是在以正兵與敵人交戰的時候，永遠要預備一支多出來的兵力，就是奇兵；奇兵能出其不意，在戰鬥中突然打亂敵人的部署，是致勝的關鍵。也就是說，永遠要記得給自己留個後手，才能立於不敗之地。」說到這裡，他連忙打住了話。娘還說過，要是有一支特種作戰部隊就更好了。但這話可不能在這裡說。

三人的神情都嚴肅起來。不得不說，這樣的解釋，似乎也是合理的。

就聽那軟糯的聲音繼續道：「而且，書中說『小敵之堅，大敵之擒也』，意思是堅守不跑，就會為人所擒。就好比漢朝名將李陵，漢武帝要他給李廣利運糧草，他恥於做後勤，請戰率五千步卒直搗匈奴王廷，結果被匈奴十萬騎兵包圍，兵敗投降。漢武帝殺了他全家，還害得替他說話的司馬遷被處以宮刑。

「所以，《孫子兵法》告訴我們，打得贏就打，打不贏趕緊跑；要想學會贏，就要學會輸。」

這些話跟傳統的認知相去甚遠。人總是要有氣節的，寧死也不能當孬種。

陳士誠問道：「既然把輸看得這般淡，你又如何理解『百戰百勝』這樣的話？」

「孫子是反對『百戰百勝』的。『百戰百勝，非善之善者也』，這意味著打了一百場戰爭，並取得了勝利，卻都未能徹底解決敵人，這不是白白消耗了敵我雙方的人命和資源嗎？戰爭不僅要保全己方的人命與資源，也要儘量保全敵人的資源，因為那是戰後勝利方的戰利品。要不然，勝利方用於戰爭的損耗，要由哪裡補充呢？

「戰爭，就是為了讓自己變強，讓敵人變弱。打仗，打的是錢糧，可百戰的話，這得花費多少銀子？這樣的勝利有意義嗎？還不是被敵人拖垮了。所以說，有時候你贏了敵人，未必就是占了便宜。戰爭，就該追求一戰定乾坤。」

沈懷孝看著兒子。「這些都是你自己想的？」

當然……不是！沈飛麟搖頭，這裡面的很多觀點，都不是他自己想出來的。他看了沈懷孝一眼。「都是娘教的。」

沈菲琪點頭。「娘還說，別傻傻的追求什麼『以弱勝強』，那都是沒有辦法中的辦法，有辦法誰幹那種蠢事呢？『以弱勝強』是賭博，《孫子兵法》講究『以強勝弱』，要不然不會開篇就說『計』，這個計，是計算，計算贏的機會有多大。娘還說，孫子又不是傻瓜，人家說了『兵者，國之大事，死生之地，存亡之道，不可不察也』，所以他不會拿國家民族的命運去賭運氣的。」

在蘇清河不知道的時候，她被兩個小崽子給賣了。

陳士誠和裴慶生對視一眼。雖然不是他自己的觀點，但這麼小小一點的孩子，能將大人教導的全部都記下來，又口齒清晰地表達出來，著實不容易。而這位流落民間的公主，她的見識也真是不一般。

京城裡，哪家姑娘沒幾樣拿得出手的本事，琴棋書畫樣樣精通，稱得上才女的還不少。可像這位公主如此精研兵法的，就實在找不出來了。兩人不禁羨慕起沈懷孝來。真是讓這傢伙撿到寶了。

裴慶生拍了拍沈懷孝的肩膀。「有這樣的母親教導，這兩個孩子差不了。」他本想說咱們做個兒女親家吧，又覺得不適合。不說孩子還小，這兩個孩子可都是皇上的外孫，只怕將來的婚事，還得看上面的意思。

沈懷孝謙虛地笑了笑。「讓你們見笑了，都是些婦人之見。」

話音剛落，門外就傳來一句反駁聲。「胡說！哪裡是婦人之見了？」

門被推開，進來的是安郡王。

沈菲琪從沈懷孝的腿上跳下來。「舅舅。」喊了一聲，她便衝過去。

其餘人這才反應過來，趕緊起身見禮。

安郡王把沈菲琪拎起來。「讓舅舅看看咱們琪兒。真是越來越漂亮了。」說著，從懷裡掏出一頂花冠，有東珠、紅寶石點綴其間，華貴異常。「喜歡嗎？」

「喜歡！」沈菲琪恨不得抱著流口水。「謝謝舅舅。」

安郡王朝沈飛麟招手。「麟兒過來，別整天跟個小老頭似的。」又取了一頂青玉冠遞給他。是男子綰髮用的，孩子用的自然更小巧精緻。

「謝謝舅舅。」沈飛麟接過來。

三人請安郡王落坐，就聽安郡王道：「我來一會兒了，也聽了個大概，覺得很有道理。」

沈懷孝看向沈三，暗斥他怎麼守門的，也不提前通報一聲。

沈三做了個苦瓜臉，打了個手勢。意思是說，安郡王是從後門進來的。

沈懷孝這才轉過頭，對安郡王道：「畢竟是婦道人家之言，聽聽倒無妨。」自家的媳婦兒，讓他該怎麼誇啊？

安郡王不理他，跟陳士誠和裴慶生聊起了家常。那兩人一邊跟安郡王說話，一邊看著沈菲琪。

沈菲琪閒得無聊，正伸手拉著安郡王的鬍子玩，安郡王也由著她。

「琪兒，不許淘氣。」沈懷孝小聲提醒了一句。有外人在，像什麼樣子？

安郡王不樂意地道：「說孩子幹什麼？大過年的。」他揉了揉沈菲琪的腦袋。「這麼喜歡舅舅的鬍子啊？」

沈菲琪搖搖頭。「不喜歡，好醜。舅舅把鬍子剃了唄，舅舅本是美男子，可有鬍子就醜了。」

沈懷孝有些無奈道：「琪兒，怎麼這樣說話呢？」

沈菲琪癟了癟嘴，看著安郡王。是很醜嘛！

「咱們琪兒都知道美醜了。」安郡王反倒不以為意。「將來一定給琪兒找個美男子當郡馬，好不好？」

郡馬，郡主的丈夫，一般只有親王的嫡女才能封為郡主。也就是說，蘇清河若回京，這個公主的品級低不了，而且足以讓女兒被冊封為郡主。

第五十三章　提攜

陳士誠和裴慶生心裡就各自思量開了。安郡王可不會隨便說出這樣的話來。

沈懷孝也不知道安郡王到底是出於什麼目的，便暫且擱在心裡不提。

只見沈菲琪笑著搖頭。「娘說，長得好又不頂飯吃，重要是得會賺錢養家。」

話音一落，惹得眾人都看著沈懷孝笑個不停。這位可不就是長得好看，但如今住的地方反倒是大舅子的，可不就是不頂飯吃嗎？

沈懷孝也有些哭笑不得。這女人怎麼什麼話都跟孩子說。

有兩個孩子在其中插科打諢，幾人相處得還是挺愉快。說一說軍中的事，說一說京城的故人，都是些家長裡短。

吃完飯，沈懷孝先送了安郡王、陳士誠和裴慶生兩家人離開。再接著送同僚，最後才是下屬。

鍾善從蘭嬤嬤那裡知道了女眷那邊發生的事，就悄悄地透露給沈大。沈大趕緊說給主子聽。

「是誰家的女眷？查過了嗎？」沈懷孝微微皺眉。

「夫人幫的是葛大壯家的媳婦，那挑事的，是林東強的媳婦。」沈大低聲道。

這兩人都是他手下的百戶，也都是他一手提拔起來的。

「葛家的日子那般艱難？」沈懷孝皺眉問道。

「葛大壯這人講義氣，家裡的銀子估計都補貼給戰死的袍澤家裡了；而且，他老家兄弟好幾個，父母還在，也沒有分家。不光要管父母，還得管兄弟姪兒，如今家裡還有三個孩子，確實艱難。」沈大為葛大壯說了些好話。

「林東強是怎麼回事？」沈懷孝又問。

「這傢伙打仗是把好手……就是有些好色。他原先在老家的媳婦，在他升為百戶的時候，就給休了，這個是另外娶的。這個女人是他副手的遺孀，他這個副手呢，因為救他，所以戰死了，他自然要照顧人家的媳婦，一來二去，兩人就好上了。後來，他說不能對不起死去的兄弟，一定要善待人家的遺孀，打著這個幌子，把原配給休了，才娶了這麼一個女人。」沈大沒有添油加醋，但話裡的意思十分明顯。那就是這傢伙做人不厚道，照顧遺孀，就照顧到床上去了，什麼玩意兒。

沈懷孝的臉頓時就黑了下來。他最見不得這種始亂終棄的畜生！這種人不得重用，一輩子的前途就止步於此了。

「打發人查一下葛大壯，看這個人究竟怎樣？」沈懷孝吩咐了一句。

沈大知道，這葛大壯要走大運了。

葛大壯帶著自家媳婦，一路往家裡走。

別人家都雇了馬車、騾車，再不濟也有牛車，只有他們家，是走著來回的。這段路，說遠不遠，說近不近。

葛大壯心裡有些愧疚。「媳婦，要不然，我揹著妳。」

那婦人名叫范春花，她怯怯地看了自家男人。「當家的，我給你丟人了。」說著話，聲音裡就帶上了哭腔。

「怎了？咋還哭上了？」葛大壯這身長八尺的粗壯漢子，頓時就手足無措。「是夫人不好相處？那以後咱們不去不就得了。」

「沒有，夫人沒罵我，夫人是好人。」范氏抬起頭，把方才發生的事情說了。「其實在家的時候我還想著，就看著人家咋做，我就跟著人家做，這總錯不了吧。可是一到那裡，看見那點心，哎喲，上面那白霜糖，一層一層的，叫什麼雲片糕還是雪片糕的。我就想到，咱家妞妞這幾天吃藥，嘴裡苦，只是給孩子帶上一塊總不打緊吧？沒想到……」范氏吸了吸鼻子。「夫人說，這也沒啥，她還從別人家要酸菜吃呢。想必夫人也沒生氣，應該不會在將軍面前說壞話吧。」

葛大壯可不是范氏，人家說什麼就信什麼。以沈家的境況，哪裡在乎什麼酸菜不酸菜，不過是為了給自家媳婦解圍罷了，若不那麼說，他這傻媳婦還一直惴惴不安呢。他安慰道：「本來就不是什麼大事嘛！就那個女人愛作怪。她是什麼人，妳又不是不知道，還在乎她的想法幹啥？」

「嗯，夫人就沒瞧她一眼，周圍也沒人跟她搭話。」范氏覺得自家男人說得很有道理，點點頭應了。

葛大壯小聲道：「但是，以後去別人家就別拿了。不是誰都像夫人似的，好說話。」

范氏低下了頭。「有這次教訓，夠我記一輩子的，哪能再犯呢。」

葛大壯有些心疼，更有著愧疚。要不是為了孩子，何至於如此呢？說到底，還是自己沒本事。

兩人剛到家，正準備給孩子們做飯，門外就響起了敲門聲。

范氏去開門，見是今兒才在南苑見過的一個嬤嬤，總跟在夫人身邊的。

這人正是賴嬤嬤。

「您快裡面坐。」范氏有些緊張，手捏著衣裳的一角揉搓。

賴嬤嬤笑著進去，後門跟著幾個小廝，每個人手裡都拿了好些個東西。

「葛夫人，是夫人打發老奴來送年禮。」賴嬤嬤指揮小廝將東西放下。

「這可怎麼好……」范氏看著堆了半個炕的東西，連忙喊自家男人。「當家的，夫人打發人來了。」

葛大壯出來一瞧，連忙朝賴嬤嬤行禮。「有勞嬤嬤了，這太厚重！」

「夫人說，她喜歡葛夫人，這些都是給葛夫人和孩子們的，快別客氣。」

送走賴嬤嬤，范氏一一翻看那些年禮。裡頭有大米、白麵、牛羊肉跟幾匣子點心，那雲片糕整整齊齊地擺在匣子裡；還有細棉布，各色的都有，夠給孩子們從裡換到外了。「夫人真大方。」

葛大壯心道，這不是大方，是心細。夫人是怕自己因為今天的事，責難媳婦，所以才送來厚禮，是要告訴他，她喜歡自家媳婦。可自家這傻老娘們，還真心不懂這些彎彎繞繞啊，真是傻人有傻福。

去了一趟南苑，倒給家裡帶來這樣的機緣，可說是因禍得福了。

宴客是件累人的事，儘管不用蘇清河自己太操心，還是一樣累得渾身都僵了。泡了一會兒溫泉，去兩個孩子的院子看了看。今兒沒睡午覺，兩人都睡得跟小豬似的，見兩個嬤嬤把孩子照顧得十分精心，她這才回房。

她脫了衣裳，鑽到熏得暖烘烘的被子裡，真是一種享受。

沈懷孝喝了點酒，蘇清河以為他早睡著了，沒想到這時候他倒翻過身，擠進她的被子裡來。「以後不用準備這麼多被子，也用不到。」

胡扯！當然一人蓋一條被子更舒服自在。

像是明白她想什麼，沈懷孝低聲道：「現在還是不習慣嗎？」

其實也沒什麼好不習慣的，就是知道自己的睡相差罷了。「你要是不覺得我晚上睡覺不老實，就這麼睡唄。」這送上門的抱枕，不要白不要。

沈懷孝搖頭。「我習慣習慣就好。」

看來他還是嫌棄啊！

蘇清河看著他。「不舒服就分開睡，何必找不自在。」

沈懷孝恨不能打自己的嘴，他轉移話題道：「妳是不是跟琪兒說，找相公不能找長得好看的，長得好看的不能頂飯吃？」

這話……她似乎是說過。剛要點頭，就意識到不對。她的原話可不是這麼說的。

「我是說不能光看長相。」蘇清河一字一字咬出重音。「當然了，長相也是一個不可或缺的因素。」她看向沈懷孝。這麼看著也養眼不是？

沈懷孝見蘇清河愣愣地看著他，便湊過去用額頭抵著她的頭。「好看嗎？」

「好看。」蘇清河點點頭，說得無比肯定。這個男人當真賞心悅目。

沈懷孝低聲笑了，猛地湊了過來。

看見他的臉就在眼前，蘇清河的心像是要蹦出來一般。

他一點點地湊近、試探，兩人唇舌相抵，讓她有些氣喘吁吁的。也許是喝了酒的原因，今晚兩人格外盡興。

一陣歡愉後，蘇清河有些昏昏欲睡，她是真累了，可沈懷孝卻好像談興更濃了。他問道：「葛大壯的媳婦，妳挺喜歡的嗎？」

「誰是葛大壯？」蘇清河頓了一下，才反應過來。「哦！是她？看著是挺淳樸的，沒什麼心眼。」

「要是覺得行，把葛大壯收為己用吧。」沈懷孝又道。

「我收一個軍官進來要做什麼？」蘇清河閉著眼睛，問了一句。

「公主府是允許養自己的府兵的。」沈懷孝提醒一句。「按照慣例，都在五百到兩千不等，更有甚者，若是得到皇上許可，三千到五千都是允許的。這些兵，誰來帶？總得有個自己人吧。將來開府，若皇上和安郡王派人給妳管兵，妳定會覺得綁手綁腳。可到時候妳手裡沒人怎麼辦？用我的親信？皇上和安郡王也不會樂意的。」

蘇清河的眼睛一下子就睜開了，她還真沒想到這一點。

沈懷孝撫著她的肩膀，輕聲道：「今兒，安郡王突然說起給咱們琪兒找郡馬的玩笑話，既然是郡馬，那咱們琪兒就會是郡主，想必妳回京後被冊封的品級也低不了；一旦有了府兵，沒有一個懂得領兵的人可不行。這個葛大壯，沒什麼根基，跟誰也牽扯不上，如今的官職，也都是他在戰場上拚殺得來的，跟他唯一有牽扯的，就是我。妳覺得呢？」

蘇清河點頭。「他為人如何，尚不得而知。你查過了嗎？」

「挺重義氣。可唯一的不好，就是家裡牽絆太多。」沈懷孝把葛家的情況說了一下。

蘇清河想了一下。「改天我再找他媳婦來，問問情況再說吧。」

「妳再觀察觀察。」

夫妻倆挨著說話，也不知道什麼時候睡著的。

第二天醒來，白家送來了帖子。

「這可真是新鮮事啊。」蘇清河擺弄著手上的帖子道：「只有主動上門拜年的，還從沒有請人去拜年的。」

原來是白坤打發人請安郡王和蘇清河一家子，到白家去一趟。

「初二女兒回娘家，孩子回舅家。白大人是嫡親的舅舅，請咱們過去，也是禮數。」沈懷孝笑道：「要不然先問一下王爺的意思？」

蘇清河便打發蘭嬤嬤去問，不一時得了回話。「王爺說，一起去吃頓飯就回來，不礙事。」

蘇清河這才放了心。

第五十四章　弄巧

白坤得了王府和南苑的回話，立即眉開眼笑。「讓廚房準備飯菜，妳親自盯著。」

齊氏連連應好。「給兩個孩子的紅包也已經準備好了，儘管放心。」

白坤點頭。「我在前院待客，妳在後院好好招待這位姑奶奶。」

「放心，咱們處得可好著呢。」齊氏說著，就走了出去。

她叫來兒媳婦，叮囑道：「把炕上的陳設鋪蓋都換成新的。」又吩咐閨女。「交代下去，今天用的水，全得是城外運來的泉水。」

白元娘笑嘻嘻地應了。「可惜咱們家沒有好的園子，要不然也能有個賞景的地方。」

「南苑什麼景色沒有，還用巴巴地來咱們家看？」齊氏嗔道：「估計也待不了多長時間。」

整個白府都喧鬧了起來。

白春娘聽著院子外面來來往往的腳步聲，心裡越發焦急。就連這麼偏僻的地方，都這麼忙碌，肯定是有貴客上門。

再一想到這裡可是安郡王的舅舅家，大年初二，自當來拜年啊！她正想找機會，沒想到機會就送上門了，今兒她無論如何都要走出這個小院才行。

她叫來鄭婆子。「妳去打聽打聽，今兒府上在忙些什麼？」

鄭婆子接過銀子，臉上的笑意才不那麼勉強，出去晃悠了一圈，也沒認真打聽，可恍惚聽著是什麼……貴人？她笑了笑，便往回走，打算就這樣交差了。

白春娘聽了鄭婆子打探回來的消息，心中細細思量著。貴人？這涼州哪裡會有什麼貴人？最貴重的就是安郡王了。她的心這才踏實下來。「鄭婆子，等貴人來了，妳想個法子把門口的人引開。」

說得容易。這一家子把她們當賊一樣地防著，要怎麼引開？鄭婆子心裡這麼想著，可臉上不敢露出分毫。「姑娘，貴人們都在前院，您即便出了院子，也不能走到那前院去啊。」

白春娘看了鄭婆子一眼。這話雖然不中聽，但也確實有道理。她低著頭想了想，就有了主意。「罷了，別的妳不用管，只要盯著貴人是不是來了就成。」

鄭婆子見自家姑娘還不肯死心，也就不再多話。

她拿了幾十個錢，從廚房那兒換了不少乾果來，乾脆就帶著乾果，跑到側門的門房，閒嗑牙去了。正門自然是貴客要走的，但車馬不還得經過側門嗎？反正，只要到時候能交差就行了。

齊氏高興地帶著蘇清河進了內院，兩個孩子自然也跟在後頭。

「本來打算一起吃個飯，結果軍營裡有事，不光哥哥不能來，連舅舅也被叫走了，倒叫舅媽您白忙了一場。」蘇清河笑道。

「姑奶奶能來，就不算白忙活；何況，身在涼州，這樣的事情見多了。軍情如火，誰也不敢耽擱。一會兒我讓人把菜給他們送去，在哪兒還不是一樣團聚？」齊氏笑道。

蘇清河點點頭。「說得也是。」她見白元娘一個勁兒地打量著她，就笑問道：「這是元娘表妹吧？真是個美人胚子。」這姑娘長得清秀，看著嬌憨，想來家裡極為寵愛。

「表姊好。」白元娘長在涼州，這樣氣派的人，她還不曾見過。

蘇清河從手上褪下一只羊脂白玉的鐲子，給白元娘戴上。「戴著玩吧。」這是特地要給白元娘的見面禮。不過因為她們的關係親近，若從身上摘下來，更顯得珍貴，因此她一早就把鐲子戴在手上了。

白元娘笑咪咪地接下了。公主身上戴的，哪個不是精品啊？

齊氏有些不好意思。「這孩子讓我慣壞了。」

「嬌憨可愛，挺好的。」蘇清河在心裡默默地補了一句，估計能跟自家閨女玩到一塊兒了。

果不其然，不一會兒工夫，白元娘跟沈菲琪玩得可熱乎了。

齊氏有些好笑，又感到不好意思。

自家孩子都多大的姑娘了，卻跟人家奶娃娃玩得這般親熱，還聊得很開心的樣子，這怎麼看，都像是自家姑娘缺了些心眼，站在一旁的小子，還不時鄙夷地瞥兩人一眼。得！自家姑娘可是連這個小子都不如了。

蘇清河知道齊氏的尷尬，便說道：「就讓表妹帶著他們玩吧，難得她這麼有耐心。有個人看孩子，咱們也能好好說話。」

話音剛落，就聽見後院傳來唱曲聲。「則為你如花美眷，似水流年，是答兒閒尋遍。在幽閨自憐。轉過這芍藥欄前，緊靠著湖山石邊。和你把領扣鬆，衣帶寬，袖梢兒搵著牙兒苫也。則待你忍耐溫存一晌眠。是那處曾相見，相看儼然，早難道好處相逢無一言……」

蘇清河愣住了，有種不知今夕何夕的錯覺。「和你把領扣兒鬆，衣帶寬，袖梢兒搵著牙兒沾也，則待你忍耐溫存一晌眠」這絕對不是一個正經人家該聽的曲目，只怕是流傳在青樓楚館之間的曲子吧。

等發現齊氏鐵青的臉色後，她有些懵。沒道理請來了戲子，主家卻不知道的；再說了，白家人口十分簡單，可沒有那些亂七八糟的侍妾和通房，更別提養戲子了。

「沒想到涼州還有這樣的戲班子啊？這聲音聽著是清唱，嗓子還不錯。」蘇清河笑了笑，假裝沒聽清楚曲中的意思。

齊氏有些尷尬，剛要解釋，歌聲卻又傳了出來。

「見了你緊相偎，慢廝連。恨不得肉兒般團成片也，逗得箇日下胭脂雨上鮮。我欲去還留戀。相看儼然，早難道好處相逢無一言？行來春色三分雨，睡去巫山一片雲……」

連蘇清河都有些尷尬起來。一聽見「恨不得肉兒般團成片」，她真想說一句，姑娘，妳有種！就算是在她前世那樣如此開放的年代，都沒人敢把這種話在大庭廣眾之下喊出來。

白元娘本來跟兩個孩子玩得好好的，聽到曲子就愣住了。可能前面幾句還沒聽懂，後面的就是傻子也知道是什麼意思。頓時羞得不知如何是好，便鑽回裡屋去了。

頃刻間，堂屋裡的氣氛變得詭異極了。

齊氏看了一眼身後的嬤嬤。「快去把那丟人現眼的東西給關起來。」

這會子齊氏還有什麼好不明白的。那不要臉的東西知道有貴客上門，就猜到是安郡王，這是坐不住了，打算來個後院邂逅。聽聽那唱的，都是些什麼？

她苦笑著解釋。「就是我跟姑奶奶說過的，打算往東宮送的那個姑娘。」

「那剛剛的曲子，是衝著我哥來的？」蘇清河馬上明白了。

「這個姑娘除夕的前一天到了，一個大姑娘，就帶了個車夫、嬤嬤和丫鬟，跟著商隊來的。本來送回去也容易，可大過年的，沒有商隊走動。咱家老爺說等到了初五，就馬上送走，沒想到，卻鬧了這麼一齣。幸虧是被姑奶奶妳聽到，要是在別人面前，我這張老臉可就丟盡了。」齊氏忍不住罵道：「來的時候還帶了一封文遠侯的親筆信，說是讓咱們把這個姑娘送去安郡王府，伺候王爺的飲食起居。呸！真是什麼貨色都敢送來。」

「這姑娘的膽子，也真是夠大的啊。」蘇清河有些詫異。沒想到這個姑娘到了一個人生地不熟的地方，還能一點也不慌亂，這麼快就想出這樣一個主意來。

「不過是個上不得檯面的姑娘。」齊氏罵了一句，聽著外面總算安靜下來了。

不想，剛被齊氏打發出去料理事情的嬤嬤又回來了，滿臉的尷尬，不知道該怎麼回話。

「姑奶奶不是外人，沒什麼好丟人的。說吧。怎麼了？」齊氏問道。

「春娘姑娘想要給貴人請安，否則就不走。」那嬤嬤說了一句。「姑娘拿金釵抵在喉嚨，奴婢們不敢動手硬來。」

齊氏氣得差點沒暈倒。

蘇清河只覺得這個姑娘還真是蠻拚的。「那就叫來見見吧。」想來她只要見到這裡沒有男人在，自然就不鬧騰了。

齊氏羞憤地道：「讓姑奶奶受委屈了。」

白春娘一來到堂屋，見所謂的貴人就是眼前這個女人，一時間還沒反應過來。再往那女人身上一瞧，那衣料府裡也有，但十分寶貝，是東宮太子賜下來的貢品。這個女人不只衣裳華貴，就連腰上的荷包，也都是極品。

既然這個女人身上的衣料是貢品，可在涼州，跟宮裡有牽扯的只有安郡王府。那麼，這個女人必定是出自安郡王府。

不是說安郡王府沒有女人嗎？這是誰打聽的消息，這麼不可靠。人家這都登堂入室，把自己當正室般地走起了親戚。真是豈有此理！

她用挑剔的眼光打量著蘇清河，不得不說這個女人很美。教導她的嬤嬤說過，娶妻娶賢，納妾納色，眼前的女人正好印證了這個道理。

不過，見這個女人一身不容忽視的氣勢，還真是「山中無老虎，猴子稱霸王」，沒有女人跟她爭搶安郡王，她就把自己當成女主子了？笑話！當妾室的沒有一點妾室的樣子，能成什麼事？她酸溜溜地想。男人麼，還是更愛像自己這樣柔媚的女子。

於是，白春娘理了理衣袖，抬起手，風情萬種地整理了幾絲亂髮。本來還打算行禮的，她這會子也站著不動了，只是抬起頭，頗有些挑釁地道：「我是安郡王的表妹。」語氣很是傲然。

這讓蘇清河挑眉。心想這姑娘腦子的思路想必跟別人不大一樣，一個表妹要傲慢什麼？自己可是安郡王的親妹妹，也沒像她這般得意洋洋啊。

見蘇清河還是坐著沒動，白春娘的臉色就不好看了。「聽好，我再說一遍，我是安郡王的表妹。」

一個妾室，見了親戚居然不上前見禮，這都成什麼規矩了？

蘇清河真的被這個姑娘給逗笑了。

她過去一直被賢妃和白坤的幼年經歷所影響，認為那雪姨娘該是個十分厲害的角色，於是，在心裡難免就把雪姨娘妖魔化了。如今一看雪姨娘手把手調教出來的小姑娘，蘇清河突然明白，不是自己的外婆多無能，也不是賢妃沒本事鬥不過雪姨娘，問題的根本是出在男人身上。文遠侯的心是偏的，她們就算再怎麼努力也是白搭。

蘇清河嘴角翹起，問道：「是安郡王的表妹又怎麼了？」認真算起來，妳還是我的表妹呢。

白春娘沒見過這麼跋扈的妾室，比起雪姨奶奶有過之無不及。

齊氏黑了臉。「這位是沈將軍的夫人，還不見禮？」

「輔國公府的二少奶奶?!」白春娘驚叫一聲。那可是位傳奇人物啊！

蘇清河嘴角抽了抽。二少奶奶？還真是個很讓人頭疼的稱呼。沈家人的關係亂得跟什麼似的，她可不想再插一腳進去。

「就是妳，把良國公府的嫡小姐給擠下去了？」白春娘最佩服的人，除了雪姨奶奶，就是這位據說是鄉野郎中女兒的少奶奶了。

一般都是誰的門第高，誰就當正房，可她不過一個郎中的女兒，就能把出身世家、正經娶進門的少奶奶給拉下來，手段絕對不在話下。

這位少奶奶，可是所有小妾和外室的楷模啊。她帶著敬佩的目光，端端正正地行了禮。「還請二少奶奶多指教。」

蘇清河點頭。「姑娘一直嚷著要見我，不知有什麼事？」

「二少奶奶覺得我剛才的唱腔怎麼樣？」白春娘語帶期盼地道。

「呵呵……一曲……驚人啊。」蘇清河眼睛閃了閃。「不過聽著陌生得很，不知道姑娘打哪兒學的？」

「這個啊……」白春娘有些得意。「可是家裡從揚州春……」

正要說呢，就聽見屋子的角落傳來一陣咳嗽聲，正是才跟過來的鄭婆子。

鄭婆子眼睛可不瞎，一看蘇清河的打扮作態，就知道這個女人不簡單。眼看自家姑娘都要把底洩了，忙出聲提醒。

「這一位是姑娘的教養嬤嬤吧？」蘇清河笑道：「對姑娘的管教可真是嚴厲。」嘴上這樣說著，但看著鄭婆子的眼神卻有些鄙薄。

「就她？怎麼能跟紅嬤嬤她們相比。」白春娘搖搖頭。「不過一個粗使婆子罷了。」

鄭婆子瞬間就黑了臉。想不到，自己還不如那些在窯子裡賣了一輩子肉的人。

蘇清河只是淡淡一笑，沒再多問。

白春娘以為蘇清河不相信，急忙道：「二少奶奶，我說的都是真的。教養我的嬤嬤們，可都是揚州城裡鼎鼎有名的人物。」

齊氏險些被一口茶給噎死。白春娘顯然被教歪了，沒想到在她的認知裡，那些妓院的嬤嬤們居然是了不起的人。

「不曾聽過。」蘇清河的反應很冷淡。

「二少奶奶可以去打聽打聽，春紅別院的紅嬤嬤，揚州城裡有誰不知道呢？」白春娘笑道。

蘇清河看了賴嬤嬤一眼，賴嬤嬤點頭，表示記住了。

齊氏自然看出蘇清河想打聽什麼，所以一直沒有插話。這會子蘇清河朝她點頭，她才站起身。「行了，姪女先回院子吧。妳的事，妳二叔會替妳辦的。」

白春娘一喜，心想果然要鬧一鬧才有用。一哭二鬧三上吊，還真是女人的法寶。

看著白春娘走出去，蘇清河才道：「把人看緊了，再把她帶來的人都換了。這個姑娘，我留著有用。」

齊氏點頭。「姑奶奶放心。」她回頭就讓人給白春娘餵點迷藥，包准下不了床。

蘇清河因為心裡有事，所以一頓飯吃得匆忙，早早就散了。

一回到家，她便吩咐賴嬤嬤。「打發人去揚州，把那個春紅別院的紅嬤嬤，偷偷地帶出來。」

賴嬤嬤是皇上的人，而這件事她沒打算瞞著皇上，甚至早一步讓皇上知道更好。

「是。」賴嬤嬤深深地看了蘇清河一眼，退了下去。

「娘，妳是想將來扶賢妃上位嗎？」沈飛麟低聲問道。

「扶賢妃上位……不，后位本來就是她的。有人鳩占鵲巢久了，遲早要還回來的。這原配嫡妻，可不是誰都能替代的。」蘇清河淡淡地道。

沈飛麟這才恍然，皇宮裡還有個繼后在呢。那麼，如果原配嫡妻還在的話……

皇宮，西寒宮

梅嬤嬤把一樣樣鮮果擺在桌上。「娘娘，要不要用一些？今年的蜜桔特別好，水頭也足。」

「想辦法給源兒和涵兒送去吧，讓兩個孩子嚐嚐。」賢妃放下手裡的針線。

粟廣源和粟廣涵是安郡王和萬氏的兒子。

「娘娘放心，內務府是豫親王管著呢。豫親王這人最是公道，不會讓四殿下吃虧的。」梅嬤嬤剝了一個橘子遞過去。「您嚐嚐。」

「也不知道涼州有沒有這些鮮果吃？」賢妃看著手裡的橘子，再甜也有一股子苦澀的味道，從心裡蔓延開來。

說到底，娘娘還是惦記孩子。梅嬤嬤嘆了一口氣。「您可真是操心的命，有銀子哪有買不來的東西？」

「也是。」賢妃無奈地笑笑。「如今，我可是一點忙也幫不上。」

梅嬤嬤扶她坐下。「您可別說這話。只要您在宮裡好好的，皇上的心裡也還記掛您，您就算是給兩位小主子幫了大忙。您只要讓皇上的心在您身上，皇上的心裡自然也就偏向小主子們。這男人偏心起來，有多不講道理，想必自小到大，您是體會最深的，那文遠侯不就是……」說到這裡，她停了下來，似乎覺得把皇上和文遠侯放在一起比，有些大不敬。「前半輩子，您都在吃虧，如今好歹為了小主子們，也做一回被偏心的那個人吧。」

賢妃眼眶紅了。這些話，她何曾沒想過？

「妳說得對。」賢妃輕輕地說了一句，閉了閉眼睛。

遠遠地傳來絲竹之聲，宮宴辦得正熱鬧，但這一切，卻跟她們母子無關。

他乃九五之尊，高高在上，自有後宮佳麗三千。他說當初生下大皇子是被迫，生下二皇子是無奈，生下三皇子是中了算計。

那麼五皇子、六皇子、七皇子、八皇子都是憑空冒出來的嗎？

還有幾位公主，都是由不同的母親所生，臨幸這些妃嬪，也是被迫的嗎？

二十年的骨肉分離，二十年的冷宮幽禁。人生最寶貴的一段時光，她都耗在這西寒宮裡了。

賢妃只覺得心口絞痛，但是卻一滴淚也流不下來了。

涼州，冰天雪地，與敵國朝夕對峙；京城，歌舞昇平，一派祥和之氣。

賢妃心中猛地升起一股戾氣。憑什麼！憑什麼她的孩子就得遭遇這些苦難？

宮中的公主，整天無憂無慮；而她的女兒，流落邊陲，擔驚受怕。為了不暴露行蹤，只怕她的生活跟囚禁也差不多。

「娘娘，妳這是怎麼了？」梅嬤嬤有些擔心地道。

賢妃擺擺手。「無事，想起孩子罷了。」

「您得保重身子啊。」梅嬤嬤壓下心頭的酸澀，聽著那絲竹之聲，只覺得西寒宮越發淒涼。

「扶我去躺一躺。」賢妃低聲道。

第五十五章　改變

賢妃夜裡發起了高熱，腦子有些迷糊。「拿水來。」

明啟帝餵她喝了半盞茶。「好點了嗎？」

賢妃點點頭，將頭偏向一邊，不去看他。

「到底怎麼了？要不是今天晚上我過來，都不知道妳病了。」明啟帝坐在床沿，看著賢妃蒼白的臉。

太醫說，她這是鬱結於心，甚至像是沒了求生的慾望。太醫的話讓他心神大顫。這麼些年都熬過來了，眼看著就要骨肉團圓，她怎麼就心灰意冷了呢？「妳到底怎麼了？想要什麼妳告訴我，我給妳找來。」

「我想要我的孩子，想要陪著他們長大，想要我這二十年的青春年華，想要看看二十年來我錯過的風景，你找給我啊！你不是九五之尊嗎？你給我啊！」賢妃猛地坐起來，歇斯底里地叫嚷。

明啟帝愣住了。他有二十年沒見過她除了冷漠之外的其他表情，這一刻，他覺得賢妃活過來了。

「當初是誰求著我嫁給他的？是誰說會一輩子對我好？是誰說除了我再不會有別人？是誰說要把最好的給咱們的孩子？粟墨林，你就是個混蛋，是個騙子，你是天底下最壞的騙子！」

賢妃抓起炕上的枕頭，就朝明啟帝扔過去。「我讓你騙我！我讓你不疼孩子！」

明啟帝站在旁邊，任由她把枕頭往他身上砸，有些不知所措。

「你個色痞子，我在這裡苦守，你在外面左擁右抱，還九五之尊呢？還一言九鼎呢？你說過的話，在我這裡沒一句做到。我是上輩子欠你的嗎？沒你這麼欺負人的。」

賢妃再也忍不住心中的委屈，坐在床上嚎啕大哭。

明啟帝的神情有些奇怪，他湊過去，小聲道：「好了，打也打了，罵也罵了，氣順一點沒有？」說著，就伸出手，撫著她的後背。「別哭了啊，快別哭了。」

他就像她剛進宮的時候一樣，小心地哄著她。

她有二十年沒使小性子了，即便最近兩人的關係緩和許多，也是有些生疏和客套。如今，這一鬧一哭，反倒是親近了許多。

「孫子都進學了，妳這樣子，該讓孩子笑話了。」明啟帝看她哭得身子一抽一抽的。「再說，我何時左擁右抱了？這十幾年，宮裡可沒孩子出生；就連我隔三差五招個妃嬪來，也不是住在一起的，我還得睡書房呢，總要做個樣子給別人看吧？妳要是不信，我晚上不走了，妳檢查檢查……」明啟帝小聲道。

「一邊去！老不正經的。」賢妃悶在被子裡罵了一聲。

明啟帝看了看外面。「別再罵了，外面的人聽著呢，瞧妳把我罵得狗血淋頭的。讓我瞧瞧還燒不燒了？」

「不燒了。我有勁兒罵人、打人，就證明死不了。」賢妃坐起來，頭髮散亂，眼皮腫脹，鼻尖通紅，雙眼還水汪汪的。

明啟帝擰了乾毛巾來。

賢妃接過毛巾，自己擦了。然後又往床上一躺，還往裡面挪了挪。「不是要留下嗎？不嫌我是有孫子的人，早已人老珠黃，就留下吧。」

「我伺候妳梳洗。」

站在門外的福順見裡面終於靜下來了，這才吁了一口氣。

哎喲喂，這位娘娘的火爆脾氣他還以為改了呢，沒想到這麼些年，一著急還這個樣子，瞧把皇上罵的。

不一時，裡面傳來粗重的喘息聲，福順便示意已經嚇得腿軟的梅嬤嬤趕緊去準備熱水，晚一些好伺候著。

明啟帝早上離開的時候，賢妃還沒起身。

她的面龐依舊美麗，只是多了歲月的沈澱；身子依舊柔軟，只是比年輕的時候瘦了不少；露在被子外面的肩膀，還有歡好後的痕跡。

明啟帝覺得自己像是從來沒這麼年輕過。

梅嬤嬤送走明啟帝，回來一看，娘娘已經醒了。

娘娘的眼神很清明，沒有任何多餘的情感。她心裡突了一下。娘娘到底是變了。

二十年的隔閡，想要消除並不簡單。顯然，娘娘找到了最恰當的方式，來拉近和皇上的距離。如此的大膽，突如其來，卻又似乎在情理之中。

夫妻當是如此的。當夫妻連爭吵都不再有的時候，也就離終結不遠了。

而乾元殿中，如今正是過年，但皇上還是有許多摺子要批。

明啟帝想起昨晚的酣暢淋漓，心情又不免好了幾分，嘀咕道：「都有孫子的人了，還這脾氣。」

福順低著頭，只當自己聽不見。

「你去庫裡瞧瞧，有什麼新進上來的東西，悄悄地給西寒宮送去。」明啟帝吩咐一聲。

「以老奴看，四殿下和小公主的消息，就是給娘娘最好的禮物。」福順低頭說了一句。

明啟帝嘆了一聲。「原本還不打算給她看，怕勾起她的傷心事。罷了，今晚給她帶過去吧。」

「皇上今晚不一定會來，還是讓奴婢們來做吧。」梅嬤嬤把賢妃手裡的刀奪了過來。

「我心裡有數，皇上今晚必定會來的。他愛吃我做的菜，妳就別管了。」賢妃微微一笑，十分篤定。

梅嬤嬤嘆了一口氣。算了，由著娘娘吧。

到了晚上，天一黑，明啟帝就出現在西寒宮。

桌上擺著四、五道菜，都是他愛吃的。

「這是想犒勞我？」明啟帝坐下。「一聞就知道是玫兒的手藝。」

「嚐嚐，看味道變了沒有？」賢妃看起來似乎有些尷尬和彆扭。

明啟帝每樣都吃了一口。「沒變，還是一樣的好。」

「什麼沒變，我都變老了。」賢妃賭氣地說了一句。

明啟帝見屋裡就他們兩人，便道：「看看，妳又來了。昨晚……那個……不是挺好的嗎？哪裡老了？今晚我再好好瞧瞧。」

賢妃紅了臉，呸了他一口。

用完飯，明啟帝才把一個匣子遞給她。「這是我讓人畫的咱們閨女的畫像，妳瞧瞧。」

賢妃顫抖著手接了過來。「我都有些不敢看了。你說姑娘家長得像你，我怎麼想都覺得彆扭。」

明啟帝臉上就露出了笑意。「妳看看就知道閨女有多漂亮。」

賢妃打開匣子，拿出一卷畫紙，慢慢地展開。

畫中是一個女子，長眉鳳眼。讓人第一眼注意到的不是長相，而是氣質。沒錯，從長相看，她像足了皇上，但氣質，更像是她。

畫中的女子穿著素青色的襖子，竹色的長裙，披著蜜褐色的斗篷，衣物上無一絲多餘的綴飾，頭上簡單地綰了個髻。她站在臺階上，看著外面飄揚的雪花，眼神悠遠，表情肅穆，不知道是想到了什麼？

賢妃伸出手，手指輕輕地在畫上滑動。「長得真好。」

第二幅畫，畫中的女子表情不再清冷嚴肅。她一臉溫和地坐在炕上，炕桌上攤著書本，對面坐著兩個孩子，顯然是在檢查孩子的課業。

第三幅畫，女子站在梅花樹下，梅花瓣隨著雪片一起飄下。她身後一個長相俊朗的男子，正拿著斗篷給她披上；邊上兩個孩子手裡攥著雪球，朝正在對視的男女扔去。畫中滿是溫情，讓賢妃不由自主地翹起了嘴角。

賢妃看了一遍又一遍，怎麼也看不夠。

孩子長大了，都已經做母親了。不知道這孩子，有沒有怨恨過她？

「我不是一個合格的母親。」賢妃顫聲道。

她神情頹然，彷彿在這一刻，被抽取了所有的力氣，身上隱隱帶著一絲絕望。

這樣下去不行！明啟帝拉著賢妃道：「妳跟我來。有些事……如今還是告訴妳的好。」

賢妃任由明啟帝拉著，進入內室。

內室的衣櫃被明啟帝打開，他把手伸進去，緊接著，衣櫃中傳出輕輕的磨擦聲。

賢妃目瞪口呆地看著。沒想到，這裡竟然有一道暗門，她在這裡住了二十多年，還是第一次知道房裡竟然有密室。

密室裡發出幽暗的燈光，有些磣人。

「別怕，是夜明珠。」明啟帝拉著賢妃進去。裡面的擺設很簡單，只有一床、一桌、一椅。

賢妃左右看看，就見桌上的盤子裡，放著數顆夜明珠。

「這……我怎麼從來不知道有這間密室？」賢妃問道。

「這不只是一間密室，還是和外面相連的密道。」明啟帝指了指床下。顯然，入口應該在下面。

賢妃突然想到了什麼，問道：「當年，孩子就是從這裡被送出宮的？」

明啟帝點點頭。「我知道妳心裡的這道坎過不去，可有些事，當年不能說，這些年也沒有說出口的時機。就算是今日，說起來都有些過早，但我不能再讓妳這樣自責下去，好日子要來了，妳可不能先把自己活活地堵死了。」

賢妃看明啟帝這般謹慎，就知道當年的事情，可能比她預想的還要危機四伏。她慢慢地坐在床沿上，看著明啟帝。

「我明白妳心裡怨我，怨我當年明知道娶的是白荷，為何什麼也沒說？什麼也沒做？這些年來，妳雖然從沒問過我，但我知道，妳心裡一直記著這件事。

「那時候，我還是一個什麼都沒有的皇子，做過最出格的事情，就是跪在高高在上的父皇面前說要娶妳。我跪了一天一夜，才求得准許。沒想到文遠侯竟敢欺瞞我，來了個李代桃僵，當我掀開蓋頭時，就覺得整個人彷彿掉到了冰窖裡。我第一時間就想把這件事情鬧到父皇面前，但那時候父皇的身體每況愈下，頭疼難忍，疼極了，甚至用頭去撞牆，撞得鮮血淋漓。我去找父皇要說這件事的時候，便親眼見到了那樣的情景。

「我瞬間冷靜下來。這件事能說嗎？說了會是什麼下場？皇家最見不得為了女子要死要活的人，真要出了這樣的事，我頂多被責罰，而妳或許丟掉的就是命。於是，我退了出來，但回去後也沒和白荷圓房，而是以給皇上祈福的名頭，齋戒了。這個意外的舉動，竟成就了我孝子的名聲。

「父皇聽了很感動，跟鬧得沒完的幾個兒子相比，我居然為了他，連洞房都不入。這樣的兒子，父皇看著還是很順眼的。接著，在他頭疼得幾乎不能忍受的時候，我的哥哥們開始頻頻動作。軍中常有異動，光是京畿之地，就駐守了五方人馬。

「父皇乾脆指定我為繼位者，並同時下旨冊封了白荷為皇后。當時我不是興奮，而是害怕啊！那些哥哥們虎視眈眈，誰想登基，就得先把我拉下去。只有我跟這些哥哥們鬥起來了，父皇他才能有一線喘息之機。

「但是，我拿什麼鬥？一個早年在宮裡只是吃冷飯冷菜的皇子，要拿什麼鬥？我唯一能做的，就是做個乖孩子，一個傀儡皇帝。」

第五十六章　驚聞

「當時的境況那般艱難，我本也沒打算讓妳進宮。我想著，再等等，等我把所有事情都處理好了，再光明正大的娶妳。可是，人心總是最難以算計的。白荷自從被太上皇封為皇后，就一改在皇子府的低調，她不再是那個被冷落的皇子妃。

「然而，她的皇后位置是搶來的，是偷來的！只要妳還待字閨中，她就夜不安枕、食不知味。於是，在新帝、新后拜見太上皇的時候，她突然請旨，求太上皇的恩典，希望為娘家的妹妹賜婚，而她提的人選，竟然是安樂侯。那時，安樂侯已經五十開外了，屋裡更是姬妾成群。

「我能怎麼辦？不拉妳進這個火坑，妳就得掉到下一個火坑去。於是，我才在太上皇面前，動用了一個皇帝的權力——接妳進宮，並納妳為妃。

「其實，當年我還是太年輕了，猛然聽到這件事，壓不住心頭的擔憂，處理得急躁了些；若是再成熟一點，我完全可以賜個女觀給妳，以為太上皇祈福的名頭，讓妳帶髮修行，如此，也是一種保全之道，將來等事情定了，祈福自然也能結束了。就算是我在宮中有個萬一，妳在宮外也能平安，不受牽連。我不止一次後悔當年的衝動，但又不止一次慶幸當年的衝動。若是沒有這樣的機緣，或許，我們就真的要錯過一輩子了，也不會有一雙兒女的出生。」

賢妃背過身，擦了眼淚。有了兩個孩子，他們都再也說不出後悔的話。

「本以為父皇撐不了多久就會駕崩，沒想到，讓他找到了一個神醫，這個神醫就是金針梅郎韓素的師父，鬼谷子門下的散道人。他診出父皇頭顱中長了一個東西，必須取出來才會好。」說著，明啟帝不由看了賢妃一眼。「沒錯，就是妳想的那樣，將頭顱打開，再將那個東西取出來。散道人果然高明，竟然真的將父皇治癒了，但是卻留下一個隱患。將頭顱打開，要服用寒石散止疼，在傷口癒合之前，要不斷服用，但分量不能太多。父皇為了止疼，開始大量服用寒石散。

「寒石散又名五石散，這種藥物吃了會上癮，常讓人有飄飄欲仙的幻覺，時間一久，父皇對這東西也越發依賴。可能是父皇自己親手殺了那麼多的兒子，心裡有了陰影，他總是幻想著有人要殺他，也越發看我不順眼。於是，他瞞著我，偷偷地做了一件事。

「有一天，輔國公世子沈中璣避著人求見，告訴我說，太上皇給了沈家一道聖旨。聖旨上說，一旦太上皇遭遇不幸，沈家可以拿著手裡的聖旨，叫朕禪位。我怎麼也沒想到父皇竟防我防到了這種境地，寧願相信外臣，也不相信我這個親生兒子。我先是驚怒，繼而恐懼，最後我強迫自己冷靜下來，慢慢地就想明白了。事情肯定沒那麼簡單。

「父皇應該是想藉由這道聖旨，讓沈家明白他這個太上皇才是真正握有實權的人，進而讓沈家遠離我這個已繼位的傀儡皇帝，不讓我有機會招攬沈家成為我的勢力。既然如此，父皇絕不會把這樣的計謀，只用在一家身上。

「於是，我暗暗探查，很快就將目標鎖定在良國公府和黃斌身上。他果然不只給了一家，而是同樣的聖旨寫了三份，分別賜給輔國公府沈家、良國公府高家，還有他的親信，當時已是丞相的黃斌。

「而這三家，也跟父皇想的一樣，拿到聖旨後，既不敢有異動，也不敢跟我這個皇上親近。連親生兒子都信不過的人，又怎麼會相信臣子？他們怕這是太上皇對他們的試探，一旦跳出來，等著他們的就是天羅地網。因此，這三家都秘而不宣，靜靜地蟄伏著。

「為了不讓父皇的計謀得逞，我將三家都有聖旨的消息，透露給他們知道。之前，他們根本就不知道對方手裡也有聖旨，等他們知道自己並不是太上皇唯一的選擇時，就更不敢動了，誰先冒頭，必然被其他兩家聯手剿滅。相對的，他們與父皇之間的關係，也出現了裂痕。

「這就給了我一個機會。我打算先拉攏三家，再逐個兒擊破。黃家的女兒生下了皇長子，於是，我許諾給沈家一個太子妃；等這兩家都安撫了，只有高家我不知道能給什麼？」

賢妃看著陷入回憶的明啟帝，出聲道：「所以，你給了高家一個繼后的位分？」

「繼后？」明啟帝搖搖頭，他像是想起什麼似的笑了笑。「除了妳，誰也不配當朕的皇后。她的繼后名不正、言不順，妳別在意。」

「什麼意思？」賢妃不由得看向明啟帝。

明啟帝拍拍賢妃的手，低聲笑道：「白荷……還沒死呢，那高氏又算什麼繼后？」

「什麼？」賢妃驚得一下子站起來。「沒死？」

「她的兒子死了，而她麼……在一個妳永遠也想不到的地方，到時候也會以妳想不到的方式出現。」明啟帝涼涼地笑了笑。「如今還用得到她，她要是死了，高氏的繼后就名正言順了；可她要是沒死，高氏就永遠是假的皇后。」

賢妃搗著嘴。「那……白荷她……」

「她是自己找死。」明啟帝深吸一口氣。「我就算再不喜歡她，也沒為了要給高家后位，而打算對她做些什麼。這一切，都是她咎由自取。」他的嘴角動了動，好半天才道：「有些事，我現在還不能全告訴妳……」

「這些事，我也沒興趣。」賢妃看著明啟帝。「我只想知道孩子的事。你為什麼這樣對兩個孩子？為什麼？」

明啟帝的嘴角泛起苦澀，一把將賢妃抱在懷裡。「若不是迫不得已，我又怎麼捨得？從前，我只是個不受寵的皇子，沒有母家，也從沒接觸過朝臣。那時的我只有裝憨賣乖的本事，意圖在這個宮裡過得稍微好一些。

「我從沒想過要當皇帝，也沒人教我該怎麼當一個皇帝。可命運就是這麼有趣，一覺醒來，皇位就這樣傳到了我身上。當時的我懵懵懂懂，跌跌撞撞，會用的手段，最多也就是自保。然而有一天，我突然發現，我想要自保，父皇卻逼得我不得不與他相抗衡。

「那時候，妳告訴我妳可能有孕了，還記得我當時的表情嗎？我嚇壞了！因為我根本就不敢讓妳在那個時候生孩子，我擔心咱們的孩子，會成為父皇用來脅迫我的工具。這一點，妳是知道的，妳當時也打算等再大上幾歲才要孩子的，因此一直喝著不傷身的避子湯藥。可在咱們的嚴防死守下，妳的避子湯還是被人動了手腳，我怎能不害怕？我當時就想，幸好那不是毒藥。

「朝上的事，再加上妳有孕的事，讓我一時間焦頭爛額，分身乏術；然而就在此時，我知道了一個消息。父皇發現那三家沒有按照他的預想走，不僅沒和我這個皇帝保持距離，反而還被我以皇家的利益收買了。於是，父皇就秘密召見了遼國的使臣，表示願意與遼國和親，要將我的公主嫁給遼國大王的長子，並將五座城池割給遼國，作為公主的嫁妝，希望能以此為條件，從遼國借兵。甚至還白紙黑字，寫下了國書。

「為了五座城池，別說娶一個奶娃娃了，就是娶頭豬回去，遼國大王都會同意的。畢竟，他的長子是個傻子，已經十三歲了，生活還不能自理。當時宮裡只有一個大公主，她的生母是黃氏的陪嫁媵女，也是黃氏的庶妹，說到底，還是黃家的外孫女。如果選大公主，就不得不防著黃家和遼國在暗地裡有什麼交易。

「這時候，我才意識到，父皇根本就是在打著妳腹中孩子的主意。如果妳生的是女兒，她的命運，就是被送去遼國和親。」

賢妃的手緊緊地攥在一起，問道：「所以才會有二公主、三公主的出生？你希望有別的公主來換下我的孩子？」

明啟帝點頭，有些難堪地道：「當時妳只是有孕一個月而已，我便寵幸了宮女，其中就有兩個懷了身孕……」

「所以，那兩個宮女比我有孕得晚，卻都早產了，也是你安排的？」賢妃問道。

明啟帝沒有否認，只是道：「我是在賭運氣。誰能保證生下來的就一定會是公主呢？再說了，那時候我只和妳親近，父皇知道妳在我心中的地位，也知道妳就是我的軟肋。所以，即便有了備胎，咱們的女兒，我也不敢讓她留下來冒險。」

賢妃顫抖著問道：「若生了女兒，會被送去和親，那如果我生的是兒子呢？」

「依當時父皇跟大臣們的意思，還打算與遼國互換質子，為保邊境安寧，這個質子永不能回朝。」明啟帝無力地說了一句。

賢妃面色一白。「大皇子是黃家的，不能送，太子就更不可能了……接下來，只剩下我肚子裡的這個了，是嗎？」

明啟帝點頭。「因為是妳生的，所以，在我心裡的地位注定是不一樣的。一個被重視的皇子為質子，才有價值。」

賢妃已經明白了，她低聲道：「所以，我不能生女兒，生了女兒，也不能讓她露面。只要遼國的一紙國書還在，女兒就隨時有被犧牲的風險；即便你不捨得，但國事大於天，朝臣們也會逼得你答應的。」

明啟帝無奈道：「五座城池，可以在戰場上奪回來，但是國家的信譽不能丟。」

「那麼，如今呢？」賢妃不關心過去如何，只想知道這一紙國書，還會不會影響女兒的現狀？

「那個遼國的長子，已經死了，國書便也作廢。」明啟帝低聲道。

「是你……動的手嗎？」賢妃問道。

明啟帝沒有回答，但賢妃知道，肯定是如此了。

「你要藉機壓下黃家，所以黃氏不能為后，於是，就導了我生產時的那齣戲。你將女兒送走，再將我圈在宮裡，接著又徹底冷落兒子，是想告訴遼國，四皇子不得寵，甚至可有可無，要四皇子做質子，沒有絲毫意義。」賢妃皺眉說道。

明啟帝沈痛地道：「我徹底冷落了老四。就算後來父皇過世了，朝臣們也不再主張與遼國交換質子，我還是對他冷冷淡淡的。就這樣看著他一個人四處碰壁，看著他一個人慢慢的、一點一點的學會怎麼做一個皇子。他身邊的文、武師傅，都是我用心挑選出來的，一路引導著他成長。可在他摔倒的時候，我從不伸手，而他就算撞得頭破血流，卻還是站了起來。之後，我又將他送到西北。」

「那白坤，我弟弟……他……」說到西北，賢妃就想起了弟弟。

「是他主動跟我說，要去西北陪著老四。」明啟帝笑了笑。「還是一樣的倔脾氣。」

「文遠侯他還活著嗎？」賢妃又問道。

「活著。」明啟帝道：「不僅活著，還活得很好。白坤不能是世子，他的爵位得自己掙，他得從文遠侯府中剝離出來。因為將來……不會再有文遠侯府。」

「文遠侯的東西，我們姊弟倆一點都不想要。你冷落了老四，又厭棄了他的親舅舅，才能讓太子更相信老四無害，是嗎？」賢妃抓著明啟帝的手問道。

明啟帝臉上的神色緩和起來。「西北的軍權，全都交給了老四，這也是給他自保的力量。若是我在京城削弱輔國公府和良國公府的軍權不順利，又或者引發了兵變，老四手裡有兵，不管我會變成什麼樣，他自保是有餘的；而宮裡這條密道，在危險的時候，自會有人帶妳離開。」

賢妃苦笑。原來在暗處，他為自己和孩子都安排好了退路。一時間，她看著明啟帝的眼神有些複雜。

明啟帝心裡卻鬆快起來。「老大是黃家推出來的，太子和沈家繫在一起，老六是高家的外孫。如今看著熱鬧的奪嫡，只不過是先皇時期的延續，已經是強弩之末了，而這三個孩子尚且不自知，過分依賴他們身後的力量，只會越陷越深。他們以為支持他們的人，永遠都會在身後，卻不知道，下一步，或許他們自己就要成為傀儡了。

「他們三個，從一開始就注定與皇位無緣。老四只要在西北勝了，他進可攻、退可守，我就沒有後顧之憂了。即便一次勝不了，也沒關係，我已經給他存了足夠的錢糧，務必讓他把西北經營得滴水不漏。

「老五跟老四年紀挨得近，原本打算用老五來遮擋一下老四的光芒，誰知道他娘雖只是皇后的侍女，卻是個聰明的。孩子發了一場燒，就說他一隻耳朵失聰了，其實早就痊癒了，不過是乘機躲避而已。至於老七跟老八……他們……妳以後就會知道了。」

說著，見賢妃面色有些白，不由問道：「是不是冷？」

賢妃強笑著點點頭。

她不是冷，只是再也不想聽下去了，她有種毛骨悚然的感覺。

這個男人究竟還有多少秘密是她不知道的？

「這些孩子的出生，就是如此。在皇家，他們的命運從來不由自己。妳別覺得我冷血，我能看著自己最喜愛的老四撞得渾身是傷卻不提醒，就能看著其他孩子一路往深淵裡滑而不出聲；況且就算我提醒了，他們也不會信。只有真正吃了虧，才能學乖。」

賢妃很想說：你錯了，你錯得離譜了！一個合格的父親不該是這樣的。

但她知道，眼前的男人從來不知道父愛是什麼，如今的一切，也都是他自己吃了無數虧才學乖的。他覺得，這樣的方式才是正確的教養方式。

這份看似厚重的父愛，顯得太過冷酷無情。

賢妃不知道這是不是皇家特有的教養方式，但不管怎樣，她是無法認同的。

她不是聖母，自然不會可憐那些被當作棋子般的皇子。畢竟，她自己的孩子，也沒能好到哪裡去。

太多的訊息充斥在腦海中，讓她有些消化不了。「我不求別的，只要孩子們回來就好。只要孩子們回來，咱們就讓這一切過去，好不好？」

那些陰暗的算計，她一點也不想聽。

明啟帝心疼地看著賢妃，緩緩地說：「嗯，好。妳放心，孩子們就快回來了。」說完，便帶著她走出密室。

離開密室後，賢妃才覺得舒服一些。她突然覺得，皇上心裡始終壓著一個先帝，壓得他喘不過氣來。

可怕的不是躲在暗處，那些看不清、摸不明的勢力，而是皇上心底的惡鬼。先帝顯然已經在他的心裡，成了魔。

先帝幼年登基，統治了這個王朝四十年。先帝曾是難得的英主，直到最後，他卻親自下令殺了自己的五個兒子，包括十幾個孫子和孫女。他曾是一個睿智的帝王，但也是個冷酷的父親。

皇上對這個父親，應該是有敬佩也有恐懼的。

先帝在當時能給予皇上一切，但也有能力奪去這一切。因此，他在皇上心裡留下了深刻的印跡，難以抹滅。

「我已經讓豫親王去給清河修府邸了。半年之內，我保證讓孩子們都回來。」明啟帝躺在床上，閉著眼睛道。

「只要孩子們能夠平安回來，其他的，我不敢奢求。」賢妃往他身邊靠了靠，語氣輕柔地說。

「緊挨著乾元殿的，就是寧壽宮，那邊一直給妳留著。寧壽宮地方大，妳要是想留孩子住下，也有地方。孫子、孫女，再加上外孫、外孫女，都有五個了，以後還會更多，得準備一個寬敞的地方。」明啟帝笑道。

「可惜閨女嫁人了，不能陪著我了。」賢妃嘆了一口氣。「當初有孕的時候，我就盼著是個姑娘，沒想到先出來的是個小子……」

再生了一個，她卻一眼都沒看到，就被抱走了。這些話她在心裡說說，卻不會在他面前沒完沒了地抱怨。

他對孩子們有愧疚之心，卻絕不希望別人把持著這一點不放。然而，若是她什麼也不說，他反而會更愧疚。

就當是為了孩子，她也要與他好好相處。既然這樣，夫妻之間可不是只靠抱怨就能維持情感的。這一點道理，她自然明白。

明啟帝拍了拍賢妃。「那就三不五時接回宮來住著。」

「只怕我樂意，孩子也不樂意呢。女子嫁了人，一顆心可就拴在男人身上了。」賢妃笑道。

「那可不行！」明啟帝皺眉道：「公主怎能被駙馬壓制？」

賢妃順勢在他腰間擰了擰。「你可別亂，孩子願意怎麼著就怎麼著，難不成咱們當父母的，還能替他們過活？」

「知道了、知道了。」明啟帝抓住她的手。「我才說了一句，妳就不樂意了。」

「長輩別摻和小輩的事啊。」賢妃嗔道：「你看外面那些人家，本來兩口子過得好好的，結果，今兒婆婆給個丫頭，明兒太婆婆給個侍妾，好好的夫妻情分都被折騰沒了。」說到這裡，賢妃像是想起什麼似的道：「還有老四，你別打著給老四拉人脈的主意賜人。咱們的兒媳婦不錯，一個人待在府裡拉拔孩子，也不容易。」

明啟帝張張嘴，本來的打算也說不出口了。「還得看老四的意見吧。」

「如果我不樂意，他敢？」賢妃道：「你自己當初有多不願意要那些女人，你忘了嗎？總不能讓兒子也學著你賣身吧。」

明啟帝驚訝地看著賢妃。「在妳心裡，我一直是賣身的？」

「嗯！」賢妃瞥了他一眼。「難道不是嗎？」

明啟帝有些失笑。「妳以後可別瞎說啊，傳出去該讓人家笑話了。」

「屋裡就咱們兩人，誰傳啊？」賢妃的聲音低了下去。

睡著前她還在想，總算替兒子和媳婦做了件好事。

第五十七章　軍械

涼州，南苑

沈懷孝回來得意外的晚。

「出事了嗎？」蘇清河不放心地問。她把飯菜往沈懷孝面前推了推，示意他快吃。心裡卻想，如今這天候，根本就打不了仗嘛！能出什麼事？

沈懷孝剛從浴室裡出來，散著頭髮，輕聲道：「是兵器庫的兵器出了問題，幸虧發現得及時，要不然，上到戰場就是個死。」

蘇清河嚇了一跳。戰爭打的就是後援和裝備，武器可是重中之重啊！

「幸虧妳發現了廖平的事，給王爺提了個醒。王爺為了保險起見，便讓人一一檢查了庫房的裝備和兵器。那刀子看似鋒利，但不知道是不是在鍛造的時候加了什麼進去，刀身脆得很，別說砍活人了，就連砍豬骨頭也會崩裂。」沈懷孝灌了一碗湯，說道。

「這些武器和裝備歸誰管？兵部？還是工部？」蘇清河問道。

「兵部，兵部下面設有武庫司。不過，鍛造工藝卻也離不開工部的參與。」沈懷孝解釋道。

「那就麻煩大了，涉及的人員龐雜，一時間也查不清楚。」蘇清河道。

「現在不是查不查得清楚的問題，而是新的武器和裝備要從哪兒來？兵部肯定是沒有多餘的庫存了，即便有，只怕也被人找藉口消耗掉了。」沈懷孝兩三口吃完飯。「我還得去安郡王府一趟，回來只是先告訴妳一聲。」

「等等。」蘇清河拉住他。「能不能讓人送一把有問題的刀過來，我看看有沒有什麼門道可以補救？」

沈懷孝挑挑眉。「成，妳先睡吧。」說完，又扒了幾口飯菜，便匆匆出了門。

第二天一大早，蘇清河就看見被沈大送來的戰刀。

她要來戰刀，是想測試一下它能承受多大的力度。既然砍不了骨頭，那就不砍骨頭，只要能讓人見血，她就能把它變成最有利的武器。

別的她雖不在行，但製毒卻難不倒她。

這樣的辦法雖說卑鄙了點，但她保證可以製作出讓人查不出來的毒藥，甚至，看起來一點也不像是中了毒。

這種毒藥要不了人的性命，卻能使中毒之人瞬間喪失戰鬥力，看起來又像是因為失血過多才沒了力氣。而中過毒的人，往後的身子會弱一些，能像正常人一般生活，可若想再上戰場，卻是不能了。

這種特殊的毒藥原本就存在她的記憶中，是原主研究出來的，可見原主是個極為聰明的人。

不過，在戰場上用毒藥，絕對不能讓太多人知道。此舉有傷天和啊！

原本也有想過要使用炸藥，但她只記得炸藥的配方，若要做成可用的成品，卻不是短期內能做到的；光是找材料以及研究在古代可行的製作方法，就需要不少時間。再說炸藥的殺傷力太大，不到萬不得已，她實在不想製作炸藥。

如果要用毒，勢必還要製作大量的解藥，提前給我方的將士們服下，那麼毒藥和解藥所需的藥材數量，只怕也夠驚人的了。

涼州，安郡王府

「如今，只好試試能否從民間徵集兵器？大戶人家，多有看家護院……」沈懷孝道。

安郡王搖搖頭。「不行，如此一來，定會鬧得人心不穩；而且數量過於龐大，非一朝一夕就能做到。」

沈懷孝沈思道：「我問過器械監的工匠了，說是若要回爐再重新製作，只怕也不成。」

白遠進來，低聲回稟。「姑奶奶來了，看起來很著急。」

「讓她進來吧。」安郡王揉了揉通紅的眼睛，吩咐道。說完，他看向沈懷孝，想問他知不知道是什麼事？

「她要了一把刀……」還沒說完，就見蘇清河掀了簾子進來。

蘇清河見兩人雙眼通紅，就知道他們定是不眠不休地熬著，在討論解決的方法。

「白遠，拿熱毛巾來，再讓廚房上幾碗肉粥。」蘇清河不管他們吃不吃得下，直接吩咐。

白遠趕緊去了。他也擔心主子的身子熬壞了，但就是不敢管啊。

安郡王無奈地看著蘇清河。「怎麼了？有什麼急事嗎？」

「哥。」蘇清河擠到安郡王身邊，低聲道：「我有一種辦法，但是不敢輕易用。」

安郡王坐直了身子。「妳說！如今已到了生死存亡之際，哪有什麼敢不敢的？」

「我有一種不是毒藥的毒藥。」蘇清河小聲道：「只要把這種毒藥抹在咱們的刀身上，敵人一被劃傷，就會流血不止，而且瞬間失了力氣。等到十二個時辰後，力氣就會自動恢復，但這也不是絕對的。每個人的體質不同，恢復的時間也就不同，所以沒有一定的規律，也就很難被發現是咱們用了毒。

「至於失血，一用止血的湯藥也能馬上止血，殺傷力不會太大。但是，如果有些人身上的創口過大，就會自然失血而死。戰爭中難免有死傷，這是我所能想到、最不傷天和的做法了。」蘇清河心裡有些不安。

用救人的手殺人，實在不是她的初衷。但是兩國交戰，容不得半點心慈手軟。

安郡王揉了揉蘇清河的頭。「可以先試試看。」

他的心裡，卻感嘆這丫頭想得太簡單。只要對方失去了戰鬥力，自然要趕緊補一刀，這就是戰爭的規則。這些兵器再不濟，割喉還是能做到的。

他看了沈懷孝一眼，對方有默契地點頭，表示不會將這個最壞的結果告訴她。

蘇清河卻接著叮囑道：「這藥一旦進入人體，即便外表看起來痊癒了，也沒有能力再上戰場；所以，即便放那些人回去，遼國的兵力也會減少許多的。」

安郡王無奈地點頭。「知道了。」兩軍常有交戰，都各有死傷，皆視對方為死敵；屆時一到了戰場上，雙方殺紅了眼，又哪裡能顧得了這麼多呢？他不得不說這個妹妹，還是過於仁慈了。

蘇清河心裡鬆了一口氣，把手裡的單子遞過去。「趕緊去採買這些藥材。我單子裡寫了很多藥材，有的我需要，有的不需要，以防洩密。」

安郡王接過來，貼身放好。「我知道妳擔心什麼。讓毒藥進戰場，這個先例不能開，是不是？」

蘇清河點頭。「這個法子太過惡毒，而且，還要防著敵方用同樣的手法報復咱們，因此必須十分謹慎。這種毒藥，我不會讓它再出現第二次。」

安郡王許諾道：「我保證，不到萬不得已，絕不用毒。我也正在想其他辦法，若是有別的方法可行，毒藥就只是備用方案。」

蘇清河吁了一口氣。「刀身本身很脆，想來是少了一道淬火的工序，要不要先找個工匠試試？」

「器械監的工匠怕是不能用了，我會再找別的工匠看看。如果真是少了這道工序，那只要能趕在大戰前補救完這些兵器就行了。」安郡王回道。

沈懷孝看了蘇清河一眼。他真的對養大蘇清河的韓素，越來越好奇了。不由問道：「妳居然連兵器的鍛造過程也懂？」

安郡王卻一點也不意外。「據說，韓素的師父散道人，出自鬼谷子門下。而『鬼谷詭秘，社會縱橫、自然地理、宇宙天地玄妙；其才無所不窺，諸門無所不入，六道無所不破，眾學無所不通。』若是有這樣厲害的師門傳承，那清河懂得如此之多，也不算出奇。」

蘇清河看著兩人吃了飯後，才和沈懷孝一起回到南苑。

一進到屋裡，她讓沈懷孝趕緊補眠，又交代兩個孩子不要打擾他之後，才回到自己的藥房。她想嘗試著配一下別的藥物。

如今她一方面糾結著自己是不是心太軟了，另一方面又覺得還是不宜過度殺伐。大戰將至，她腦子裡不停地想起閨女曾說過的話。如果安郡王的腿和臉都受傷了，那麼是不是意味著，他的護衛營裡有別人的眼線？可這也僅僅是猜測，畢竟在戰場上，有太多的意外。

此時，蘭嬤嬤進來稟報，說葛大壯的媳婦范氏在府外徘徊，彷彿有什麼事的樣子，問她要不要見一見？

蘇清河有些意外。以那個女人的膽量，居然會單獨前來找自己，著實難得。

「讓人領她進來吧。」蘇清河吩咐了一聲。「還有，把那個菊蕊盯死了。」

蘭嬤嬤點頭。「您放心，老奴知道該怎麼做。」

蘇清河在前廳裡見了范氏。

蘭嬤嬤帶著她進來後，她便一直紅著臉，一副窘迫的模樣。

「坐吧。」蘇清河看著她，微微地笑了笑。「下人說見到妳在咱們家門口，估計是來找我的，便讓下人請了妳進來。」

「我是有事來求夫人的。」范氏搓著衣角。「軍營裡有事，我家男人去軍營了。」

蘇清河點點頭。心中思量著，應該是男人不在，她卻遇到了難事，想找個能搭把手的人吧。便示意她往下說。

「我家小閨女正病著呢，昨兒又起了高燒。大夫說，要人參、鹿茸才能治病，這東西，咱們是連一片也買不起……所以……」說著，范氏便重重地跪在了地上。「我是來求夫人救命的。」

蘇清河沒有猶豫，站起身來。「蘭嬤嬤，找到人參和鹿茸馬上送過去葛家，我先跟葛夫人回去看看。」

蘭嬤嬤見蘇清河急急火火地出了門，不敢耽擱，趕緊讓鍾善親自跑一趟。

蘇清河剛才聽范氏一說，就知道有問題。

葛大壯家的情況她瞭解過，那小姑娘如今也就四、五歲大，給這麼點大的孩子用人參、鹿茸，這不是胡鬧嘛！

孩子發燒，怎麼就扯到人參和鹿茸上頭去了。顯然，這是讓人給坑了。

蘇清河最討厭這樣拿人性命開玩笑的大夫。人命關天，更何況一個孩子發燒，有可能引起一連串的併發症，給孩子一生帶來不可抹滅的傷害。

要是涼州真有這樣缺德的大夫，她絕對不會放過。

至於藥材，要是她當下不給，怕是這個范氏會以為自己藉故推脫，心裡也難踏實下來。

葛家是一處小小的四合院，三間正房，一個巴掌大的天井，一側是廚房，另一側是雜物房兼柴房。一目了然，還真是清貧得可以。

「家裡髒……」范氏不好意思地道。她根本沒想到這個夫人如此熱心，就這樣跟著自己回來了。

「先看孩子吧。」蘇清河腳下沒有停，只當成是出急診。

小小的孩子燒得面頰通紅，她邊上兩個小男孩正用涼帕子給她降溫。

蘇清河俯身聽了聽孩子的胸口，又把了把脈，可以斷定是肺炎。以如今的條件，情況真是凶險了。

她一把抱起孩子。「走，跟我回去，我府裡有太醫。孩子這樣有多久了？」

「從昨天晚上開始的……」范氏見蘇清河面色不對，一下子就急了起來。

「怎麼耽擱到現在？」蘇清河抱起孩子就往外走。「妳帶著你們家的小子也跟來吧，別把才那麼大點的孩子扔在家裡。」

上了馬車，范氏才把孩子接過去。

「夫人，這……」她見蘇清河拿著金針，一點一點地刺在孩子頭上，不由得問。

「別擔心，先給孩子退燒。」蘇清河低聲道：「馬車上太晃了，妳抱穩孩子。」

那兩個小男孩也懂事，馬上幫忙穩住妹妹的頭。

等到了南苑門口，孩子臉上的潮紅已經褪去，這讓范氏驚詫不已。

蘇清河並不常用金針，金針材質軟，最是耗費心神。但此刻要是不先讓孩子把燒退了，後果不堪設想。「抱著孩子進來。」

鍾善馬上道：「夫人，外院的客房是現成的。」他可不敢把人帶到內院去。要是給兩個小主子過了病氣可怎麼得了？

蘇清河點頭。「就這麼安排。」

一行人來到客房後，蘇清河細細地診治了孩子，然後開好方子，讓丫鬟去熬藥，這才對范氏道：「妳也太大意了，妳不知道方才有多凶險，孩子得的可是溫熱病。」

肺炎在中醫學裡，並沒有專屬的名詞，但是所有的肺炎，包括細菌、病毒、衣原體、支原體、立克次體等等感染性肺炎，在古代的統一說法是瘟疫的一種——溫熱病。

蘇清河把孩子的情況一說，范氏嚇得腿都軟了。

「妳請的是哪家的大夫？那位大夫當初是怎麼說的？」蘇清河問道。

看孩子的病情穩住了，范氏才道：「是安和堂的李大夫。」

安和堂？這個名字蘇清河沒聽過，她看了鍾善一眼，鍾善才道：「是在北城的一間藥鋪。」

北城多聚集貧苦人家，范氏可能因為手裡銀錢短缺，才去那裡找大夫的。

「去查一查那間藥鋪。」蘇清河吩咐道。

她把這母子四人交給蘭嬤嬤照看，並交代丫鬟，給范氏和那兩個孩子的飯食及餐具，都要與病人的分開。

回到內院，她先將自己從上到下、從裡到外的洗了一次。

賴嬤嬤極不贊同蘇清河的做法。千金之子，坐不垂堂，主子怎麼能拿自己開玩笑呢？溫熱病可是會傳染的。

「以後，不能把這樣的人再帶到府裡。什麼人都沒有小主子要緊，不能冒絲毫的風險。」賴嬤嬤板著臉。

「是，聽嬤嬤的。」蘇清河沒有頂嘴，知道她都是為了孩子好。

很快，鍾善就過來回稟查到的事。「那李大夫是林夫人的親兄長。」

「什麼林夫人？」蘇清河覺得莫名其妙。

一個招搖撞騙的大夫，還有後臺不成？再說了，在涼州，誰的後臺能比她大？值得巴巴地說出來。

「是林百戶林東強大人的夫人李氏的哥哥。」鍾善補充道。

「居然是她！」蘇清河頓時想明白了。范氏請的這個大夫，可能不是假的，但找碴卻是真的。

「來人，去告訴白遠一聲，給我馬上封了北城的安和堂，然後把裡頭那個姓李的大夫給我拎回來。」蘇清河對蘭嬤嬤道。

第五十八章　閒事

白遠聽了蘭嬤嬤的轉告，一句多餘的話都沒問。姑奶奶說該怎麼辦，就怎麼辦。不就是封個鋪子、抓個人嗎？也沒多大點兒事。

雖然安郡王的軍紀嚴明，但對於他給予特權的人，那可不能較真了。比如，這位姑奶奶。

不過，安郡王對涼州經營得十分用心，在百姓心中的威望和口碑，那也是呱呱叫。像這種毫無理由就要砸人鋪子的差事，說實話，白遠也是第一次幹。

他叫了自己的副手林哲來，安排了一番。

林哲心裡直打鼓。「統領，要是王爺的板子打下來，你得替兄弟們扛著啊。」

白遠眼睛一瞪。「讓你去你就去，姑奶奶還等著呢。王爺剛睡下，別打擾他。」

「是姑奶奶的差事啊？你不早說。」林哲嘻嘻一笑。他也是跟著去了一趟遼東的，自然知道這位姑奶奶是誰。有這位姑奶奶在，王爺哪會生什麼氣？

白遠一腳將這個滑得跟泥鰍似的東西給踹遠了。

葛大壯今兒急著往回趕。家裡的孩子還病著呢。

林東強跟他一路，從後面追過來。

「我說老弟，你倒是等等哥哥啊。」林東強在後面喊。

葛大壯回頭笑了笑。「林哥，這家裡孩子還病著呢，就剩我媳婦一個人，我這不是不放心嘛。」

「街坊鄰居那麼多，還都是一起出生入死的兄弟，誰都能搭把手，你也太操心了。回頭讓弟妹有事忙不開的時候，就找你嫂子幫襯。她這人，一天到晚閒著。」林東強說話很是客氣。

葛大壯心裡呵呵兩聲。就你那媳婦，別欺負我媳婦就不錯了，哪裡敢指望她幫襯啊。不過嘴上還是笑道：「那敢情好。不過，要是累著了嫂子，咱可賠不起。」

林東強擺擺手，又試探著問了一句。「你今兒營裡出了什麼事？」

葛大壯又不傻，哪裡能說實話。「還不是那群小子，喝幾口馬尿就不知道自己姓什麼名誰了。這不是去給那群小的斷官司去了嗎？」又問林東強。「林哥呢，忙什麼？」

林東強也是哈哈一笑。「差不多，都差不多。一群小子吃飽了撐著沒事幹，打了幾架，我去瞧瞧，就怕打出個好歹來。」

葛大壯也一本正經地點頭。

兩人都知道對方在打哈哈。其實是上面空出了一個千戶的缺，打算從百戶裡選擇一人升上去替補，這兩人瞬間就成了競爭對手。

林東強試探著問：「聽說，弟妹很得將軍夫人的喜歡啊？」

葛大壯搖搖頭。「我媳婦就是個鄉下的傻娘們，將軍夫人那是多尊貴的人啊，人家身邊的粗使婆子，都比我家老娘體面。」

林東強呵呵笑著。「兄弟謙虛啊。」

他越是否認，就越是證明這個傳言並非空穴來風。看來有必要讓家裡的女人，也去跟將軍夫人套套交情了。

兩人剛進北門，就見林哲帶著人從一家藥鋪出來，那掌櫃的被綁著，綁在馬的後頭。

林東強面色大變。這不是自己的大舅子嗎？那個林哲他也是知道的，老跟在白統領身邊，算是王爺的親信。

這混帳王八犢子，究竟幹了什麼，竟然驚動了王爺？尤其是在自己快要升遷的關鍵時刻，這不是毀老子的前程嗎？

而葛大壯的臉色也沒好到哪裡去。他聽見周圍的人一片叫好之聲，都說這家藥鋪賣假藥。他抬頭一看招牌，心知壞了，自家妞妞不就是吃這家的藥嗎？難怪怎樣都不見好，原來是假藥啊。賣假藥的，比那些奸商更可恨！

兩人心裡都有事，便各自急著往家裡趕。

葛大壯一到家門口，只見門上落了閂，沒人在家。

這倒是奇了！孩子還病著呢，自家媳婦是帶著三個孩子去哪兒了？

「大壯兄弟，你可回來了。」隔壁的嫂子出來，趕緊道：「你家妞妞發了高燒，人都燒迷糊了；但人家大夫又是要人參又是要鹿茸的，咱們幾家湊的錢都不夠呢。於是春花就去南苑找將軍夫人去了，不一時，就有馬車把他們接走，如今人應該是在南苑。」

葛大壯的一顆心跟著這位嫂子的講述，一上一下地跳著。聽見說是去了南苑，他轉身便狂奔起來。「嫂子，替我看著點門。」

「知道了，慢點。」那婦人猶自感嘆。「真是好人有好報，這不就是遇上貴人了。」

林東強一進家門，李氏就從廚房出來了。

「飯還沒好呢。」李氏皺眉。「要不然，咱去外面叫兩道菜？」

「吃吃吃，就知道吃。」林東強瞪著眼睛。「老實說，妳哥哥到底幹了什麼狗屁倒灶的事，被人抓住了把柄？」

李氏一翻白眼。哥哥幹的狗屁事可多了，她哪裡能都知道啊？

「他幹什麼，關咱們什麼事？你這人哪根筋不對了？還是又看上哪個小寡婦，受了挑撥，回來找我的不自在？」

「跟妳這混帳娘兒們怎麼就說不通呢。」林東強有些氣短。他確實看上一個年輕的小寡婦，也沒少往裡面搭銀子，所以，拿回家的錢自然就少了。被李氏如此叫破，他多少還是有些心虛。

李氏一看他這樣子，就知道是怎麼回事，越發大聲嚷嚷起來。「好啊，要不是我那死鬼相公讓你照顧我，我哪裡能進你這個火坑。我這才進門多久，炕頭都沒暖熱乎呢，你就又找別人了。

「哎喲，死鬼啊，你死得好慘啊！」李氏抑揚頓挫地叫罵了起來。

林東強最受不了這一套。誰樂意自個兒的媳婦整天把前夫掛在嘴上？只怪他之前為了得個好名聲，便想說要照顧戰友的遺孀，如今卻把自己給堵在死胡同裡了。

「成了，別喊了。」林東強呵斥道。「妳那哥哥可是驚動了王府親衛，這次不死也得脫層皮。妳好好想想，他最近是否有做什麼出格的事？」

李氏一聽這話，哭聲戛然而止，不由道：「他還能幹什麼？就是一賣假藥的。」

賣假藥？林東強一臉震驚。

他雖然人品不好，但三觀還是正的，知道這賣假藥可是個斷子絕孫的買賣，簡直跟劊子手差不多啊。

再看看眼前的女人，一副賣個假藥也沒什麼大不了的表情，他就覺得，自己的眼睛當初肯定是被牛糞給糊住了，怎麼會看上這樣一個女人？

他狠狠地閉了閉眼。「妳再想想還有沒有其他的事？一般的事，驚動不了王府。」

「跟王府有關係的貴人，誰上那個鋪子去了？」李氏撇撇嘴。「那南苑是王府的，南苑裡的貴人肯定跟王府有關，可人家知道北城怎麼走嗎？那麼個小鋪子，能驚動誰？就看哪個窮鬼，是不是背後攀上這些貴人……」說到這裡，她突然止住了話。

她想起來了，她剛讓哥哥給范氏一個教訓，鋪子馬上就出事了。范氏攀上的，可不就是南苑的將軍夫人？

林東強一看這個女人的表情，就知道一定有內情。「快說啊！妳要是不想被牽連，就趕緊說清楚，看有沒有方法可以補救？」

李氏不敢瞞著，連在南苑時的事一併說了。「她在南苑讓我難堪，我只是想教訓她一頓，沒想到這個女人如此狠毒，直接去貴人面前告黑狀。看我以後要她好看！」

林東強一巴掌搧了過去。這麼大的事，她都敢瞞著，真是不知輕重；要教訓人家，怎麼可以拿人家孩子的病拿捏？這不是教訓，這是結仇啊！

他連一句多餘的話都不想說，他得先去向葛大壯好好地賠個罪。

南苑的客房裡，范氏也正在給葛大壯說著這段時間發生的事。

「你說那女人的心咋就那麼毒呢！這一回要不是夫人，咱家妞妞可就搭進去了。我當時不敢進來，就在外面來回走著，夫人知道了，主動讓人叫了我。聽我說孩子病了，還拉著我就往外跑，一步都沒耽擱。帶孩子過來的時候，在馬車上就給孩子施了針，妞妞的燒就退下去了。

「夫人說，咱家太冷，對孩子養病不利，就讓我帶著孩子住到這裡。兩個小子如今被家裡的少爺叫去，讀書習字去了。

「夫人還說，讓我也乘機養著，說我生孩子虧了身子，給開了不少湯藥呢。在這裡，不光湯藥不用我管，就是飯食也豐盛極了，都是讓丫鬟送過來的。」

「孩子他爹，這得不少銀子，咱們家可欠夫人太多了。」

葛大壯一直靜靜地聽著。他向來重義氣，如今欠著人家一條命，讓他拿什麼還？

「妳先照顧孩子，我去求見夫人。」葛大壯覺得，自己好歹得有個表示。

蘭嬤嬤帶著葛大壯來到內院見夫人。

蘇清河看著跪在眼前的葛大壯，問道：「當真願意供我驅使嗎？」

「絕不後悔！」葛大壯道。

「哪怕我現在要讓你放棄九死一生才拚回來的官職？」蘇清河淡淡道。

葛大壯愕然了一瞬。「夫人，我葛大壯本來就是個什麼都沒有的窮小子，沒什麼好捨不得的。」

蘇清河點頭。看來這個葛大壯比起名利，更重情義，自然不會隨意被金錢收買。但如今大戰將至，不宜將人調出來，不過有一件事，卻可以讓他先去辦。

用於製作毒藥的藥材買回來之後，還得經過處理才能配置，而處理藥材時，研磨也是個費力的活兒，葛大壯倒是個不錯的人選。

本來想用安郡王護衛營的人，但因為懷疑裡面有別人的眼線，她還真不敢放心地用。於是道：「過兩天，我這邊有個差事要你辦，不能走漏一點消息。你挑上幾十個機靈的、忠心的人出來，等到需要的時候，我再讓人通知你。你先退出去吧。」

葛大壯頷首道：「隨時等主子召喚。」說完，便退了下去。

「主子，決定用他了嗎？」賴嬤嬤等人出去後，才問道。

「妳覺得如何？」蘇清河想知道她對於葛大壯的看法。

「為人忠義又不乏變通，不愚，也不重利。」賴嬤嬤輕聲道：「但是他的牽絆太多，那些家人，若是被人用來威脅他……不得不考慮啊。」

蘇清河想了一下，說：「真要用他的時候，把他們一家都安置在莊子上吧。」

莊子上都是自己人，有個風吹草動，可逃不了這些人的耳目。

賴嬤嬤這才點頭。「那個范氏為人老實，缺心眼，但老實也有老實的好處，老奴會好好看顧的。」

蘇清河嘆口氣道：「有嬤嬤在，我輕省多了。」

此時，蘭嬤嬤進來回稟道：「安和堂的大夫已經押回來了，就在外院的大廳裡。」

蘇清河起身。「走，去看看。」

只見沈懷孝從裡間走出來。「我陪妳去吧。」

「怎麼不多睡一會兒？」蘇清河詫異地問。

「睡了三個時辰，差不多了。」沈懷孝不放心她一個人去外院，怕遭人衝撞，便伸手拉了她一起出去。

林哲辦事很可靠，不僅把人綁了，在聽說是賣假藥的之後，就把藥鋪裡的每樣藥材都帶了一些回來。

蘇清河朝林哲點頭。「辦得好！辛苦了，一會兒帶著你的兄弟領賞去吧。」

「謝姑奶奶。」林哲笑逐顏開。

蘇清河沒有看那個李大夫，而是翻看著藥材，越看越生氣。

「瞧瞧，這是什麼？」蘇清河拿了個圓片狀的東西遞給沈懷孝和賴嬤嬤。

沈懷孝聞了聞，他不通醫理，自然看不出蹊蹺。

賴嬤嬤拿著看了看。「像是首烏，製成片狀。」

蘇清河冷笑。「什麼首烏，就是紅薯片，加了大黃和黑豆煮熟後，再曬成乾。」

話一出口，滿屋子的人對這個大夫都怒目而視。

這也太狠了！弄些年分淺的首烏冒充有年分的，這還可以容忍，畢竟好歹還是藥，只是效果會差一些。可他弄個紅薯乾冒充首烏，這不是害人嗎？

蘇清河看了一眼抖個不停的李大夫。「還是個造假高手呢。能這般作假，就證明你醫術還不錯，我最恨這種有醫術沒醫德的混蛋。」

林東強原本就是來認錯的，他和葛大壯都被鍾善帶到了大廳外，剛好聽到了這一段，真是臊得臉都沒地方擱了。

「白附片，這是把土豆切成形狀相似的片形，曬乾熏漂製成的。」

「延胡索……」蘇清河看完冷笑。「你還真是夠摳門的，把山藥種子切成兩半冒充延胡索也就罷了，竟然連山藥種子你都捨不得，裡頭還摻了砂石。難為你能找到這麼多大小相當的砂石。」

那李大夫頭上直冒汗，心想今兒恐怕是不能善了了。

就聽蘇清河道：「茯苓，用米粉加工後切片而成，水一煮就成糊狀了。真茯苓可是很難煮透的。」

「菟絲子……」蘇清河看了標籤，然後拿起藥。「這個倒是藥，不過是用蘇子代替菟絲子。菟絲子是滋補肝腎、固精縮尿、安胎、明目、止瀉用的；而蘇子是降氣消痰、止咳平喘、潤腸通便的。用於止瀉的菟絲子，你用更便宜的蘇子替代，藥效就變成了潤腸通便，真要是拉肚子的吃了你的藥，還不得活活拉死，越吃病得越重。還大夫呢，說你是劊子手都不為過！」

大廳上的眾人不由倒吸一口冷氣。遇上這樣的大夫，還不得枉送了性命。

第五十九章 暗棋

蘇清河順手又拿起一種藥，臉色隨之一變。「來人，給我把這藥用水沖了，請李大夫喝。正好用你的海金沙給你清清小腸！」

那大夫一聽，馬上掙扎起來。

蘇清河跟沈懷孝解釋道：「這個狗東西，竟然把磚塊碾壓成粉末，染了色，冒充海金沙。海金沙是利尿清腸、清熱解毒的，他卻讓人吃磚塊……我得讓他嚐嚐這個滋味。」

沈懷孝點點頭，看了林哲一眼。

林哲早就忍不住想教訓這個黑心的東西了，揮手叫來兩人就去壓住李大夫。「我倒要看看這東西，你吃了會不會拉肚子。」

「要是拉肚子，正好再試試這位李大夫的其他藥。他的『菟絲子』效果一定很好。」蘇清河冷笑道。看著嘴巴被塞住，只能哼哼的李大夫，眼裡都是冷意。「不管吃出什麼毛病都別怕，就用他自己的藥，慢慢地治。」

「得咧。」林哲對著李大夫嘿嘿冷笑。吃不出毛病，也要給他折騰出毛病才行。不讓他把這些藥挨個兒試一遍，就不算完。「帶出去吧，別弄髒了咱們姑奶奶的地方。」

那兩個下屬聲音響亮地答應了一聲，拖著嚇成狗一般的李大夫退了下去。

「好了，別生氣了。」沈懷孝遞了一盞茶過去。

蘇清河先用熱帕子淨了手，才接過來道：「病了不可怕，可怕的是碰上像這個狗東西一樣，喪盡天良的大夫。」

「妳說得對。」沈懷孝給她順著氣。「妳想怎麼出氣，咱們就怎麼出氣。」

「這不是出氣就能解決的事。」蘇清河不免又激動起來，她放下茶盞。「我想開一家平價藥鋪，就開在貧民聚集的地方，名字就叫『平價藥鋪涼州分號』。」

沈懷孝手一抖。這是想做大啊！

「不行嗎？」蘇清河問道。

「現在先叫『平價藥鋪』吧。」沈懷孝道。「等回京以後，要同皇上說一聲的，以防御史參咱們一個邀買人心。」

蘇清河皺了皺眉。她對開藥鋪的事，起意不是一、兩天了；但也知道這不是一朝一夕就能辦好的事，便點頭應下。

蘇清河見大廳外站著的人，除了葛大壯還有一個陌生男子，想必是來找沈懷孝的。她便起身道：「你忙吧，我去看看孩子。晚飯想吃什麼？我讓廚房給你做。」

沈懷孝點頭。「別弄些湯湯水水的就好，給點實在東西，耐餓。」

蘇清河白了他一眼。這人真不會說話，好像她餓著了他似的。

林東強低著頭，看著帶有金線的玫紅裙襬從眼前走過，才敢抬頭。他雖然好色，但這一位夫人，他可不敢唐突。

聽著林哲喊這位夫人為姑奶奶，雖然不知道為什麼這樣稱呼，但能讓林哲聽命於她，就知道她和安郡王的關係十分親近。再加上她是自己的上司沈將軍的夫人，他更要恭敬一些。

李大夫雖然是自己的大舅子，但這狗東西幹的事，他真是一點都不知道。剛才看著大舅子被人拖下去，他就知道這位夫人是真動怒了。如今，他得想想該怎麼說，自己才能不被牽連？

葛大壯方才聽了林哲對將軍夫人的稱呼，眼裡不由閃過安郡王的眉眼。他見過安郡王一面，雖然離得遠，但當時自己確實看清楚了，似乎和這位夫人出奇地相似。再想想林哲的態度和那樣的稱呼，還有這屬於安郡王的南苑。

他的心裡突然冒出一個不可思議的念頭，頓時心就不安分地狂跳起來。

也許，他真的遇上貴人了！

沈懷孝並沒有跟林東強說什麼，和顏悅色地就放了過去。對於一個要放棄的人，他沒什麼好說的，要不是馬上要打仗了，他斷斷容不下他。

「主子，就這麼饒了他？」沈大不由得問。

「過幾天就該派斥候一路往北遼的方向去打探消息了，讓他去吧。」沈懷孝低聲道。到時候，他要是能活著回來再說吧。

「這傢伙雖然打仗還行，卻圓滑狡詐得很呢。出兵多次，從未接過危險的任務，我怕這小子臨陣退縮。」沈三接了一句。

「有個千戶的位置在前面釣著呢，他會去的。」沈懷孝道。

說完看了一眼站在一邊的葛大壯。「你只聽命於夫人就好，記住了嗎？」

葛大壯點點頭。「小的記住了。」

他知道將軍的意思是。千戶一職跟林東強無關，自然也跟他無關。

林東強如果能活著回來，最多也就是得些恩賞，打發回鄉去了吧。

這些日子，蘇清河一直忙著配置毒藥。

正月就這麼一晃而過。涼州的二月跟冬日比起來，也就是稍微暖和了一些，雪一點點地消融，大地被滋潤得濕漉漉的。

沈懷孝已經有好幾天沒回家。

聽說，外城一天有好幾十匹戰馬來回報信，看來離打仗的時候不遠了。

安郡王則是從過了正月十五，就常駐在軍營。

他在去軍營前，曾不止一次表示過，要先送她和孩子去潼關。進了潼關就是關內，也就絕對安全了。

蘇清河哪裡敢走！她始終記得閨女說過安郡王的腿會受傷一事，她要做好最壞的打算。於是她找了兵械庫的匠人，給她打造了一套手術刀。

如今最緊要的就是，她要先把酒精給提煉出來。因此，南苑的空氣中總是帶著濃重的酒味，不知道的還以為蘇清河在家裡釀酒呢。

要做手術，需要的可多了。比如麻藥，只能用麻沸散；比如血漿，在古代沒法子檢測血型，更沒有輸血設備，即便她和安郡王是雙胞胎，那也是異卵雙胞胎，血型未必就是一樣的。

蘇清河愁得頭髮大把大把的直掉。

這一天，蘭嬤嬤突然來報。「菊蕊最近一直和門房一個叫喜全的老太監套關係，似乎打著偷溜出去一趟的主意。」

「這個時候，想要出去一趟？」蘇清河嘴角勾了勾。「那就讓她出去吧，看看她想幹什麼？」

「您放心，那喜全是可靠的。」蘭嬤嬤解釋了一句。

「那妳把我的話傳下去，但凡待在我身邊的人，老了絕不會有被攆出去、無人養老這樣的事情發生。像那些無兒無女的老奴才，幹不動了就去莊子上養老，每月的月錢照領；活動不便的，還會派專門的小廝和丫鬟伺候，直到終老；喪事也按定例辦，年節自會有人燒紙錢供奉，不會虧待任何人。」蘇清河想了想，道。

蘭嬤嬤看了蘇清河一眼，見她是認真的，才應了一聲退出去。

她知道，只要這話傳下去，這底下人的心，瞬間就熱了，往後的差事如何能不拚命？畢竟，只要可以讓人待上一輩子的地方，就是家。

晚上蘭嬤嬤才給了回話。「咱們的人跟著她在涼州溜了兩圈，幸好沒跟丟。她去了一趟紙紮鋪子，說是到了他們家男人的忌日了。又打聽哪家的海貨鋪子好，說她家男人愛吃海貨，她想親手做幾個菜供奉著。」

蘇清河點點頭。「紙紮鋪子是不是離海貨鋪子不遠？她這是想辦法在打聽廖平吧。」

道。

蘭嬤嬤點點頭。「沒錯，她好幾次路過海貨鋪子，想打探廖平是不是在裡面。」

「是不是廖平跟她聯絡的日子到了卻沒出現？」蘇清河皺眉道。

「看著不像。而且廖平現今不敢耍花樣，很配合，倒像是她有急事要找廖平。」蘭嬤嬤道。

「那就讓廖平來南苑一趟。開春了，路上好走，是到了該進貨的季節。讓廖平來說說鋪子的事，不會引起菊蕊懷疑。」蘇清河道：「且看看她想幹什麼？」

大戰在即，這些人卻動作了起來，究竟是誰在指揮？

而菊蕊急切地想找廖平幹什麼？傳達任務嗎？但是菊蕊的消息又是誰傳遞給她的？菊蕊沒出過門，能見到的無非是南苑的人和安郡王府的人；而安郡王府的人，也只有親衛營的人來過。

這讓蘇清河心裡一跳。這顆暗棋究竟是誰？

眼前的廖平跟沈菲琪說過的廖平還是有些不一樣的。

在沈菲琪的嘴裡，廖平似乎是個頑固又不知悔改，且十惡不赦的人，他連在臨死時，都是嘴硬的。但是此刻的廖平，卻是謹小慎微的、恐慌的。

蘇清河覺得，廖平可能覺得，事情他是做了，但還沒造成惡果，他還是有活命的機會。更何況，兒子還在別人的手裡。

蘇清河暗暗吁了一口氣。只要他願意配合就好。

沒想到菊蕊確實是給他遞消息的，讓他增加投藥的分量。

蘇清河一聽，就更確定南苑或安郡王的親衛營中，有別人的眼線。

而蘇清河更傾向於親衛營。因為親衛營是最有可能接觸到軍中帳目的，依照軍中每天的消耗，就能看出那個藥是否起作用。

好端端地增加藥量，就證明這個眼線察覺出，藥並沒有引起多大的作用。

又能知道軍中消耗，又能給菊蕊遞消息，再加上沈菲琪的話，符合條件的就只有安郡王的親衛營。

蘇清河用顯影水寫了秘信，交給鍾善。「親手交給安郡王，除了他之外，不得給任何人看。」

正在軍帳中商議作戰部署的安郡王，聽到鍾善求見，他下意識地看了一下沈懷孝。心想也許是多日不見沈懷孝回去，妹妹在擔憂了呢。

沒想到鍾善一進來，卻越過沈懷孝，直接到了他的面前。「王爺，請您親閱。」

如此鄭重，必定是發生了什麼大事。安郡王點頭，對在座的將領道：「各位稍等。」

裴慶生用手捅了捅沈懷孝。「你知道什麼事嗎？」

沈懷孝搖搖頭。「不知道。」但心裡卻擔心起來。不是要緊事，清河不會讓人往軍營裡遞消息，她沒找他，就證明此事只跟王爺有關。

「連你也瞞著啊？」陳士誠在另一邊說風涼話。這個鍾善如今可是南苑外院的大總管，他代表誰，在座的誰不知道啊。

「想想京裡的那幾位，我算幸運的了。」沈懷孝淡淡地說了一句。

那兩人臉上馬上露出心照不宣的笑意。京裡幾位駙馬的日子，確實有些水深火熱。皇家的女兒可不是那麼好娶的。

安郡王打開信封，見是一張空白紙條，就馬上拿出瓷瓶，塗抹了一層藥水。上面赫然寫著「小心親衛營，有奸細」。

這讓他倒吸一口冷氣。他知道蘇清河沒有八成把握，是不可能這麼說的。

但親衛營有一百人之多，誰是奸，誰是忠，怎麼分得清楚？而且，這裡面只有一個奸細？還是好幾個？這奸細又是誰的人呢？

安郡王燒了紙條，收斂了神色，才又走出來，對鍾善交代道：「回去就說我知道了。」

鍾善這才退出來。他沒有跟沈懷孝說話，也沒有眼神接觸。他相信沈懷孝能明白，若是他們單獨說話，一會兒就該有一群人纏著他問究竟出了什麼事？哪怕他跟沈懷孝只是交代家事，別人也不會信，如此一來，是會在無形中得罪人的。

他覺得這樣的做法，是最好的選擇。

——未完，待續，請看文創風515《鳳心不悅》3

2017年3月出版

媳婦說得是

文創風 506～508

要嫁就嫁一個——
最疼妳的、最懂妳的、最挺妳的，
永遠把妳說的話當一回事的男人……

有愛就嫁，有妳最好／沐榕雪瀟

才剛產子的她，看著繼母撕下偽善的面具，
將摻有劇毒的「補藥」送到她嘴邊，她已無一絲力氣反抗，
而她的夫君竟還將她剛生下來還沒見上一面的孩子狠狠摔死，
她怨毒絕望，銀牙咬碎，發毒誓化為厲鬼報此生仇怨……
苦心人、天不負！一朝重生，她成了勛貴名門的庶房嫡女，再次掙扎是非中。
儘管庶出的父親備受打壓，夾縫中求生存；出身商家的母親飽受歧視，心灰意冷，
溫潤的兄長懷才不遇，就連她的前身也受盡姊妹欺凌，被害而死……
然而，這些都無法阻撓她的復仇之路，
鳳凰涅槃，死而後生。她相信自己這一世會活出輝煌，把仇人踩在腳下。
攜恨重生，她必要素手翻天、快意恩仇，為自己、為親人爭一份富貴安康……

平實溫暖、輕快活潑／芳菲

2017年4月出版

嗆辣美嬌娘

穿越重生之前，與自己的母親相依為命；
靈魂重生之後，一肩扛起大家族的生計。
種種試煉讓她不奢求愛情，卻沒料到那人就在燈火闌珊處……

文創風 509 1

對謝玉嬌來說，穿越到另一個時空其實並不可怕，
就算爹不幸離世，也有個跟她前世的媽長得一模一樣的娘，
加上謝家是江寧縣的頭號地主，即便她不是什麼枝頭上的鳳凰，
總歸是富霸一方的土豪千金，稱頭得很！
只可惜，現實生活總是有那麼一點小小的缺憾，
她這羸弱女兒身，終究注定不被人放在眼裡，
那些在一旁虎視眈眈的親戚不但三天兩頭找理由索討花用，
還要以「繼承謝家」為名義，企圖塞些不成材的傢伙來當嗣子，
更有唯我獨尊的老姨奶奶，想把她當娃兒放在手心上拿捏，
逼得謝玉嬌只能板著張俏臉挺身而出……

文創風 510 2

多接收一些難民對謝玉嬌來說並非什麼困難的挑戰，
反正他們能幫忙開墾荒地，她就當是做善事，何樂而不為？
可是其他縣的難民找碴找到她娘身上，還開口要一大筆贖金，
這就不是保持「溫良恭儉讓」的態度能解決的問題了！
為了解救一個好心幫她母親逃走卻被俘擄的男人，
謝玉嬌帶著村裡一群人前往對方的根據地，準備大展身手，
卻沒料到他早就降伏了那些山賊，還讓他們願意從軍救國……
照理講，這麼一位英雄豪傑應該讓人敬佩不已，
但是他那輕浮又玩世不恭的模樣，老是讓謝玉嬌煩躁不已，
巴不得他趕快從她眼前消失，好恢復往常平靜的生活！

文創風 511 3

死而復生什麼的，的確不比穿越重生來得驚悚，
但是當謝玉嬌看到被宣告戰死的人重新出現在她面前時，
依舊腦袋一片空白，無法掩飾內心的震驚……
更誇張的是，明明那傢伙都坦承自己隱瞞真實身分了，
她母親還不肯放棄，非得想辦法把他們兩個綁在一起不可，
最後皇后也跑來湊熱鬧，整個謝家宅的人更充當起臨時演員，
共演「小姐求妳嫁給我」這齣大戲，害她想低調一點都沒辦法，
只能故意提出要他同住的條件，來個真心大考驗，
沒想到他除了爽快答應，還得寸進尺地溜進她的繡樓裡，
想要來個甜蜜蜜的婚前同居！

文創風 512 4 完

不管謝玉嬌再怎麼掙扎，終究落入重重情網之中，
任憑她如何強勢又有主張，在他面前都不過是個單純的少女，
也罷，反正都要嫁了，當人家老婆總不會比掌管家業來得難吧？
然而……雖然她想得很樂觀，但他終究是個王爺，
就算已經沒了父母，也有皇兄跟皇嫂在那裡等著下指導棋，
這不，才新婚呢，就有人看不慣他們如膠似漆，
硬要塞兩個侍女進門，美其名叫「滅火」，實際上在「點火」，
氣得她醋意四散，只差沒殺進行宮要人給個交代！
就在一切歸於平靜，而她也有了身孕時，反攻北方的號角響起，
她親愛的老公自動成為帶領軍隊出征的不二人選……

攜良人相伴，許歲月安好／方以旋

2017年3月出版

翻身嫁對郎

誤將狼人當良人，
前生她落得家破人亡、香消玉殞，
今生她願使歲月靜好，現世安穩……

文創風 501 **1**

走過人間這一遭，她承蒙上天垂憐得以重生回到過去，
這才恍然自己當年多麼少不更事、刁蠻且驕橫，
才會將表裡不一的庶妹視為親手足，
還把各懷鬼胎的丫鬟當作心腹，
導致自己身旁盡是些「魑魅魍魎」。
誰人待她真情，誰人待她假意，如今她可看得清清楚楚！

文創風 502 **2**

唯恐胞弟一如前世命喪驚馬蹄下，她只好魚目混珠、以身相代，
不意在性命攸關的時刻，卻被鎮國公世子蕭瀝所救！
憶及前世所聽來有關這蕭瀝的「凶殘」事蹟，
不是陷害兄弟溺斃，就是弒父殺母……
而今兩人「共患難」後還發展出難以名狀的情誼，
她也不知該說是幸還是不幸？

文創風 503 **3**

她承認有些事情的發展與前世不同了，
她本無心嫁人，只想安安心心過自己的日子，
可老天爺似乎還嫌她麻煩不夠多，先是鎮國公府世子求娶，
後有天家亂點鴛鴦譜，竟將她賜婚信王夏侯毅?!
她這輩子是萬萬不想與那涼薄人有任何牽扯，
唉，與其錯將狼人當夫婿，她寧可挑個良人作相公！

文創風 504 **4**

為了讓皇帝撤銷她與信王的賜婚聖旨，
代價便是從今往後她和蕭瀝得緊密地綁在一起。
如今這身穿飛魚服的俊美男子將成為她的未來夫婿，
一切看似脫離前世的安排了，
可他們卻與政壇上呼風喚雨的大宦官魏都結下了樑子，
凡事只得步步為營、如履薄冰，就怕有個閃失將永留憾恨……

文創風 505 **5** 完

她和蕭瀝兩情相悅，也如願以償成為鎮國公世子夫人，
但嫁入高門大戶本就不是啥省心事，
內有不待見她的公婆，外有趕著來做妾的堂妹，
不過她可不是省油的燈，她的夫婿也是有手腕的好男兒，
夫妻倆齊心，四兩撥千斤輕鬆化解了眼前的困難。
無奈有些劫數，縱然人千算萬算，終究是躲也躲不過……

2017年3月出版

琢玉成妻

文創風 499～500

玉不琢，不成器，
身分低微配不上他？
沒關係，待她將自己磨得發光發亮……

世態冷暖無常，兩情遠近不渝／畫淺眉

人家穿越是金枝玉葉，玉琢穿越是真的好累，
爹早逝、娘軟弱，還有個小弟要照顧，
她一面維持生計，一面和鄉里打好關係，這生活還算過得去，
但這田裡的稻子，總是長的不如意。
幸而上天眷顧，讓她結識了朝廷校尉鍾贛，
有了這貴人相助，她終於解決了收成問題。
日子漸漸寬裕，麻煩卻也接連而來，
先是鍾贛私下表露情意，可門第差距令她無法答應；
後是大戶威逼出嫁沖喜，仗勢欺人讓她滿是怒氣。
對前者，她逃之夭夭；對後者，她直言相拒，
無奈奶奶竟抬出孝字要迫她屈從，
好在他及時出手相助，讓她鬆了口氣，沒想到他卻乘機來個當眾求娶？!
既然他一片真心，她也不再逃避，
誰知半路殺出程咬金，朝他潑髒水，還要賴他負責做夫婿？!
哼！這般欺辱她的男人，她怎麼能不還點顏色？

2017年2月出版

冤家勾勾纏

文創風 497~498

上一世，他為了忠君令她抑鬱而終，
這一世，他誓言再不負她、傷她，
所有阻礙在他們之間的人，他都要一一除去……

願得一人心　白首不相離／紅葉飄香

即便她是身分尊貴的郡主，還有個皇帝舅舅又如何？
他身邊及心中最重要、最關心的人永遠不是她寧汐。
新婚之夜，他那青梅竹馬的表妹突然生病，還昏迷不醒，
他在表妹屋外守了一夜，而她則天真地認為兩人兄妹情深；
兩年後她懷孕了，尚在驚喜中就被表妹的一番話打蒙了，
表妹說自小在侯府長大，願意屈身給她夫君做妾，望她成全。
笑話，她為何要與其他女子分享丈夫？何況這人還是自己的摯友！
不料她拒絕後，表妹竟下藥生生打掉她的孩子，害得她再不能受孕！
為了安撫她，侯府將表妹遠嫁江南，呵，這算哪門子的懲罰？
於是，她與舒恒的夫妻緣分走到了盡頭，至死都是對相敬如冰的夫妻，
幸而上天垂憐，讓前世抑鬱而終的她重生回到了未嫁人前，
這一世，她不奢求潑天的富貴，也不奢望什麼情愛了，
只求能活得肆意些，想笑就笑，想哭就哭，不再委屈了自己便好，
無奈，只是這麼個小小的希望，竟也是求之卻不可得。
她不懂，他既不愛她，又何苦與她糾纏不清，甚至求了皇帝賜婚呢？

為流浪貓狗加油 和貓寶貝 狗寶貝

廝守終生(一定要終生喔！)的幸福機會

對人來說，貓寶貝狗寶貝只是生活的一部分，但妳(你)對牠們來說，卻是生活的全部，領養前請一定要考慮清楚——

▲ 機靈又逗人的小短腿 Sun

性　別：男生
品　種：米克斯
年　紀：1歲
個　性：活潑不怕生，極為聰明靈巧
健康狀況：身體健康，2016年8月已接種疫苗
目前住所：台中市霧峰區

本期資料來源：台灣認養地圖

『Sun』的故事：

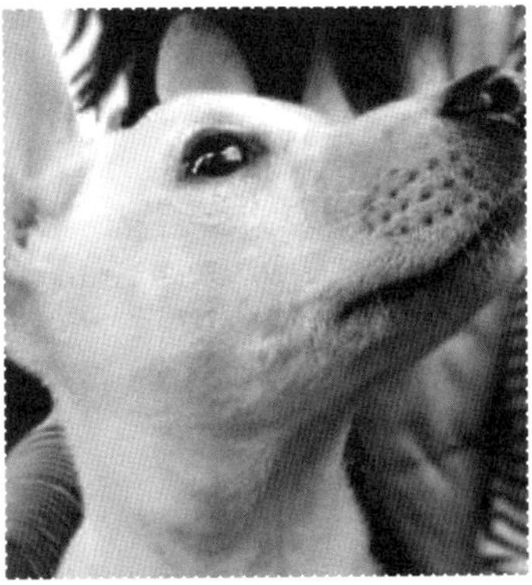

Sun被救援時是在2015年寒流來襲的前夕，當時牠只有兩個月大，對一切都還懵懵懂懂。中途發現牠時，牠正一副不知天高地厚的模樣，四腳朝天的躺在車速極快的路上，自己開心地玩著。中途怕Sun一不小心就會遭遇不測，便趕緊將牠帶離，安置在園裡一個叫「貓屋」的地方。

然而中途察覺，Sun對身形比自己大的狗有高度的恐懼，光是遠遠地看著都會發出慘叫聲，甚至想要盡可能地遠離。中途猜想，Sun在外頭或許曾被成犬攻擊過才會如此，而那麼小的毛孩子卻總是驚慌失措的樣子，讓人十分心疼；於是，Sun就被志工帶回家中照顧，對大狗的恐懼也才漸漸有所改善。

待在志工家中一段時間後，Sun又回到「貓屋」生活，牠不像一開始那樣對其他成犬感到害怕，甚至還迅速篡位成了「貓屋」裡的狗王呢！中途表示，最令他們感到好笑又有趣的是，Sun剛來到園裡時，腳掌很大，腳骨又粗，大家都堅信牠長大後是大型的米克斯，沒想到後來卻變成矮矮壯壯的小短腿，這讓大夥們都非常意外呢！

如果您喜愛並有意收養可愛的矮壯小短腿Sun，歡迎來信leader1998@gmail.com（陳小姐），或傳Line：leader1998，或是搜尋臉書專頁：狗狗山。

認養資格：

1. 認養者須年滿20歲，有獨立經濟能力，並獲得全家人的同意。
2. 須同意簽認養寵物切結書，並能讓中途瞭解Sun以後的生活環境。
3. 同意送養人日後之追蹤探訪，並對待Sun不離不棄。
4. 同意讓Sun絕育，且不可長期關、綁著Sun，亦不可隨意放養。
5. 為讓中途對您有更深入的瞭解，中途會先有份線上問卷請您填寫。

來信請說明：

a. 個人基本資料：姓名、性別、年齡、家庭狀況、職業與經濟來源等。
b. 想認養Sun的理由。
c. 過去養寵物的經驗，及簡介一下您的飼養環境。
d. 若未來有當兵、結婚、懷孕、畢業、出國或搬家等計劃，將如何安置Sun？

風 文創
514

鳳心不悅 2

國家圖書館出版品預行編目資料

鳳心不悅 / 桐心著. --
初版. -- 臺北市 : 狗屋, 2017.04
冊 ; 公分. --（文創風）
ISBN 978-986-328-715-5（第2冊：平裝）. --

857.7　　106002032

著作者　桐心
編輯　江馥君
校對　黃薇霓　簡郁珊
發行所　狗屋出版社有限公司
地址　台北市104中山區龍江路71巷15號1樓
電話　02-2776-5889～0
發行字號　局版台業字845號
法律顧問　蕭雄淋律師
總經銷　知遠文化事業有限公司
電話　02-2664-8800
初版　2017年4月
國際書碼　ISBN-13　978-986-328-715-5

定價250元

狗屋劃撥帳號：19001626

網址：love.doghouse.com.tw　E-mail：love@doghouse.com.tw